그쪽의 풍경은
환한가

그쪽의 풍경은
환한가

그날 그 자리에 있을 사람에게

심보선 산문

문학동네

"멋지게 살려 하지 말고
무언가를 이루려 해라"

내 삶에 지대한 영향을 미친 말이 하나 있는데, 이 말은 책에서 나온 말이 아니다. 돌아가신 내 아버지의 입에서 나왔다. 대학 시절 어느 날, 아버지는 술에 취해 내게 말씀하셨다. "멋지게 사는 건 너무나 쉽다. 하지만 뭔가를 이루는 것, 그게 정말 어렵고 중요하다. 많은 사람이 나를 멋진 사람이라고 부른다. 하지만 말이다. 나는 인생에서 이룬 것이 하나도 없다. 아들아, 나는 실패자다. 명심해라. 멋지게 살려 하지 말고 무언가를 이루려 해라." 나는 이 말을 듣고 꽤 충격을 받았다. 어떤 말로도 아버지를 위로할 자신이 없었다. 아버지는 술에 취해 있었지만 자신의 삶에 대해 냉정히 평가를 하고 분명한 결론을 내린 것 같았다. 자신의 삶 전체에 대해 평결을 내릴 수 있는 대심문관은 오로지 자기 자신일 수밖에 없다. 누군가가 당신의 삶 전체에 대해 성공이니 실패니 운운했다고 치자. 당신은 좌절하거나 기뻐할 수 있다. 하지만 당신은 그 말을 신뢰할 수 없다. 그 누가 당신의 삶 전체를 속속들이 알 수 있는가? 당신 자신을 제외하고 말이다.

그때 나는 아버지의 말뜻을 제대로 이해하지 못했다. 이룬게 하나도 없다니. 아버지는 직장도 있고 자식들을 모두 대학에 보내지 않았는가? 아버지의 말을 온전히 이해는 못했지만 아픈 진실 하나는 알게 되었다. 그것은 아버지가 한 인간으로서 매우 슬픈 존재라는 사실이었다. 그런데 나는 대학원 시절에 사회학자 막스 베버의 『직업으로서의 학문』(전성우 옮김, 나남출판, 2006)을 읽다가 다음과 같은 구절을 발견하고 아버지가 한 말을 나의 방식으로 이해하게 됐다.

존경하는 청중 여러분! 학문 영역에서는 순수하게 자신의 주제에 헌신하는 사람만이 '개성'을 가지고 있습니다. (중략) 심지어 괴테같이 위대한 인물에 있어서마저도 감히 자기의 '삶' 자체를 예술 작품으로 만들려고 했던 시도는 최소한 그의 예술에는 부정적 영향을 끼쳤던 것입니다. (중략) 그러나 어쨌든 괴테 정도는 되어야 감히 그런 시도나마 해볼 수 있는 것이며, 심지어 수천 년에 한 번 나타날 괴테 같은 인물마저도 이 시도에 대한 최소의 대가를 치르지 않을 수 없었다는 점만은 누구나 인정하는 것입니다. (중략) 그러나 학문의 영역에서는 아래와 같은 사람은 분명 '개성'을 가진 사람이 아닙니다. 자신이 헌신해야 할 과업의 흥행주로서 무대에 함께 나타나는 사람, 체험을 통해 자신을 정당화하려는 사람, 어떻게 하면 내가 단순한 '전문가'와 다른 어떤 존재임을 증명할 수 있을까, 또 어떻게 하면 나는 형식이나 내용 면에서 어느 누구도 말하지 않는 그런 방식으로 무언가를 말할 수 있을까, 라고 묻는 사람. 이런 사람들은 '개성'을 가진 사람이 아닙니다. 이런 태도는 오늘날 광범위하게 나타나는 현상인데, 이는 어디에서나 천한 인상을 주며 또 그렇게 묻는 사람의 가치를 떨어뜨리고 있습니다. (39~40쪽)

위의 이야기는 마치 아버지가 베버의 입을 빌려, 시를 쓰고 사회학을 연구하는 내게 하는 이야기처럼 들렸다. 이 시대에 얼마나 많은 학자와 작가가 스스로를 하나의 작품처럼 '멋진 사람'으로 세상에 드러내려 하는가? 아무도 흉내낼 수 없는 자신의 업적을 세상에 뽐내려 하는가? 중요한 것은 개성을 입증하는 것이 아니라 자신이 선택한 예술과 학문의 주제에 헌신하는 것이다. 성취란 헌신의 결과이지 개성의 증명이 아닌 것이다. 베버와 아버지의 영향력 아래에서 나는 성실성을 지표로 삼아 연구를 해나갔다. 나는 오래된 신문, 책, 문서 들을 파고들었다. 수많은 사람을 만나서 인터뷰를 하였다. 무수한 자료, 증언, 담론, 이야기의 물결로 이루어진 대양을 항해하여 어느 낯선 해변에 가까스로 당도하듯 석사논문과 박사논문을 완성했다.

그런데 글을 쓰면 쓸수록 주제에 대한 헌신을 강조하는 베버의 학문관에 동의하지 않게 되었다. 여전히 베버의 학문관은 아버지의 말씀과 더불어 나의 글쓰기를 윤리적으로 감시하고 판단하는 심문관 역할을 한다. 내가 나를 포함한 모든 이의 글쓰기를 평가하는 중요한 기준 중 하나는 바로 성실성이다. 그러나 나는 베버와 아버지 모두에게 할말이 있다. "아버지, 그리고 베버 선생님, 멋지게 사는 것과 뭔가를 성취하는 것 말고도 다른 길이 있지 않을까요?" 베버와 아버지는 멋진 삶과 성실한 삶을 분리한다. 그런데 이 분리에는 모종의 비극성이 있다. 그 비극성이란 삶을 오로지 개인의 고독한 여정으로 보는 자의 자기 환멸 혹은 자기 극복의 파토스다. 삶과 글쓰기를 고독한 작업으로 보는 이들이 자기도취에 빠지지 않고 가치 있는 결과물을 만들려 할 때 선택하는 윤리적 태도가 바로 잘 훈육된 열정으로서의 성실성이다. 그러나 나는 글을 쓰면서 ─그것이 시건 혹은 논문이건─깨닫게 되었다. 내가 선택하고 빠져드는 대상은 단순히 주제가 아니라는 것을. 그것은 인간들의 탄식, 좌절, 환호성, 기쁨, 경탄이 어려 있는 세계라는 것을. 그리하여 내가 이 세계에 대해 글을 쓴다는 것은 그 세계를 부각시키는 것이고, 그 세계와 연루된다는 것이고, 그 세계에 참여한다는 것임을 알게 되었다. 어쩌면 아버지와 베버가 말하듯 삶과 글쓰기는 고독한 작업으로 시작하여 고독한 작업으로 돌아올지 모른다. 그러나 그 출발과 회귀 사이에는 고독한 여정만이 있는 것은 아니다. 나의 몸과 영혼을 뜨겁게 하고, 내 가슴속에서 말을 들끓게 하고, 나의 손발을 움직이게 하는 힘은 단순히 주제의 흥미로움이 아니라 바로 동시대인들의 삶이고 그 삶에 섞여드는 사물들의 동시대적 운동이다. 베버와 아버지는 삶과 예술, 삶과 학문을 분리시키라고, 그것을 하나로 합치려는 시도는 위험하다고, 지나친 열정을 잘 다스려서 성실성으로 바꾸라고 말했다. 나는 베버와 아버지의 충고를 받아들이면서도 어쩔 수 없이 삶에 이끌린다. 친구들과 연인과 동시대인이 살고 있는 삶에 매혹된다. 나는 삶과 일, 삶과 작품 사이를 쉼없이 오간다. 세상을 떠난 이들의 충고와 살아 있는 이들의 부름 사이를 쉼없이 오간다. 나의 말과 행동, 나의 기쁨과 슬픔은 그 사이 어디에선가 태어나고 소멸하고 다시 태어난다. (2012)

차례

제
1
부

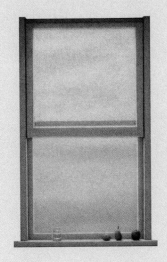

영혼의
문제

칼바람이 불던 겨울 어느 날, 나는 한 예술가와 점심식사를 하고 있었다. 그날은 휴일이었고 우리가 만난 곳은 서울 변두리 주택가에 위치한 허름한 식당이었다. 우리가 식당에 들어섰을 때 손님은 한 명도 없었다. 식당 주인 내외로 보이는 중년 남녀가 테이블 하나를 차지하고 낮술을 기울이고 있을 뿐이었다. 주문을 하고 우리는 아마도 시국이나 예술판에 대한 그렇고 그런 논평과 가십을 주거니 받거니 하고 있었을 것이다. 한편 주인 내외의 술판은 꽤나 음울한 분위기를 연출하고 있었다. 주인아주머니가 주방에서 우리에게 내줄 안주를 장만하는 동안 중년의 아저씨는 그저 묵묵히 독작을 이어가고 있었다. 그때 갑자기 한 사내가 새시로 된 미닫이문을 꽤나 시끄럽게 밀고 들어오면서 식당 안이 떠나

가라 외쳤다. "형님, 일 안 나오고 뭐하십니까!" 잔뜩 굳은 표정으로 술을 마시고 있던 아저씨가 그 사내를 보고 겸연쩍다는 듯 씩 웃었다. 가뜩이나 건성으로 임했던 예술가와의 대화는 그때부터 더욱더 재미가 없어졌다. 대신에 나는 도대체 대낮부터 식당을 지배하고 있는 이 우울한 분위기는 무엇이며, 이 사람들의 관계는 무엇이며, 도대체 이들 사이에 무슨 일이 벌어지고 있는가에 주의를 기울이기 시작했다. 내가 밥을 먹으면서 눈치껏 보고 들으며 파악한 대강의 사태는 이런 것이었다.

건설 일용직인 아저씨는 공사판에서 일을 하다 자기보다 나이가 어린 현장감독과 시비가 붙었다. 자존심이 상한 아저씨는 그 이후로 일을 나가지 않고 있다. 현장감독은 아저씨를 설득해서 다시 나오게 하라며 이 사내를 보낸 것이다. 하지만 아저씨는 꽤나 고집이 세서 사내의 말을 들으려 하지 않는다. 사내는 불경기에 그나마 어렵게 구한 일을 그 알량한 자존심 하나 세우려고 이렇게 쉽게 내쳐도 되는 것이냐며 아저씨를 어르고 달래보지만 도무지 말이 통하지 않는다. 난감하고 갑갑한 형국이었다. 그러던 어느 순간 그때까지 아무 말 없이 두 남정네의 대화를 들으며 빈 술잔을 채워주던 아주머니가 아저씨에게 버럭 야단을 치듯 말했다.

"당장 일 나가! 내가 당신에게 일을 나가라고 하는 건 자존심 굽히고 돈 벌어오라는 게 아냐. 일 안 나가고 여기서 이러고 있는 게 뭐하는 짓인지 알아? 이건 영혼을 낭비하는 짓이야!"

　　나는 밥을 뜨다 말고 아주머니의 얼굴을 쳐다보았다. 마치 색색의 크레파스로 함부로 칠한 것 같은 촌티가 풀풀 나는 화장, 미용을 목적으로 했다고는 믿기지 않는 싸구려 파마, 인생의 피로와 궁핍이 잔뜩 찌든 남루한 인상. 그러나 그런 아주머니의 입에서 나온 '영혼'이라는 단어의 울림은 지금까지도 내 뇌리에서 지워지지 않는다.

*

　　그렇다. 모든 것은 결국 영혼의 문제다. 아니 영혼의 문제여야 한다. 시를 쓰는 것이나, 예술을 하는 것이나, 허름한 식당의 주방일이나, 일용직 막노동이나, 그 모든 것은 영혼의 문제여야 한다. 그러나 영혼이란 도대체 무엇인가? 인간을 인간으로 만든다는 그 영혼이란 무엇이냔 말이다.

　　내가 여기서 캐묻고 싶은 영혼의 의미는 어쭙잖은 평등주의나 '노동의 신성함'과 같은 구태의연한 개념과는 아무 상관이 없다. 그 아주머니에게 영혼이 뜻하는 바, 영혼의 이름으로 행하는 바와 내게 영혼이 뜻하는 바, 영혼의 이름으로 행하는 바가 같을 수 없다. 우리는 서로에게 영원한 타자다. 우리는 완전히 다른 종류의 영혼의 부름에 완전히 다른 방식으로 응답한다. 그럼에도 모든 것은, 결국, 영혼의 문제다. 영혼의 목소리를 따라 그 아주머니나 나나 자신에게 고유한 인간의 길을 찾아가야 하는 것이다. 그 길은 자존심이나 생계처럼 모든 이에게 통용되는 가치나 필요성을 따르는 길이 아니다. 아니 어쩌면 그렇게 보일 수도 있다. 그 길은 겉으로는 창작의 길일 수도 있고 노동의 길일 수도 있다. 그러나 그 길의 이면에는 비밀스러운 또다른 길이 깔려 있다. 보이는 길 안에 보이지 않는 길이 있다. 보이는 길과 보이지 않는 길, 명명될 수 있는 길과 명명될 수 없는 길, 그 둘 사이의 갈등과 모순 속에서, 길은 어찌됐든 굽이굽이 이어지고 앞으로 나아간다. 어제는 없었던 새로운 지평선을 향하여.

나는 지금 그날의 식당을 떠올린다. 그날 나에게 내던져진 '영혼'이란 말에 대해서 생각해본다. 나에게 영혼이란 추상적인 개념어가 아니다. 그렇다고 무슨 종교적인 광휘에 둘러싸인 신비로운 어구도 아니다. 그것은 어느 평범한 아주머니의 입에서 터져나온 육성이요, 일상의 고통으로부터 터져나온 파열음이다. 그러므로 영혼은 나의 머리 위에 떠 있는 선험적이고 초월적인 성좌가 아니다. 왜냐하면 영혼은 언제나 일상으로부터, 태도들 사이에서, 몸짓과 말투 속에서, 모종의 신호로서 우리에게 말을 건네기 때문이다. 그때 영혼은 일상이 우리에게 부과하는 지리멸렬과 강박과 예속에 대해 매 순간 저항하게 하고, 망설이게 하고, 그것도 아니라면 최소한 어색하게 한다. 영혼은 우리를 자유롭게 하거나 계몽된 상태에 다다르게 하지 않는다. 영혼은 아무것도 약속하지 않는다. 영혼은 다만 우리로 하여금 어떤 순간에 어떤 말과 행동을 하게 한다. 그것은 놀랍도록 웅변적일 수도 있고 아니면 비참할 정도로 어눌할 수도 있다. 그러나 영혼은 최소한 그 말과 행동을 온전히 자기 것으로 소유하고 자기 것으로 표현하라고 요구한다. 그날 식당 아주머니는 아저씨에게 이렇게 말한 것인지도 모른다.

"공사 현장으로 가서 기꺼이 철근을 이고 벽돌을 날라라. 그리고 가능하다면 그들이 당신에게 강요하는 노동을 당신 자신의 영혼의 운동으로 바꾸어라."

*

자본주의 사회에서 영혼은 점점 하나의 문화 현상으로 바뀐다. 영혼은 수많은 시니피앙으로 분화하고 퍼지며 진정성 (authenticity)이라는, 한때 고색창연했던 시니피에와의 고리를 끊어버린다. 영혼은 한낱 농담으로부터 최첨단 인공지능을 거쳐 지고의 성령에 이르는 드넓은 스펙트럼을 갖는다. 영혼은 광고와 자기계발서와 여행 에세이와 심리 상담의 이데올로기 효과이다. 그것이 아니라면 영혼은 인디 문화와 뉴에이지가 휘날리는 A4 용지만한 토템의 깃발이다. 자본주의 시스템이 영혼의 생산과 소비를 독점함으로써 영혼은 속물들의 유기농 식단 정도로 전락한다. 반면 자본주의의 최대 희생자들, 목소리와 권리를 박탈당한 자들은 최소한의 자기 존엄조차 방어하지 못하며 동물화의 길을 걷는다. 그들에게 영혼은 가끔씩 손에 쥐어지는 몇 알의 영양제 같은 것이다. 그럼에도 불구하고, 속물이든 동물이든, 말과 행동을 수행하는 한, 그러면서 나날이 새로운 사건들을 경험하고 그것들을 통과해가는 한, 인간은 어디선가 불현듯 들려오는 영혼의 희미한 모스부호 소리에 감응하지 않을 수 없을 것이다. 그때 인간은 어제는 없었던 새로운 지평선 쪽을 향하여 자신의 말과 행동을 감행할 것이다.

*

시를 쓰지 않았다면 나는 분명히 지금과는 다른 인간이 됐을 것이다. 그러나 이 말은 말 그대로 '다르다'는 의미이지 시 안 쓰는 내가 시 쓰는 나보다 열등했을 거라는 의미는 아니다. 그저 시를 쓰면서 나는 어떤 특정한 영혼의 부름에 응답하게 됐을 뿐이다. 내가 시를 쓰지 않았다면 나는 다른 종류의 영혼을 가졌을 수도 있다. 그러나 그것이 어떤 영혼일지 나는 알 수 없다. 이를테면 나는 회계사의 영혼이 어떤 것인지 알지 못한다. 그가 장부에 숫자들을 적어내려가면서 느끼는 회한과 혼란과 쾌락이 무엇인지 나는 이해할 수 없다. 하지만 영혼이 있는 회계사를 친구로 두는 것은 왠지 좋은 일일 것 같다.

나에겐 직업과 일상이 있다. 현대 세계에서 개체 보존의 본능을 충족시키는 자원은 대부분 직업과 일상으로부터 나온다. 그런 식으로 나의 존재는 세계의 영속적 질서의 일부가 되며 직업의 수행과 일상의 영위를 통해 그 질서의 유지와 재생산에 기여한다. 나는 잉여를 창출하라는 명령과 그러기 위해 몸과 마음을 잘 관리하라는 압력에 항상적으로 노출돼 있다. 개체 보존을 위해 나는 대체로 그 같은 요구들을 받아들인다. 그러나 시쓰기는 그 요구들의 작용에 대한 반작용의 힘을 제공한다. 어머니에게 나의 첫 시집을 드렸을 때 어머니는 내게 말씀하셨다. "애썼구나. 그런데 쓸데없는 일에 너무 시간 뺏기지 마라." 나는 그때 속으로 말했다. '어머니, 시에 대해 정확히 보셨군요. 그런데 저는 사실 쓸데없는 일에 시간을 뺏기고 싶습니다.'

나는 직장에 고독의 무대를 숨겨놓기로 한다. 나는 아무도 모르는 유희의 장치들을 발명하고 그것들을 동료들에게 은밀하게 전파한다. 나는 탈퇴하는 마음으로 가입한다. 나는 다이어리에 혼돈의 기록을 남긴다. 나는 회의 때마다 참석자들에게 지구 멸망의 날을 환기시킨다. 나는 모든 이에게 만만하기 짝이 없는 사람이 된다. 나 자신을 경원시하는 것은 오로지 나 자신뿐이다. 나의 여가는 남의 여가 훼방 놓기다. 나의 데이트는 매번 이별의 리허설이다. 나는 길거리에서 내가 모르는 이와 감동적으로 포옹할 순간을 고대한다. 나는 죽음을 망각하지 않으려 최대한 애쓰면서 살아간다.

*

그렇다. 결국 모든 것은 영혼의 문제여야 한다. 왜 이렇게 나는 영혼의 문제에 집착하는가? 영혼이 인간을 온전한 인간으로서 살아가게 하니까? 이런 대답은 너무 뻔하다. 그러니 다른 대답을 찾아보자. 영혼은 행복의 문제와 연결된다. 그러나 영혼은 행복을 귀중한 선물처럼 안절부절 다루지 않는다. 영혼은 불행에게도 손을 건넨다. 그리하여 영혼은 불행과 행복의 차이를 지우고 그 둘을 동등하게 만든다. 그것은 또한 삶의 의미의 문제와도 연결된다. 마찬가지다. 영혼은 의미와 무의미를 같은 장소로 데려온다. 영혼은 '행복하지만 삶의 의미에 무지한 아이'와 '불행하지만 삶의 의미에 도통한 노인'을 합체시켜서 새로운 인간을 탄생시킨다. 영혼은 오늘 속으로 과거와 미래를 수렴시켜서 새로운 시간을 창조한다. 영혼 속에서 인간은 언제나 새로워진다.

그러나 다시 한번 말하지만 영혼은 아무것도 약속하지 않는다. 그럼에도 영혼의 목소리에는 도저하고 엄정한 요구가 담겨 있다. 영혼은 목적어의 자리가 텅 빈 명령어와 같다. 영혼은 어쩌면 허튼소리 중에서도 가장 위대한 허튼소리다. 영혼은 불가능성에 대한 가장 경이로운 역설(力說)이요, 가장 아름다운 역설(逆說)이다. 이 수수께끼 같은 영혼 때문에 나는 웃다가 울고 울다가 웃는다. 영혼 때문에 나는 시를 쓰고 시를 산다. 영혼은 나의 시와 나의 삶을 뒤죽박죽 섞어버린다. 그러니 지금 영혼의 희미한 목소리에 귀기울이며 미명을 맞이하는 나는, 내가 시인이든 아니든 그것은 하등 중요하지 않으며, 다만 저 미명 이후의 아침만이 나의 유일한 윤리가 될 것임을 아는 것이다. (2009)

그 벤치에서
일어났던 일

뉴욕에서 8년 가까이 살았다. 뉴욕을 '내 영혼의 도시'라고 한다면 사람들은 '어이구, 뉴요커 한 명 또 납시었군'이라고 생각할지 모른다. 뉴욕은 너무나 잘 알려진 대도시이다. 수많은 영화가 뉴욕을 다루고 있다. 어떤 영화에서 뉴욕은 최첨단 자본주의의 지옥으로, 어떤 영화에서는 사랑이 꽃피는 낭만의 도시로 그려진다. 그러나 나에게 뉴욕이 그리운 이유는 단 하나다. 내가 살던 곳에서 가까운 리버사이드 파크에 있는 한 개의 벤치 때문이다.

그 벤치에 앉으면 어떤 일이 일어났던가? 그저 바람이 고요히 불었다. 바람이 불면 벤치 앞에 펼쳐진 작은 숲의 키 큰 나무들이 좌우로 흔들렸다. 그때 스솨스솨 나뭇가지와 이파리 떨리는 소리가 났다. 거기 몇 시간이고 앉아 있곤 했다. 때로는 책을 읽었고 때로는 책을 덮고 멍하니 앞을 바라보았다. 과거를 생각하기도 했고 미래를 생각하기도 했다. 그때 현재는 엉덩이 아래 말없이 눌려 있는 하나의 고요한 장소였다. 누군가가 애타게 그리웠는데 그게 누구인지는 알 수 없었다.

　나는 뉴욕이 싫었다. 유학 가기 전에 이렇게 영어를 배웠다. 뭔가를 부탁할 때는 'Would you please'를 붙이라고. 그런데 뉴욕에서는 말이 짧았다. 내가 "우쥬우우 플리이이즈"라고 말을 시작하면 그냥 뭘 원하는지 빨리 말하라는 식의 짜증 섞인 시선을 받기 일쑤였다. 인간관계는 삭막했다. 생활비는 말도 안 되게 비쌌다. 대학원에서의 경쟁은 치열했다. 뉴욕이 '멜팅 포트'라 인종차별이 없다고? 어느 날 길에서 마주친 백인 할머니는 함께 산책 나온 자기 강아지에게 말했다. "애야, 가까이 가지 마라. 쟤네들은 냄새가 난단다."

　그 벤치에 앉으면 어떤 일이 일어났던가? 어느 날 나는 여느 때처럼 대도시 삶에 대한 환멸감에 사로잡혀 기분전환을 하고자 공원 벤치를 찾았다. 그런데 거기 두 여성이 앉아 있었다. 나는 마침 가지고 있던 카메라로 큰 키의 나무숲을 배경으로 벤치에서 마주보며 대화를 나누는 둘의 사진을 찍었다. 한 여성의 이름은 베로니카였다. 그녀는 내게 사진을 보내달라고 부탁했다. 메일로 사진을 보내줬더니 답장이 왔다. "당신이 사진을 찍었을 때, 우리는 아주 특별한 시간을 보내고 있었어요. 우리는 오랜 세월을 헤어져 있다가 그날 거기서 만났죠. 눈물을 흘렸고 웃음을 터뜨렸고 상처와 위로를 나눴어요. 당신의 사진은 우리 둘에게 아주 특별한 선물이 되었네요. 고마워요."

그때 나는 생각했다. 이 삭막한 도시도 때로는 영혼이 깃들 수 있는 틈새를 열어주는구나. 나는 지금 리버사이드 파크의 그 벤치를 떠올리며 생각한다. 언젠가 사랑하는 이와 그 공원 벤치를 찾으리라. 그곳에서 베로니카와 그녀의 친구처럼 서로를 마주보며 오래오래 대화를 나누리라. 그 대화는 이렇게 시작하리라. "아주 오래전 여기 혼자 앉아 만난 적도 없고 이름도 모르는 누군가를 애타게 그리워했지요." (2012)

어떤 곳의
어떤 대화들

　　미국 중북부의 한 도시에 두 달 넘게 머물고 있다. 그런데 나는 여기서 한국에서의 1년보다 더 많은 대화에 참여하고 있다. 오해를 살까봐 말하는데, 한국에서 나는 왕따가 아니다. 그렇다고 여기서 영어를 유창하게 구사하는 것도 아니다.

　　이유는 단순하다. 나는 이곳의 친구를 통해 다른 사람들을 소개받았고 간혹 초대를 받아 모임에 갔다. 이때 대화 상황은 대부분 '집'에서 발생했다. 정원의 화초, 반려견, 준비한 요리…… 대화의 소재는 계속 뻗어갔다. 최근 접한 기사와 책, 참여한 지역 행사와 학회, 이 모든 것을 거미줄처럼 엮는 지식과 경험. 자유로운 거주가 가능한 물리적 장소야말로 대화를 발생시키는 중요한 요건이다. 그 장소에서 자아와 타인이 연결되는 빈도와 강도는 높아진다. 이는 분명 중산층 이상의 계급에 유리한 조건이다. 그들에게는 정원이 딸린 집과 재정적 뒷받침을 해주는 직업이나 세습 재산이 있다.

그러나 집이 있다고 늘 대화가 가능한 건 아니다. 일단 당신이 집에 누군가를 초대하려면 신뢰할 만한 인맥에 속해야 한다. 당신은 집안에 기억과 정체성이 녹아든 재료들을 지녀야 한다. 당신은 그 재료들을 다른 재료들과 조합하고 가공해서 '서사화'할 수 있는 능력을 가져야 한다. 대화 상대 또한 적어도 당신만큼의 대화적 자원과 능력을 보유해야 한다. 우리가 잃어버리고 있는 것은 집이라는 장소뿐만 아니라 그 장소에 담는 대화적 자원과 그 자원을 활용할 수 있는 대화적 능력이다. 내가 누군가를 집에 초대한 적이 있던가? 혹은 내가 누군가의 집에 초대받은 적이 있던가? 집이 아닌 장소들, 커피숍, 식당, 술집에서 나는 타인들과 어떤 말을 나눴던가?

집은 중요하지만 전부가 아니라는 이 명제는 우리에게 계급적 한계에서 벗어날 수 있는 일말의 가능성을 시사한다. 장소를 점유하고 그 안에 대화적 자원을 비축할 수 있는 한, 우리는 대화적 능력을 학습하고 키워나갈 수 있다.

지금 한국을 포함한 전 세계에서 벌어지는 다양한 장소 투쟁은 소유권 너머의 권리를 가리킨다. 당신이 장소를 소유하지만, 잠과 TV 시청을 뺀 모든 활동을 '아웃소싱'한다면, 그곳에선 아무 일도 일어나지 않는다. 당신이 장소를 소유하지 않지만, 거기 거주하며 '삶'을 영위할 수 있다면, 대화와 변화가 일어날 수 있다. 비록 이런 가능성은 점점 줄어들 테지만.

어떤 순간, 어떤 장소에서 반딧불처럼 명멸하는 대화 상황도 존재한다. 나는 이곳 호숫가의 노천카페에서 일하는 한 노인에게 담뱃불을 빌린 적이 있었다. 그녀는 "여기서 담배 피우는 사람 정말 찾기 힘들어. 오늘 운좋은 줄 알아!"라고 유쾌하게 말했다. 우리는 호숫가 벤치에 앉아 함께 담배를 피우며 이런저런 이야기를 나눴다. 내가 한국에서 왔다니까 그녀가 말했다. "한국 가난하지? 여기서 열심히 돈 벌어서 가족한테 부쳐." 이제 한국은 예전처럼 가난하지 않다고, 평균적으로는 잘사는 축에 속한다고 말했더니 그녀가 부끄러워하며 말했다. "그래? 역시 사람은 배워야 해. 오늘 하나 배웠네. 미안해."

그때 못한 말을 지금 해본다. 한국은 부자 나라인데 자꾸만 어떤 것들이 사라지네요. 담배와 벤치만 있어도 대화는 가능하네요. 역시 사람은 타인과 대화를 해야 해요. 그날 하나 배웠네요. 고마워요. (2017)

어느 시인의
평화로운 죽음

폴란드의 시인 비스와바 쉼보르스카가 2012년 2월 1일 향년 88세로 타계했다. 노벨문학상 수상자인 시인은 한국의 독자들에게 제법 알려져 있다. "두 번은 없다. 지금도 그렇고 / 앞으로도 그럴 것이다. 그러므로 우리는 / 아무런 연습 없이 태어나서 / 아무런 훈련 없이 죽는다."(「두 번은 없다」, 『끝과 시작』, 최성은 옮김, 문학과지성사, 2007) 같은 구절은 많은 이의 귀에 익숙할 것이다. 시인의 사망 소식은 한국에서 크게 다뤄지지 않았다. 몇몇 신문의 단신을 접한 사람들이 전한 입소문으로 그녀의 사망 소식은 뒤늦게 내게 도착했다.

내가 쉼보르스카의 시를 무척 좋아한다는 사실은 차치하더라도 쉼보르스카와 나 사이에는 각별한 인연이 있다. 아니, 그렇다고 혼자 생각하고 있다. 우리가 마치 같은 성에 같은 돌림자라도 쓰는 양 나는 쉼보르스카를 '심보르스카'라고 부르곤 했다. 한번은 친구가 '심보르스카'의 애독자라는 사실을 알고 이렇게 말한 적이 있다. "나의 '폴란드 고모님'을 좋아한다니 무척 반갑네." 내 썰렁한 농담으로 둘 사이에 잠깐 어색한 침묵이 흘렀지만 그래도 우리는 이내 그녀의 시 이야기에 빠져들었다.

쉼보르스카가 노벨상을 받지 않았다면 그녀의 타계 소식은 한국에 알려지지 않았을 것이다. 이 사정은 폴란드에서도 마찬가지였을 것이다. 쉼보르스카의 팬인 내 친구는 폴란드 여행중에 시인의 고향인 쿠르니크를 방문하여 마을 사람들에게 "쉼보르스카를 아시나요?"라고 물었는데 아쉽게도 그녀를 아는 사람을 단한 명도 만날 수 없었다. 선량한 내 친구는 자신의 형편없는 발음이 문제였을 거라고 자책했지만 정작 쉼보르스카 자신은 달리 생각했을지 모른다. 그녀는 「어떤 사람들은 시를 좋아한다」라는 시에서 시를 좋아하는 사람들은 '시를 전문적으로 연구하는 학교에 다니는 사람들'과 '시인 자신'을 제외하고 나면 '천 명 가운데 두 명 정도'에 불과할 것이라고 말했다.

그러니 '유명 시인'의 '유명'이라는 말은 배우나 가수에 붙는 '유명'에 비하면 지극히 사소한 것이다. 노벨상이나 무슨 문학상들이 시인의 유명세를 연예인급으로 부풀릴 때도 있지만 그리 되면 오히려 시인들이 부담스러워한다. 쉼보르스카는 노벨상을 수상하고 쏟아진 언론의 집중 조명을 피해 폴란드의 옛 수도 크라쿠프에 머물며 은둔 생활과 창작을 이어갔다. 그녀는 1931년 고향을 떠나 크라쿠프에 정착한 후 계속 그곳에 살았다.

나는 시인이 특별한 존재라고 생각하지 않는다. 영국의 낭만주의 시인 셸리는 "아무도 창조자의 이름에 값하지 못한다. 신과 시인 이외에는"이라 말했지만 쉼보르스카는 노벨상 수상 소감에서 셸리의 의견에 반론을 제기하듯 말했다. "영감이란 일반적으로 예술가 혹은 시인들만의 특권은 아닙니다. 영감의 수혜자들은 언제나 어디에나 존재하기 마련이며, 과거에도 있었고 또 앞으로도 있을 것입니다. 뚜렷한 신념으로 자신의 일을 선택하고, 애정과 상상력을 가지고 그 일을 수행하는 사람들 말이죠. 이 세상에 그런 의사들은 늘 있어왔고, 그런 교사들, 그런 정원사들은 항상 존재해왔습니다." 행복한 의사, 행복한 교사, 행복한 정원사는 행복한 시인의 동료다. 그들은 일에 전념하며 자신의 삶을 창조하고 타인과 교감하는 사람들이다. 시대가 불행할 때 시인의 역할이 중요한 것은 시인이 시대의 진리를 증언해서가 아니다. 시인은 불행한 시대에 우리가 잃어버린, 다시 돌아가야 할, 삶과 노동에 잠재한 행복의 형상을 밝히는 자다. 그렇기에 나는 시인은 진리가 아니라 행복에 가까운 사람이라고 믿는다.

"쉼보르스카는 크라쿠프의 자택에서 편안히 잠들었다"고 언론은 전했다. 그녀가 미소를 띠고 눈을 감고 있는 장면이 떠오른다. 그 표정은 시인에게 마지막 남은 한줌의 영감이 손에서 얼굴로 옮아와 최후의 작업을 한 결과이다. 그리고 그 표정은 행복하게 살다 간 다른 인간들의 표정과 하등 차이가 없다. 하지만 이 시대에 그런 표정은 얼마나 드문가! 늦었지만 시인에게 조의를 표한다. 고이 잠드세요, 나의 폴란드 고모님. (2012)

끝나지
않았어

오랜만에 뉴욕을 방문했다. 망설임 없이 찾아간 곳은 '주코티공원'이었다. 그곳은 2011년 9월 아큐파이 월스트리트 운동이 시작된 곳이다. 1퍼센트의 부자와 권력자가 99퍼센트의 다수를 지배하는 자본주의 체제의 불평등 구조를 더는 용납할 수 없다며 뉴요커들이 직접 행동을 개시한 장소이다. 아큐파이 운동의 슬로건은 '우리는 모두 99퍼센트다'였다. 나에게 이 슬로건은 한국에서 들었던 '우리는 모두 정리해고자다'라는 구호와 크게 다르지 않았다. 99퍼센트라는 숫자는 체제로부터 배제된 자, 내버려진 자, 그러나 더이상 당하고만 있을 순 없다며 거리로 나선 이들의 상징이었다.

나는 지하철을 타고 커널 스트리트 역에서 내려 주코티공원까지 걸어갔다. 커낼 스트리트는 차이나타운을 가로지르는 도로다. 그곳은 예전 그대로였다. 온갖 악센트의 음성과 온갖 색깔의 인종이 뒤섞여 혼란스럽고도 격정적인 삶의 에너지를 방출하고 있었다. 남쪽으로 걸음을 내딛자 예전에 쌍둥이 빌딩이 있던 자리에서 새로 지어지고 있는 고층 빌딩이 눈에 들어왔다. 사방이 반사 유리로 둘러싸인 화려하고 웅장한 빌딩이었다. 그것은 미국 자본주의의 기념비였던 쌍둥이 빌딩을 대체하는 새로운 기념비처럼 보였다.

주코티공원은 쌍둥이 빌딩이 있던 자리, 소위 '그라운드 제로' 근방에 위치했다. 나는 그곳을 지나가다 고개를 들어 한번 더 새 빌딩의 규모를 확인했다. 고개를 옆으로 돌리자 건너편의 대형 할인매장 입구로 드나드는 끝없는 인파가 보였다. 그라운드 제로와 대형 할인매장 사이를 잰걸음으로 통과해 몇 블록을 걸어 내려가 드디어 주코티공원에 도착했다. 그곳은 생각보다 너무 작은 장소였다. 공원이라고 부르기에도 민망한 장소였다. 바닥은 온통 콘크리트였다. 잔디 한 평 없었고 그나마 조경이라고 부를 만한 것은 군데군데 나무젓가락처럼 꽂힌 볼품없는 키 큰 가로수들뿐이었다.

그곳에는 아무도 없었다. 아니 주로 관광객들만 있었다. 한 손에는 한껏 부풀어오른 쇼핑백을 들고 다른 한 손에는 카메라를 든 사람들이 공원 곳곳에 앉아 휴식을 취하고 있었다. 주코티공원은 마치 '만국의 관광객들'을 위한 휴식처처럼 보였다. 아큐파이를 연상시키는 것이 있다면, 공원의 경계에 서 있는 단 한 명의 뉴욕 경찰뿐이었다. 아큐파이는 끝난 것일까? 나는 경찰에게 다가가 묻고 싶었다. "저, 실례합니다만 이제 다 끝난 건가요?"

나는 이 질문에 대한 답을 다음날 들을 수 있었다. "아니, 끝나지 않았어." 아큐파이가 한창일 때, 주코티공원에 설치된 임시 부엌에서 일하던 내 친구가 말했다. 아큐파이는 이제 주코티공원이 아니라 은행, 대학, 기업 등 다양한 곳을 점거해나가고 있다고 했다. 최근에 오클랜드 아큐파이 활동가들은 오바마 선거 본부를 점거하기도 했다. 그런데 그녀는 아큐파이의 미래에 대해 이야기하지 않았다. 그녀는 주로 과거에 대해 이야기했다. 막 환갑이 넘어 손녀까지 둔 그녀가 차이나타운에서 40년 넘게 관여해온 운동들. 이주민을 위한 운동, 억울한 죽음을 위한 운동, 성적 소수자를 위한 운동…… 대부분 뉴스에 나오지 않은 이야기들이었다.

나는 이야기를 듣다가 하워드 진의 『달리는 기차 위에 중립은 없다』(유강은 옮김, 이후, 2002)에 나오는 구절을 떠올렸다. "우리가 놀라는 까닭은 끓어오르는 조용한 분노와 최초로 들려오는 희미한 항의의 소리, 우리가 절망하는 와중에도 변화의 자극을 예시하는 곳곳에 산재한 저항의 조짐을 알아채지 못하기 때문이다." 조용하고 희미하고 산재하는 조짐들의 누적적 전개를 이해한다면 놀라운 사건은 사실 그리 놀랄 만한 것이 아니라는 뜻이다.

내 친구는 아큐파이의 전사(戰士)이자 전사(前史)였다. 나는 생각했다. 우리는 과거로부터 온 흐름 속에 존재하며 우리의 역할은 그 흐름을 이어가는 것이다. 누구는 대담하고 누구는 그렇지 않다. 그러나 우리는 영웅이 될 필요가 없고 될 수도 없다. 우리는 모두 하나의 조짐, 움직임이다. 익명의 바통이다. 그리고 그 바통 위에는 '끝나지 않았어'라는 말이 새겨져 있다. (2012)

✽ 내 친구 페이 치앙(Fay Chiang)—내 삶과 글쓰기에 누구보다 큰 영향을 준, 시인이자 화가이자 활동가—은 2017년 10월 20일 생을 달리했다. 그리운 페이, 평안 속에서 영면하기를.

벌새를
찾아라?

연초부터 해외 출장을 다녀왔다. 출장의 목적은 내가 속한 기관의 보안을 위해 밝힐 수 없다고 말하려다가 생각해보니 내가 속한 기관은 정부나 군대나 기업이 아니라 대학이다. 동남아시아의 대학들과 교류 협약을 맺거나 앞으로 협력할 분야를 논의하고 돌아오는 것이 출장의 목적이었다. 도착한 날 공항에서 숙소로 향하는 동안 왕가위의 영화 〈아비정전〉(1990)에 등장하는 거대한 열대 수목들과 그 위로 드리운 더 거대한 열대 구름이 눈에 들어왔다. 그러나 그때뿐이었다. 4박 5일 출장에서 이국의 정취를 누릴 여유는 없었다. 일정이 바빠서인지, 놀 줄 모르는 중년 남자들이어서인지, 동행한 팀장과 나는 동남아의 매혹적인 밤문화 같은 건 기웃거릴 생각도 않고 일 마치면 곧바로 숙소로 돌아와 각자의 방에서 무료한 휴식을 취했다.

싱가포르에서 한국으로 돌아오던 날, 우리는 체크아웃을 하고 호텔 중정에 마련된 흡연 구역에서 담배를 피우고 있었다. 갑자기 길이가 손바닥만하고 온몸이 노란 새 한 마리가 나타났다. 그 새는 우리 바로 옆의 화분 주변을 빙빙 돌기 시작했다. 나는 팀장에게 낮은 목소리로 "저 새 혹시 벌새 아닌가요?"라고 물었고 그의 답을 듣기도 전에 "벌새가 맞아요"라고 자문자답을 해버렸다. 크기는 작으면서 살짝 굽은 부리가 길었고, 날개가 1초에 수십 번은 진동하는 것 같았고, 새라기보다는 벌처럼 꽃봉오리 주변을 분주히 수평 수직으로 자유롭게 날아다녔고, 무엇보다 일찍이 내가 〈동물의 왕국〉 같은 자연 다큐멘터리에서 입을 헤벌리고 넋이 빠져 보았던 바로 그 벌새와 똑같이 생겼기 때문이었다. 나와 팀장은 급히 휴대전화를 꺼내 사진을 찍으려 했다. 그러나 셔터를 누르기도 전에 녀석은 또 어디론가 날아가버렸다.

우리는 벌새 사진을 찍기 위해 근방을 30분가량 돌아다녔지만 결국 벌새는 찾지 못했다. 대신에 투숙객의 식사 자리를 맴도는 시끄럽고 성질 사나운 다른 새들, 죽은듯 가만히 있더니 시선을 옮겼다 다시 보면 그 자리에 없는 도마뱀들을 보았다. 호텔에서 진행중인 아이들을 위한 수영 수업과 아마추어를 위한 그림 수업도 엿보았다. 노년의 그림 선생님은 내게 함께 그림을 그리자고 청했다. 나는 아쉽게도 오늘 한국으로 돌아가야 한다고 말했다. 나는 한국으로 돌아오는 비행기 안에서 생각했다. '내가 원래 새와 인연이 많은데, 지금까지 온갖 새들을 만났는데, 벌새와의 인연은 너무나 짧았어. 하지만 그 벌새는 잊지 못할 거야. 나는 날갯짓을 그렇게 하는 새는 처음 봤어. 싱가포르의 벌새는 내가 본 가장 특별한 새로 기억될 거야.' 나는 또 생각했다. 이번 출장의 꽃은 성공적인 업무 협약 체결이 아니라, 비록 실패했지만 바로 '벌새를 찾아라!'라는 미션이었다고. 이 이야기를 나는 팀장에게 하지 않았다. 나를 일에 대해 진지하지 않은 사람으로 오해할 수도 있으니까. 하지만 나는 내심 팀장도 나랑 비슷한 마음이면 좋겠다고 생각했다.

　출장에서 돌아와 심한 감기몸살을 앓았다. 아무래도 30도가 넘는 기온 차이 때문인 것 같았다. 나는 연휴 대부분을 이불 속에서 끙끙 앓다가 밀린 일을 하기 위해 애써 컴퓨터 앞에 앉았다. 문득 싱가포르 벌새가 생각나서 인터넷으로 검색해보았다. 그런데 당혹스러운 결과가 나왔다. 검색 결과에 따르면 벌새는 아메리카 신대륙에만 사는 새라고 한다. 그렇다면 나와 팀장이 그렇게 애써 찾아다닌 그 작고 신비로운 새는 도대체 무슨 새인가? 동화 속 파랑새인가? 나는 그쯤에서 더이상의 검색을 멈추었다. 최종 결과가 행여나 싱가포르 참새로 나올까 두려웠다. 그러나 나는 또 생각했다. 뭐 참새면 어떠랴. 그 새가 뭔 새건 그 새는 나에게 '벌새 같은 순간'을 제공해주었다. 벌새 같은 순간이란 어떤 순간을 말하는가? 비록 착각에서 비롯됐을지라도, 보이지 않던 것들을 보게 하는 순간, 일상을 모험으로 바꾸는 순간, 직장 동료를 여행 친구로 만드는 순간을 말한다. 그러니 나에게 싱가포르의 그 이름 모를 새는 여전히 진짜 벌새 못지않은 특별한 새로 기억될 것이 분명하다. (2012)

✽ 얼마 전 직장을 옮기게 돼 팀장과 작별 인사를 나눴다. 팀장은 싱가포르 출장을 언급하면서 좋은 추억이었다고 내게 말했다. 그 기억을 얘기해줘서 고마웠고 '빈말이 아니고 진심이에요? 내가 상사라 맞춰줬던 거 아니에요?'라는 생각을 떨칠 수 없는 나 자신이 부끄러웠다.

삶이
야구 같기만 하다면

난 축구가 싫다. 사실 좋아할 수 없다. 축구에 얽힌 트라우마가 많기 때문이다. 나에게 가해진 최초의 구타는 축구 때문이었다. 어느 날 아이들이 모여 축구를 하는데 골목대장인 동네 형이 축구를 처음 하는 나에게 골키퍼를 시켰다. "골키퍼가 할일은 딱 하나다. 공이 널 지나가지 못하게 막아라." 어렵지 않게 들렸다. 드디어 축구공이 나를 향해 느린 속도로 굴러왔다. 나는 점점 가까워지는 공을 불안하게 주시했다. 잔뜩 긴장하고 공을 향해 두 팔을 뻗었다. 그런데 공은 나의 다리 사이를 통과해 유유히 골문으로 들어갔다.

내가 '저렇게 느린 공도 잡지 못하다니 정말 부끄럽구나' 생각하고 있을 때 골목대장이 나에게 다가왔다. 그는 그것도 못

막느냐고 소리를 지르며 내 복부를 강타했다. 나는 숨막히는 고통으로 배를 움켜잡고 땅바닥에 쓰러졌다. 알베르 카뮈는 어린 시절 축구를 하면서 '인생은 뜻대로 되지 않는다'는 것을 배웠다고 하는데 나는 축구를 통해 '인생은 갑자기 복부를 강타한다'는 것을 배웠다.

그후에도 축구와의 악연은 이어졌다. 축구를 하다 앞니를 다쳐서 한 달 동안 잇몸에 깁스를 하고 죽만 먹으며 지낸 적도 있다. 잇몸에 석고 깁스를 하다니. 지금 생각해도 어이가 없다. 군대에 가서는 이등병 때 서류를 작성하는데 고참이 특기란에 '축구'라고 쓰라 했다. "저 축구 못하는데요"라고 했더니 그가 말했다. "앞으로 잘하게 될 거다. 제대하는 날까지 축구만 할 테니." 나는 결국 군대에서 축구를 하다 부상을 당해 한 달 동안 다리에 깁스를 하고 지냈다.

나는 야구를 사랑한다. 야구에 관해서는 좋은 기억들만 있다. 예를 들어, 나는 어릴 적 역전 홈런을 쳤던 기억을 어른이 된 지금도 가끔 머릿속에서 재생한다. 그 공은 내가 가장 좋아하는 가운데 낮은 공이었다. 나는 풀스윙으로 그 공을 걷어올렸다. '딱' 하는 경쾌한 소리와 함께 그 공은 창공으로 사라졌다. 나는 펄쩍펄쩍 뛰며 베이스를 돌아 홈으로 들어왔다. 팀원들의 열화와 같은 환영을 받으며. 요새도 잠자리에 들어 눈감고 이 장면을 떠올리면 한없이 기분이 좋아진다.

최근에도 홈런을 친 적이 있다. 조카와 함께 동네 놀이터에서 캐치볼을 하는데 초등학생들이 다가와 "한 게임 하실래요?" 제안을 하기에 "좋다. 그러자" 하고 같이 야구를 했다. 나는 홈런 하나를 포함해 3타수 3안타를 쳤다. 경기가 끝나자 한 녀석이 내게 항의했다. "아저씨, 초등학생 상대로 너무하신 거 아니에요?" 겉으로는 미안하다고 했지만 속으로는 이렇게 말했다. '상대가 누구건, 초등학생이건 성인이건 상관없다. 홈런은 언제나 짜릿하고 그 기억은 평생 간다.'

예전에 누가 칼럼에 이렇게 쓴 것을 봤다. "다른 스포츠는 경기장 바깥으로 공이 넘어가면 노플레이가 된다. 하지만 야구는 경기장 바깥으로 공을 넘기는 것이 최고의 플레이다. 그것이 바로 홈런이다." 절대적으로 동의한다. 〈내추럴〉(1984)이란 영화 마지막 장면에서 주인공 로이 홉스(로버트 레드포드)가 9회 말 역전 홈런을 친다. 경기장 너머로 날아가던 공이 전광판을 때리자 전구들이 폭죽처럼 터진다. 현실에선 말도 안 되지만 영화 역사상 명장면 중 하나다. 또 나는 다카하시 겐이치로의 소설 『우아하고 감상적인 일본 야구』를 좋아한다. 정말이지, 야구라는 스포츠는 얼마나 우아하고 감상적인가?

나는 삶이 야구 같았으면 좋겠다. 9회 말 역전 홈런 같은 것이 우리네 삶에도 있었으면 좋겠다. 하지만 현대적 삶은 축구에 가깝다(축구팬들은 동의하지 않겠지만). 페터 한트케가 쓴 소설의 제목 가운데 '페널티킥 앞에 선 골키퍼의 불안'이 있다. 현대 사회에서 우리는 마치 골키퍼처럼 다가오는 공을 불안 속에서 주시하며 살고 있다. 막으면 다행이고 못 막으면 복부를 강타당한다. 그래서 나는 이런 상상을 한다. 그 골키퍼가 갑자기 배트를 꺼내들어 축구공을 한 방에 때려 경기장 바깥으로 훌쩍 넘겨버린다면? 아아, 삶이 야구 같기만 하다면 얼마나 행복할까. (2012)

버릴 수 없는
것들

얼마 전 대학 친구들과 모임을 가졌다. 이런저런 이야기 끝에 화제는 이사할 때의 난감함으로 흘렀다. 이 난감함은 햄릿을 패러디 하면 "버리느냐 마느냐, 그것이 문제로다"라는 문장으로 요약된다.

나 또한 버릴 수 없는 것들이 많다. 박사 논문을 쓸 때 모은 자료들은 다시 들여다보지 않을 것이 분명한데도 도저히 버릴 수가 없다. 특히 사람들과의 인터뷰를 녹음한 테이프들이 그렇다. 나는 그 테이프들을 마치 내가 인터뷰한 사람들의 인격, 아니 영혼의 일부라도 되는 것처럼 취급한다. 그 테이프들을 버리면 그 사람들에게, 아니면 나에게 액운이라도 낄 것 같은 느낌이 든다. 이럴 때 나는 지극히 비합리적인 사람이 된다. 아니, 그보다 더하다. 사물에게 인격과 영혼을 부여하는 애니미즘 신봉자가 된다.

　　다들 버리기 어렵다고 생각하는 물건은 무엇보다 유품이었다. 이 난감함은 매우 보편적이어서 심지어 유품을 처리하는 비즈니스도 존재할 정도다. 하지만 유품의 난감함은 단순히 양 때문이 아니다. 한 친구는 아버지가 생전에 오랫동안 찾았던 물건을 돌아가신 후 우연히 발견했다. 그 물건은 내 친구에게 "아버지에게 의미가 있다"는 것 외에는 큰 의미가 없는 것이었다. 하지만 그거면 충분했다. 그 물건은 세상 어디에 내놓아도 쓸모없는 그 친구만의 보물이 되었다.

　　사실 많은 유품이 그러하다. 망자에게 의미가 있기에, 그리고 그 망자가 산 자에게 의미가 있기에 유품은 의미를 가진다. 그러나 그 의미는 무의미와 한끗 차이밖에 나지 않는다. 망자가 생전에 수집한 싸구려 우표들과 생전에 읽은 낡은 책들이 산 자에게 무슨 쓸모가 있겠는가.

　　"맞아, 그런 건 버릴 수 없지"라고 몇몇이 고개를 끄덕일 때, 한 친구는 "다 집착이야"라고 말했다. 우리는 사물을 통해서 사라진 과거와 사람을 기억하려 애쓴다. 우리의 마음은 놓지 못하는 것이다. 이미 놓쳤는데 놓지 않았다는 환상을 유지하고 싶은 것이다. 왜 그럴까? 우리는 적어도 어떤 것은 영원하기를 남몰래 갈망한다. 그렇기에 무신론자가 때로는 유신론자처럼, 과학자가 때로는 미신주의자처럼 말하고 행동하는 것이다.

다 집착이라며 합리적 판관 노릇을 하던 그 친구도 고백했다. 그는 며칠 전 노모가 오랜 세월 사용한 나무 도마를 건네받았다. 그 도마는 수십 년의 칼질에 깎이고 깎여 안쪽이 움푹 패었고 거의 구멍이 나기 직전이었다. 그 도마는 더이상 사용할 수 없는 것이었다. 그것을 뻔히 알지만 "잘 쓰겠습니다" 하고 받는 마음은 "다 집착이죠"라고 냉소하는 마음의 안쪽에 숨은 가장 애틋한 얼굴이었던 것이다. (2018)

푸른색
이야기

연말 연초에 동창들을 만났다. 1년에 한 번꼴로 보는 친구들도 있었고 꾸준히 만나는 친구들도 있었다. 생각해보니 내가 만난 친구들은 대략 다음과 같이 나뉘었다. '대화가 아예 안 되는 친구들' '적어도 대화는 할 수 있는 친구들' '대화가 잘 통하는 친구들'. 이들에 대해 나는 각각 다른 감정을 느꼈다. '대화가 아예 안 되는 친구들'의 경우는 '아, 어떻게 해도 대화가 안 되는구나.' '적어도 대화는 할 수 있는 친구들'의 경우는 '아, 대화는 할 수 있지만 서로 간의 차이는 어쩔 수 없구나', 그리고 마지막으로 '대화가 잘 통하는 친구들'의 경우는 '아, 이제 어떻게 살아야 하나'였다.

체념과 좌절이 대화를 지배했지만 세 부류의 친구들이 웃으며 대화할 수 있는 화제가 하나 있었으니 그것은 우리가 어렸을 때, 철이 없었을 때, 무모했을 때, 그러니까 우리가 청춘이었을 때의 이야기였다. 우리는 회고를 통해서만 서로의 차이를, 서로의 비애를 극복할 수 있었다.

확실히 청춘이란 말에는 회고적인 뉘앙스가 있다. 그것은 일종의 신기루 같지만 저멀리 눈앞에 아른거리는 사막의 오아시스와는 다르다. 청춘은 뒤돌아보면 그제야 나타나는 신기루 같다. 그것으로부터 떠나야만 청춘은 우리에게 푸른 봄이 되어준다. 곰곰 생각해보면 내가 그 안에 있었을 때, 청춘은 봄이 아니라 겨울에 가까웠다.

젊었을 때, 우리는 대체로 불행했고 우리 중 누군가는 더 불행했다. 우리 중 누군가는 찢어지게 가난했고, 우리 중 누군가는 감옥에 갔고, 우리 중 누군가는 죽기도 했다. 우리는 온갖 종류의 폭력에 노출돼 있었다. 그럼에도 왜 우리는 그 시절을 웃으며 기억할 수 있을까? 어쩌면 우리는 불행했지만 함께 싸우고 노래하고 놀고 울었기 때문이 아닐까? 어쩌면 우리는 그 시절을 함께 버텼기 때문이 아닐까? 그렇기 때문에 우리는 혼자서 과거를 생각할 때가 아니라 함께 과거를 생각할 때 비로소 행복감에 젖는 것이 아닐까?

나는 이 시대의 청춘을 떠올리면 마음이 아프다. 두 가지 이유에서다. 전 시대의 불행이 여전하거나 혹은 더 심화되거나 혹은 새로운 불행으로 거듭났다는 사실 때문이다. 그리고 그 불행을 극복하는 일이 점점 각자 감당해야 할 몫이 돼버리고 있다는 사실 때문이다. 이 시대의 청춘이 '응답하라' 시리즈에 열광하는 현상이 나에겐 씁쓸하다. 그들의 행복한 기억이 자신의 과거가 아니라 타인의 과거, 아니 엄밀히 말하면 미디어가 제공하는 과거로부터 공급되는 것 같아서다.

하지만 또다른 의문이 고개를 든다. 이 시대 청춘에 대한 나의 판단 또한 편견이 아닐까? 그렇다면 묻고 싶다. 이 시대의 청춘은 먼 훗날 자신의 생을 뒤돌아볼 때 나타날 푸른색을 어떻게 만들어가고 있을까? 솔직히 말해 나는 잘 모른다. 우리 세대의 푸른색과 이 시대 젊은이들의 푸른색이 같을 수 없기 때문이다.

하지만 새벽녘 편의점 앞에 옹기종기 모여 유쾌하게 떠드는 젊은이들을 볼 때, 시위 현장의 칙칙한 분위기에 생기를 불어넣는 청년들을 볼 때, 나는 생각한다. 푸른색을 만들어주겠다는 어른들의 약속들, 노동법과 청년 정책에 연연하지 않고, 혹은 그 약속들을 자신들의 요구로 전환시키며 자신의 푸른색을 만들어가겠다는 의지가 그들에게 있을 것이다. 그 의지가 크건 작건, 집단적이건 개인적이건 그들의 삶과 일터에서 꿈틀거리고 있을 것이다. 그렇지 않다면 먼 훗날 그들이 자신의 과거를 뒤돌아볼 때 나타나는 색깔은 푸른색이 아닐 것이다. 그렇지 않다면 사전에 올라간 청춘이라는 단어 옆에는 '판타지'라는 새로운 정의가 붙게 될 것이다. (2016)

권력과
인격

인격이란 무엇인가? 한 사람이 자신과 타인을 향해 가꾸고 유지하는 '사람다움'이다. 김현경의 『사람, 장소, 환대』(문학과지성사, 2015)에 따르면, 사람이 사람답게 살 수 있느냐 없느냐는 사회적 성원권, 즉 한 사람을 사회적 관계의 구성원으로 인정하느냐 아니냐에 달려 있다. 여기서 사회적 성원권이란 비단 큰 이야기가 아니다. 그것은 일상의 만남과 대화에 관한 것이기도 하다. 사회학자 어빙 고프먼의 『상호작용 의례: 대면 행동에 관한 에세이』(진수미 옮김, 아카넷, 2013)는 '사람다움'의 존중과 무시에 관련된 미시적 상호작용의 규칙들을 다룬다. 고프먼을 참조하자면, 인격의 존중과 무시는 생각보다 아주 손쉽게 일어난다. 상대방이 면전에서 말을 하고 있는데 휴대전화를 꺼내 만지작거리는 것만으로 사람은 무시당했다고 느낀다. 상대방의 말에 고개를 몇 번 끄덕이는 것만으로 사람은 존중받았다고 느낀다.

한국 사회에서 인격 침해 양상이 심각하다는 것은 최근 분명해지고 있다. 인격 침해의 가장 극단적인 형태는 물론 성폭력이다. 자신의 신체에 대해 갖는 주권이 타인에 의해 빼앗기고 침해당하는 것은 인격 살인으로까지 나아간다. 하지만 사태는 그리 단순하지 않다. 우리는 인격을 침해한 이들로부터 종종 "고의가 아니었다"라는 말을 듣는다. 실제로 법원에서는 '고의성 여부'가 죄질을 판단하는 데 주요 준거가 된다. 하지만 의도하지 않고 행해지는 인격 침해야말로 더욱 심각하다고 볼 수 있다.

의도하지 않음은 마음속에 타인의 인격에 대한 존중감이 애초부터 결여되었다는 사실, 타인의 인격을 임의로 처리할 수 있는 대상물로 당연시한다는 사실을 포함한다. "고의가 아니었다"는 실은 "당신의 인격이 그토록 중요한지 몰랐다"는 말을 달리 표현하는 것이며, 그렇기에 더 큰 모욕감을 불러일으킨다.

사람을 사람답게 대하는 태도와 문화가 집단적이고 조직적인 차원에서 결여돼 있을 때, 문제는 더 악화된다. 인격을 침해당한 이가 인격을 침해한 자, 나아가 세상을 향해 구구절절 무엇이 문제인지를 밝히고 설득하고 호소해야 하는 경우가 발생한다.

자신의 말이 외면당할 때, 문제 제기가 과민한 자의식 때문으로 치부될 때, 인격을 침해당한 이는 '결국 내가 문제인가? 내 요구가 너무 무리한가?'라는 자기 검열의 심리적 악순환에 빠져든다. 그리고 자괴감과 무기력에 빠져 인격을 되찾으려는 싸움을 포기하게 된다.

사회학은 권력이 강압적인 힘의 행사에만 의존하지 않는다고 말한다. 개인의 문제 제기에 대한 집단과 조직의 응답 방식 자체가 권력이 행사되는 장치다. 문제를 제기하면 다음과 같은 전형적 반응들이 나온다. "뭔가 오해가 있는 것 같은데, 그렇게까지 생각할 필요는 없다"라고 변명하기. 책임 전가하기. 관행으로 둘러대기. 마지못해 사과를 해야 한다면 단서를 달아 사과하기("불쾌했다면 미안하다").

권력은 이렇듯 사람을 불확실성으로 내몰아 몸과 마음을 소진시켜버린다. '계란으로 바위치기'라는 말은 조금 달리 해석해야 한다. 계란은 원래 계란이 아니었다. 계란은 원래 돌이었다. 돌은 바위를 두들기면서 점차 계란이 되어간다.

이 말도 덧붙여야겠다. 바위는 원래 바위가 아니었다. 바위도 원래 돌이었다. 바위는 자신한테 도움이 되는 돌들과 뭉치며 거대해진다. 그러면서 바위는 모든 돌들이 동등한 인격을 가지고 있다는 진실을 망각해간다. (2018)

아버지의
역사

　돌아가신 아버지는 정치적으로 보수 성향을 지니고 계셨다. 아버지는 노무현 전 대통령이 당선됐을 때, 미국에서 유학중인 나에게 전화로 말씀하셨다. "한국에 돌아오지 마라. 여기에는 이제 희망이 없다."

　그렇다면 보수적인 아버지의 전쟁관은 어땠는가? 대학에 막 입학한 어느 날, 나는 미군의 양민 학살을 다룬 역사적 자료를 접한 뒤 충격을 받고 아버지에게 그런 일을 아시냐고 물었다. 아버지는 미군은 그런 적이 없다고 거의 확언하셨다. 나는 아버지에게 자료를 보여드렸다. 아버지는 그것이 날조된 것이라며 격분하셨고 나는 분명한 사실이라고 반발했다. 그날의 언쟁이 둘 사이에 남긴 감정적 골은 꽤 심각해서 한동안 쉽게 가시지 않았다.

앞의 이야기가 다가 아니다. 아버지는 언제부턴가 한국전쟁이라는 역사 속으로 파고드셨다. 아버지는 독학으로 한국전쟁에 대한 지식을 쌓아나갔다. 늘 보수정당에 투표를 했지만 한국전쟁에 관한 아버지의 입장은 단순치 않았다. 아버지는 당시의 국내외 정세를 언급하시며 한국전쟁은 북한의 남침으로 시작됐지만 폭넓은 맥락에서 전쟁의 원인을 따져봐야 한다고 강조하셨다.

나는 머리를 긁적이지 않을 수 없었다. 아버지가 지닌 전쟁에 관한 지식이 나보다 훨씬 해박했을뿐더러 아버지의 입에서 나오는 이야기가 보수정당을 지지하는 사람의 입에서 나올 법한 이야기가 아니었기 때문이다. 아버지는 돌아가실 때까지 보수파였지만 내가 신입생 때 언쟁을 벌였던 분과는 사뭇 거리가 있었다.

아버지는 역사책들을 두루 읽으며 어린 시절 겪은 전쟁을 역사로, 개인의 비극을 포함하면서 넘어서는 큰 이야기로 다시 이해하셨다. 사실 지금 내 방의 책장에 있는 한국전쟁과 근현대 한국사에 대한 책은 전부 아버지의 것이다.

그중에 책 제목 하나가 눈에 띄어 꺼내보았다. 역사학자 정병준이 저술한 『한국전쟁: 38선 충돌과 전쟁의 형성』(돌베개, 2006)이라는 책이다. 지금껏 한 번도 들춰보지 않은 책이라 내용을 훑어보니 38선에서의 잦은 남북 간 군사적 충돌이 남침의 도화선이 됐다고 주장한다. 실제로 저자는 김대중 정부 시절 국사편찬위원회에 몸을 담았다. 역사 교과서 국정화를 지지하는 이들이 타깃으로 삼을 표본이라 해도 무방해 보였다.

나는 궁금해졌다. 노무현 정부에 치를 떨었던 아버지의 서재에 왜 '좌파'로 낙인찍힐 법한 역사학자의 책이 꽂혀 있는가? 머리말을 읽어보니 마치 하나의 힌트처럼 이런 구절이 눈에 들어왔다.

> 마지막 장들을 완성하던 지난 몇 달간 (중략) 한국인들이 겪었던 역사적 상황 속에서 덧없이 스러져간, 수많은 사람들의 꿈과 열정이 생각나 불면의 밤을 지새워야 했다. 1950년에 형상화된 한국이라는 국가, 사회, 사람들의 비극을 통해 이 책이 21세기 우리들에게 이야기하는 바가 있으리라고 기대한다. (13쪽)

좌파이건 우파이건, 보수 아버지건 진보 자식이건, 전쟁에 관해서는 하나의 공통분모가 있다. 그것은 모두 전쟁이라는 비극의 생존자라는 사실이다. 아버지가 가까스로 살아남았으니 자식도 가까스로 태어난 셈이다.

이 비극 일어난 원인은 무엇인가? 타도해야 할 원수인가? 아니면 과거 속의 진실인가? 역사란 무엇인가? 원수에 대한 승리욕을 고취하고 전리품을 과시하는 것인가? 아니면 과거 속의 진실이 무엇인지, 나의 현존이 과거의 비극과 어떻게 연결되는지를 성찰하는 것인가?

　　보수적인 아버지조차 이 질문에 대한 답은 알고 계셨으리라. 그래서 나는 애틋하게 상상해본다. 아버지가 살아 계셨더라면 작금의 역사 교과서 국정화 사태에 대해서 나와 아버지가 어쩌면 꽤 근사한 토론을 해볼 수 있었을 터라고 말이다. (2015)

헛된 노력,
절박한 결실

암호 화폐 논란이 한창이다. 누구는 암호 화폐의 기술적 기반인 블록체인이 미래 경제의 근간이 될 것이라며 암호 화폐 시장 전체를 규제하는 것은 목욕물 버리면서 아이까지 버리는 격이라고 주장한다. 누구는 수백만 명이 암호 화폐 시장에 뛰어드는 현상을 투기 광풍이라며 규제의 필요성을 강조한다.

암호 화폐에 합리적 근거를 부여하려는 측과 박탈하려는 측의 이야기보다 내 귀에 더 박히는 것은 "오죽 절박했으면 젊은 이들이 암호 화폐 시장에 뛰어들겠냐"는 탄식이다. 블록체인이 미래 경제의 기반이라는 말은 설득력이 있지만 젊은이들이 직면한 당장의 현실과는 거리가 있는 장기적 전망이다. 암호 화폐 열기를 투기 광풍으로 파악하고 규제를 역설하는 측은 눈높이가 어굿나 있다. 더 잃을 것이 없는 이들에게 진입 장벽이 낮고 수익률이 높은 암호 화폐를 구매하는 것은 리스크가 높더라도 충분히 '합리적인 선택'이 될 수 있다.

"젊은 세대가 노동의 가치를 저버렸다"는 도적적 비난은 오히려 비도덕적으로 들리기까지 한다. 노동의 가치를 저버리기 시작한 게 언제부터였던가? 부동산과 주식으로 재산을 증식하고 수입을 올리는 게 상식인 사회, 불로소득이 비정상적 투기가 아니라 정상적 투자인 사회에서 불안과 자괴감에 시달리는 젊은이들에게 암호 화폐라는 출구는 지극히 도덕적인 선택이 아닌가? 부모에 의지하지 않고 자기 앞가림하는 어엿한 자식이 될 수 있는 기회가 아닌가?

합리와 비합리가 뒤바뀌고 도덕과 비도덕이 뒤바뀌는 이러한 전도야말로 헬조선의 적나라한 풍경이다. 그런데 과연 이 살풍경 속에 젊은이들만 있을까? 인터넷과 컴퓨터 조작에 익숙해진다면 노인들이라고 암호 화폐 시장에 뛰어들지 않으리라 장담할 수 있을까?

2008년 금융 위기 직전 어느 날, 은행 창구에서 직원과 노인 한 분이 나눈 대화를 우연히 엿들은 적이 있다. 노인은 주식 상품이 만기가 되었다면서 연장을 해야 할지 어떨지 모르겠다며 직원에게 의견을 구하고 있었다. 곧이어 닥칠 주식 시장 붕괴를 알리 없던 직원은 미소 가득한 얼굴로 이렇게 말했다. "고객님, 안전한 상품이니까 염려 마세요. 앞으로 주가가 떨어질 일은 없을 거예요." 어떤 얼굴이 더 광적일까? "염려 마세요"라 말하는 친절한 얼굴? 아니면 "가즈아"를 외치는 절박한 얼굴? 한국 사회가 노동의 가치를 체계적이고 노골적으로 방기해온 지는 이미 오래다. 성공은 이제 노동의 정반대, 반짝이는 아이디어와 결정적인 기회 포착에 달렸다고 여겨진다. 결국 암호 화폐 열풍은 한국 사회에서 오랜 기간 집합적으로 학습되어온 생존 및 성공 전략의 일면일 뿐이다.

암호 화폐에 대해 젊은 세대와 대화를 나누던 중 한 트위터리안의 새해 인사가 언급됐다. "트친분들 노력 없이 큰 결실 얻으시길 바랍니다." 수만 번 리트윗된 이 말은 지긋지긋한 노력은 그만하고 싶지만 성공은 포기할 수 없다는 젊은이들의 갈망을 위트 있게 표현한다.

우리는 중산층 진입에 대해서도 이야기를 했다. 자신이 중산층 이하라고 밝힌 한 친구가 말했다. "열심히 살고 싶지만 계층 상승을 인생 목표로 삼긴 싫어요." 그 친구의 소망에 대해, 그 소망이 다양한 나무의 모습으로 깊이 뿌리를 내리고 널리 줄기를 뻗는 사회에 대해 생각해본다. 그 사회가 어떤 사회일지 잘 가늠이 되지 않는다. 하지만 지금의 한국 사회와 반대편에 있는 사회라는 것은 분명해 보인다. (2018)

악을 생각하다

변영주 감독의 영화 〈화차〉(2012)를 봤다. 미야베 미유키의 동명소설을 각색한 〈화차〉는 행복을 갈구하는 평범한 인물이 범죄와 살인에 빠지는 과정을 보여준다. 사악한 인물이 등장하지 않기에 영화는 더욱 공포스러웠는데, 나는 그 이유를 따져보다 한나 아렌트가 나치 전범인 아이히만의 재판을 참관한 후 언급한 '악의 평범성'이란 개념을 떠올렸다. "악한 일은 대부분 (사악함 때문이 아니라) 스스로 하는 일의 의미를 깊이 생각하지 못한데에서 나온다. 평범하게 살아가는 사람들이 스스로 인식하지 못한 상태에서 커다란 악을 저지를 수 있다."(한나 아렌트, 『예루살렘의 아이히만』, 김선욱 옮김, 한길사, 2006) 아렌트에 따르면 악은 '깊이 생각하지 못함'이라는 평범한 오류에서 발생한다. 나, 당신, 누구나 악인이 될 수 있다니, 공포스럽지 아니한가!

깊이 생각함은 언제나 악을 모면케 하는가? 하긴 '장고 끝에 악수'란 말은 있지만 '숙고 끝에 악수'란 말은 없다. 장고 끝에 악수를 두는 사람은 오래 생각했지만 깊이 생각하지 않아서 그런 건가? 도대체 얼마만큼 깊이 생각해야 하는가? 깊이 생각할 수 있는 사람은 어떤 사람인가? 지적인 사람인가? 도덕적인 사람인가? 그렇다면 미국의 연쇄살인범 중에는 고학력자가 왜 그리 많은가? 우리나라 정치인, 고위 관료, 재벌 인사 들은 왜 그리 말도 안 되게 부패하고 비도덕적인가?

우리는 또한 '선'의 이름으로 일어난 수많은 전쟁을 잘 알고 있다. 미군이 수행한 아프가니스탄 테러전의 작전명은 본래 '무한 정의(infinite justice)'였다. 선인은 악을 거부하지 않는다. 선인은 악을 행한 후 악인보다 조금 더 미안해할 뿐이다. 막스 베버는 『직업으로서의 정치』(전성우 옮김, 나남출판, 2007)에서 공익을 수호한다는 정치인의 파우스트적 숙명에 대해 이렇게 말했다. "정치에 관여하려는 사람, 즉 권력과 폭력/강권력이라는 수단에 관여하려는 사람은 누구나 악마적 힘과 거래를 하게 된다. (중략) 인간의 행위와 관련해보면 선한 것이 선한 것을 낳고, 악한 것이 악한 것을 낳는다는 것은 사실이 아니다. 차라리 그 반대인 경우가 많다. 이를 인식하지 못하는 자는 실로 정치적 유아에 불과하다."

선하고 잘난 사람들도 악을 저지르는 마당에 깊이 생각하는 게 무슨 소용일까? 따지고 보면 일상생활에서 악을 저지르지 않기 위해 깊이 생각할 필요는 없다. 산책을 하다 발아래 꽃이 있으면 본능적으로 꽃을 피해 발을 내디디는 게 보통이다. 그때 걸음을 멈추고 '흠, 고민이군. 이 꽃을 밟아야 할까? 말아야 할까?'라고 깊이 생각하는 사람은 선한 사람이 아니라 그냥 웃기는 사람이다. 별생각 없이도 선하게 살 수 있는 삶이 정상적인 것 아닌가?

일상생활에서 깊이 생각해야만 선할 수 있는 경우도 있을까? 있다. 아니 이 시대에는 너무 많다. 우리가 꽃을 밟느냐 마냐, 혹은 앞사람을 밀치냐 마냐를 깊이 생각해서 결정해야 하는 순간은 산책할 때가 아니라 급히 달려가야 할 때다. 〈화차〉의 여주인공은 생계의 벼랑 끝에서 오로지 살기 위해 자신과 처지가 같은 이를 죽이고 그 사람 행세를 했다. 이때 그녀가 악을 저지르지 않기 위해 필요했던 것은 대단한 성찰 능력이 아니라, 사람들이 나와 같은 생명을 지니고 있다는 사실, 그들이 나와 같이 행복을 추구한다는 사실을 망각하지 않는 것이었다. 일상생활에서의 '깊이 생각함'이란, 느긋하게 산책을 할 때라면 한 송이 꽃을 보고도 쉽게 느낄 공통성의 기초를, 생존의 흐름에 내몰리고 휩쓸릴 때에도 망각하지 않는다는 것이다. 나는 〈화차〉를 보면서 관객들이 낮게 흐느끼는 소리를 들을 수 있었다. 영화를 보는 여유 시간에 우리는 비슷한 영혼을 서로 나눠 가졌다는 단순한 진실을 떠올리며 눈물을 흘린다. 하지만 극장 문을 나서자마자 우리는 질주한다. 무한 경쟁의 시대에 매 순간 마주칠 수밖에 없는 선악의 기로에서 둘 중 하나를 무심코 선택하면서 달리고 또 달린다. 결국 악이란 '망각을 선택함'이고 지옥이란 거듭된 망각 끝에 다다르는 종착지의 이름이다. 장담컨대 그 종착지인 지옥은 끔찍하기는커녕 너무나 평범한 세계의 모습으로 우리를 맞이할 것이다. (2012)

달리는 당신,
슬럼프는 없다

보통 '슬럼프'는 스포츠나 예술 분야 종사자의 기량이 일시적으로 정체에 빠진 상태를 뜻한다. 그런데 최근 이 슬럼프가 게으름이나 무기력을 뜻하는 일반 용어로 자리잡아가는 것 같다. 사람들은 이런저런 경우에 "요새 슬럼프야" "인생이 슬럼프야"라는 자책 어린 표현을 한다.

슬럼프는 그저 할 일을 안 하는 불성실한 상태가 아니다. 옛날 옛적, 누구나 일을 하던 시기가 있었다. 그때의 성실함이란 '주어진 일에 전념하는 태도'였다. 사람들은 말했다. "일하지 않는 자는 먹지도 마라." 여기서 일이란 개인이 공동체를 위해 수행하는 역할이었다. 공동체에 기여하지 않는 자는 사람대접을 받을 수 없었다.

역사는 흘렀고 사람들은 대꾸하기 시작했다. "일하고 싶어도 일을 못하는데 먹지도 말라니, 너무 가혹하군요." 그러자 새로운 말이 나왔다. "게으른 자는 먹지도 마라." 일이 없다면 적어도 일을 구하기 위해 성실히 준비하고 노력해야 하며, 그러지 않는 자는 여전히 공동체에 해로운 사람이라는 것이다. 성실함 혹은 그 반대인 나태함의 핵심에는 '일'이 있었다. 일에 임하는 태도란 결국 공동체를 향한 개인의 헌신 정도를 뜻했고, 한 사람의 '밥 먹을 자격'은 이 태도에 의해 결정되었다. 하지만 이 또한 옛날이야기가 되어가고 있다.

미국의 사회학자 어빙 고프먼은 1960년대에 직업(job)과 커리어(career)를 개념적으로 구분했다. 고프먼에 따르면 직업만 있는 사람은 퇴근 후 집에서 일을 하지 않지만 커리어가 있는 사람은 퇴근 후에도 일에 빠져 있다. 커리어에서 성공한 사람의 삶은 역설적으로 커리어에 의해 잠식되는 것이다.

현대 사회에서 고프먼의 커리어 개념은 확장될 필요가 있다. 커리어가 삶을 지배하는 것이 아니라 삶 전체가 커리어로 변해버렸다. 성실함이 궁극적으로 기여하는 것은 직업/공동체가 아니라 '자아'이다. 우리는 지극히 개인적이고 비경제적인 영역에서도 탁월성과 효율성을 확보해야 한다. 성실히 책을 읽고, 성실히 운동을 하고, 성실히 소셜 미디어에 참여하고, 성실히 여행을 가고, 성실히 휴식해야 한다.

이제 삶 전체는 무수히 겹치고 교차하는 경주 레인들의 집합으로 정의된다. 우리는 그 레인들 위에서 멈춤 없이 달려야 한다. 이 달리기의 이미지는 우리에게 익숙한 '고독한 마라토너'의 그것과 상당한 거리가 있다. 차라리 그것은 "달려!(Run!)"라는 말을 듣자마자 아무데서나 질주를 시작하는 '포레스트 검프'나 '플래시'의 이미지와 유사하다.

하지만 우리는 포레스트 검프처럼 바보 영웅도, 플래시처럼 슈퍼히어로도 아니다. 우리는 오로지 자기 자신을 위해 달린다. 그런데 우리에게 달리라고 명령하는 이는 도대체 누구인가? 의미 있는 타인도, 공동체도 아닌 누군가 혹은 무엇인가가 우리에게 말한다. "너는 지금 슬럼프에 빠져 있어. 너는 지금 지체돼 있어." 이 말을 듣고 우리는 죄의식에 빠진다. 우리는 모든 곳에서 불안에 시달리며 달릴 채비를 한다. 며칠 전 나는 거리에서 조깅하는 사람을 보았다. 횡단보도의 불이 정지신호로 바뀌자 그는 한쪽 무릎을 꿇은 런지 자세로 신발끈을 다시 묶었다. 나는 그런 멋진 자세로 신발끈을 묶는 사람을 본 적이 없었다. 그는 멈춰 있을 때도 뛸 준비를 하고 있었다. 그의 옷차림과 몸짓은 광고 이미지를 연상시켰다. 신호가 바뀌고 달려가는 그의 뒷모습을 바라보며 나는 카피 하나를 떠올렸다. "달리는 당신, 슬럼프는 없다." (2017)

보험

얼마 전 아침, 운전 부주의로 추돌사고를 냈다. 내가 뒤에서 들이받은 차는 택시였다. 택시 뒷자리에는 손님이 타고 있었다. 그동안 간헐적으로 접촉사고는 있어왔지만 대부분 예의바른 사과를 주고받고 넘어갈 정도로 경미한 것들이었는데 이번에는 조금 달랐다. 불행 중 다행으로 큰 사고는 아니었지만 손님은 목을 부여잡고 고통과 원망이 섞인 표정으로 나를 바라봤다. 당황한 내게 택시 기사는 빨리 보험사에 전화를 하라고 재촉했다. 결국 운전 경력 3년 만에 처음으로 보험사에 사고 신고를 해야 했다.

오후가 되어 나는 택시에 탔던 손님과 기사에게 상태가 어떤지 물어보려고 전화를 했다. 손님은 병원에서 검진한 결과 큰 이상은 없지만 며칠간 물리치료를 받을 예정이라고 말했다.

자책감이 밀려왔다. 한순간의 실수로 내가 사람을 다치게 했구나. 기사는 아무래도 입원을 해야 할 것 같다고 했다. 가슴이 쿵 내려앉았다. 입원이라니. 또다시 자책감이 밀려왔다. 괴롭고 또 괴로웠다.

이런 경우엔 어떻게 해야 할지 몰라 가족들과 친구들에게 전화를 했다. 대답은 한결같았다. 보험사가 알아서 처리할 거라고. 내가 두 사람이 얼마나 아픈지 걱정이 된다고 하니까, 누구는 말했다. 자꾸 전화해서 괜찮은지 묻지 말라고. 그럼 만만하게 보일 수 있다고. 또다른 누구는 말했다. 한 번쯤은 전화하는 게 좋다고. 안 그러면 괘씸하게 생각한다고. 모두들 진심으로 나를 걱정하는 마음에서 한 말들이었다.

그날 밤 나는 택시를 탔다. 조심스레 기사에게 내가 겪은 일을 말했다. 그러자 그분이 내게 이런 이야기를 해줬다. "큰 사고가 아니라 다행이네요. 택시 기사들은 부상 정도와 상관없이 대부분 입원을 해요. 기사들이 무슨 대단한 생각으로 그러는 게 아니에요. 보험금이 나오니까요. 보험이라는 제도가 만들어낸 관행이에요. 입원을 안 하면 동료들한테 면박을 받기도 해요. 손님도 나중에 사고당해봐요. 입원을 선택하는 게 합리적일 수 있어요. 이번에는 줬으니 나중에는 받는 겁니다. 보험 때문에 사회가 그렇게 돌아가는 거죠."

나는 집에 돌아와 생각했다. 나 때문에 다친 손님은 지금

편히 잠을 잘 수 있을까? 목이 아파서 잠을 못 이루는 건 아닐까? 기사는 입원을 했을까? 잠자리가 불편한 곳에서 고생하는 건 아닐까? 내일 안부 문자나 전화를 해볼까? 그렇게 하면 지나치게 착한 척하는 사람이 되는 걸까? 그날 밤 나는 온갖 생각에 잠을 이룰 수 없었다. 그런데 나에겐 마음을 달래주는 천사가 있었다. 그 천사가 내 귀에 대고 부드럽게 속삭였다. "염려 마요. 내가 있잖아요. 당신의 문제를 내가 다 해결해줄게요. 그러니 안심하고 어서 자요." 그 천사의 이름은 바로 보험이었다.

보험으로 사고 처리를 하면서 이런 생각이 들었다. 보험은 사람들을 안심시킨다. 사람과 사람을 분리시킴으로써 안심시킨다. 보험이 손해를 배상하고 피해를 보상해준다. 만약 보험이 사람들을 연결시킨다면 그것은 보험금을 주고받는 화폐 관계로 그렇게 하는 것이다. 보험의 화폐 관계는 무엇보다 '마음'을 배제한다. 아니, 마음까지 계산 가능한 것으로 만들어버린다. 모든 것을 계산 가능성이라는 기준에서 바라보게 하는 보험 때문에 사람들은 인간적인 사죄를 주고받고 상처를 보듬어주어야 하는 사태에서조차 자신의 손실을 최대한 줄이고 이익을 최대한 늘리는 방향으로 행동한다.

보험은 천사가 아니라 메피스토펠레스이다! 내가 보험에 대한 생각을 털어놓자 나의 친구는 자기가 겪은, 나하고는 비교도 되지 않는 보험과 관련된 시련을 이야기해주었다. 보험을 충분히 완전하게 들지 않아 어마어마한 경제적 손실과 마음의 상처를 입은 경우였다. 결론은 보험은 무조건 들어야 한다는 것이었다. 그런데 무조건 보험을 들지 않으면 안 되는 사회를 만든 주범은 바로 보험이다. 보험은 천사도 악마도 아니다. 보험은 신이다. 이 세상은 보험의 뜻대로, 보험이 보시기에 참 좋게 만들어진 세상이다. (2012)

절규하는
'처절사회'

이제껏 한국 영화를 봐오면서 든 생각이 있다. 대부분의 한국 영화에는 등장인물들이 절규하는 장면, 소위 '절규의 순간'이 있지 않나 하는 것이다. 절규란 비명과는 좀 다르다. 할리우드 공포영화에서처럼 너무너무 무서운 대상이 가하는 극도의 위협 때문에 나오는 것이 비명이라면, 한국 영화의 절규는 보다 포괄적인 상황 때문에 나오는 것이다. 자신을 옥죄고, 도무지 해결책이 안 보이고, 어느 순간 중압감이 극에 달했을 때, 터져나오는 소리가 바로 절규인 것이다. 예를 들어 〈박하사탕〉(2002)에서 김영호(설경구)가 "나 돌아갈래!" 하는 장면이 대표적인 절규의 순간이다.

얼마 전 영화평론을 쓰는 지인을 만나 물어봤다. 정말 한국 영화에는 절규의 순간 같은 게 있나요? 그러자 그분이 실제로 그런 가설이 있다며 자신이 아는 해외 평론가의 일화를 들려주었다. 그 해외 평론가는 거실에서 한국 영화를 볼 때마다 부인이 방에서 나와 이렇게 물었다고 한다. "지금 보는 거 한국 영화지?" 어떻게 아냐고 물었더니 "소리가 들리니까"라고 답했다. 부인의 답변에 그는 한국 영화들을 꼼꼼히 연구하며 다시 보았다. 그 결과 한국 영화에는 절규의 순간이 매우 빈번히 등장한다는 사실을 발견하게 됐고 결국 그는 그에 대한 비평문을 쓰기에 이르렀다.

해외 평론가의 주장을 간단히 요약하면 한국 영화에서 절규의 순간은 일종의 내러티브 장치 같은 것이다. 한국 영화는 소위 '고전적 내러티브' 단계를 경험하지 않았거나 또는 식민지 시대와 전쟁으로 그 경험을 상실하였다. 따라서 내러티브의 전개가 논리적이지 않고 필연적이지 않을 때, 쉽게 말하면 자연스럽지 않을 때, 장면과 장면 사이에 절규의 순간이 삽입됐다는 것이다. 절규는 땜질 같은 것인데 동시에 땜질인 게 보이지 않게 하기 위해서는 절규라는 형태의 충격요법이 효과적이라는 것이다.

나는 그 이야기를 매우 재밌게 들었다. 궁금했던 것이 풀리는 느낌이었다. 하지만 또다른 궁금증이 생겼다. 왜 꼭 절규여야 할까? 예를 들어 우리는 어색하거나 곤란하면 '아하하하' 하고 웃으며 은근슬쩍 그 상황을 넘어가기도 한다. 왜 폭소가 아니라 절규여야 할까? 왜 '아하하하'가 아니라 '으아아아'인 것일까? 한국 영화의 '절규의 순간'을 더 잘 설명하기 위해서는 영화를 넘어선 보다 거시적인 맥락, 역사적이고 사회적인 상황에 대한 고려가 있어야 하지 않을까?

나는 이런 궁금증을 가지고 사람들에게 물어보기 시작했다. 한 후배에게 물었다. "최근에 절규해본 적 있어?" 후배가 답했다. "네, 차 안에서, 음악 크게 하고." 또 물었다. "자주 절규해?" 후배가 답했다. "요새는 덜한데 예전에는 자주 그랬죠." 다른 선배에게 물었다. "형은 절규해요?" 선배가 답했다. "할 시간도 없고 할 곳도 없다." 하긴 그 선배는 가정이 있으니 가족 앞에서 절규하면 가족 전체가 절규하는 난감에 상황에 이를 수도 있겠다는 생각이 들었다. 선배가 계속 말했다. "그러니까 한국 사람들이 노래방에 가는 거야. 노래방에서 하는 거 그게 노래냐? 절규지."

절규의 순간이 영화에만 있는 것은 아니다. 절규의 순간은 삶에도 있다. 혼자 사는 사람은 혼자 있을 때 절규한다. 가족과 사는 사람에게는 '절규 대체재'가 있다. 사는 것이 참으로 처절하다는 말이다. 사회 곳곳에서 절규가 들린다. 심지어 "나는 행복해요"라는 고백마저 절규로 들릴 때가 있다. 최근에 현대 사회를 칭하는 여러 용어가 있다. '위험사회' '피로사회' '불안사회' 등. 나는 그 용어들에 하나를 덧붙이고 싶다. 바로 '처절사회'다. 처절사회의 증상은 절규다. 영화에서건 삶에서건 절규는 우리가 고통스럽고 두려운 상황에 홀로 내던져졌을 때, 그러나 출구는 보이지 않을 때 터져나오는 소리다. 홀로 내던져짐. 출구 없음. 뭉크의 〈절규〉라는 작품이 떠오른다. 뭉크가 현대 한국 사회에 살았다면 〈절규〉의 화풍은 더 사실주의적이었을 테고 인물의 표정은 더 일그러졌을 것이다. (2012)

오,
스컹크!

왜인지는 모르겠지만 나는 주로 겨울에 사랑에 빠지고 겨울에 이별하곤 했다. 엄살조로 말하자면, 겨울이란 내게 '시간의 시간성'을 고통스럽게 일깨워주는 계절이었다. 이별이라면 시간이 빨리 지나가기를, 만남이라면 시간이 영원히 정지하기를 간절히 원했다. 겨울의 시간은 너무 느리거나 너무 빨리 내 의지를 거슬러 흘러가며 마음의 기슭에 뚜렷한 손톱자국들을 새겨넣었다. 나는 겨울에 어설픈 운명론자가 되곤 했다. 폭설이 내릴 때, 나는 세계가 지워지고 있다는 절망감과 새롭게 탄생하고 있다는 기대감에 뒤섞여 창밖을 바라보곤 하였다. 나와 무관하게 변화하는 세계의 색조와 무게와 결 앞에서 깜박깜박 점멸하며 절감하던 '어찌할 수 없음'. 그리고 가장 밝고 가볍고 부드러운 세계의 일부로 나타났다가 가장 어둡고 무겁고 날카로운 세계의 일부로 사라지던 그대.

나는 겨울에 집안에 틀어박혀 있거나 아니면 반대로 온종일 거리를 쏘다니며 시간을 낭비하곤 했다. 물론 시간보다 더 빨리 낭비되는 것은 누구보다 나 자신이었다. 그해 겨울, 유학생이던 나는 뉴욕에서 소진되고 있었다. 나는 그때까지 인생에서 가장 지독한 이별을 겪고 있었고 그 때문에 학위논문이라는, 그때까지 인생에서 그나마 가장 중요한 노동을 차일피일 미루고 있었다. 나는 제 몸에서 깃털을 하나하나 뽑아내며 조금씩 물속으로 가라앉는 물오리처럼 침대에 누워 빈둥거리며, 그러나 절박하게 시간을 보내고 있었다. 보스턴의 케임브리지에서 유학중이던 절친한 후배가 보다못해 내게 구원의 손길을 내밀었다. "형, 구질구질하게 그러지 말고 나랑 지내면서 논문에 전념하시죠." 후배의 말에 나는 군말 없이 짐을 쌌다.

케임브리지에 도착한 건 자정이 넘어서였다. 렌터카에서 내려 후배 집으로 향할 때, 이민 가방의 돌돌거리는 바퀴 소리는 낯선 밤거리의 침묵을 더욱 낯설게 만들었다. 그때 나는 뭔가가 잰걸음으로 눈앞을 지나가는 것을 보았다. 새까만 등줄기를 타고 흐르던 두 줄의 선명한 흰색을 보고 나는 그것이 스컹크임을 직감했다. 나는 후배에게 "오, 스컹크!" 하고 외쳤지만, 후배는 "여기 다람쥐가 좀 뚱뚱해요. 별거 아닌 거에 뭘 그리 흥분하세요"라며 내게 편잔을 주었다. 케임브리지에서의 첫날 밤, 나는 눈을 감고 내가 목격한 스컹크를 그려보려 애썼다. 그러나 눈앞에는 두 줄기의 선만이 희뿌옇게 떠오를 뿐이었다. 나는 자고 있는 후배를 깨워 "아까 그거 스컹크가 분명했어"라고 말하고 싶었다. 그날 밤 꿈에선, 스컹크의 등에서 뻗어나온 두 줄기의 하얀 선이 하염없이 어딘가를 향해 이어지고 있었다. 케임브리지에서 뉴욕으로, 그리고 또다른 거대하고 적막한 도시로. 그날 밤 나는 어떤 지독한 냄새의 길로 연결된 기이한 세계를 상상하며 깜박깜박 점멸하다 잠이 들었던 것 같다.

케임브리지에서의 생활은 단순했다. 논문 쓰기, TV 시청, 독서. 가끔 극장에 가고 외식을 했다. 유일한 소일거리는 사진이었다. 나는 정말 오랜만에 카메라를 다시 들었다. 오븐 속의 채 익지 않은 닭, 나뭇가지 사이로 얼보이는 달, 밤길에 담뱃불을 붙이느라 잠시 환해진 후배의 얼굴 등 사소하고 친근한 대상들이 피사체가 돼주었다.

사진이란 뭐랄까, 사물이 꿈이 되고 꿈이 사물이 되는 순간, 존재도 아니고 비존재도 아닌, 그 사이에서 깜박깜박 점멸하는 순간의 기록 같은 것이다. 그해 겨울, 케임브리지에 첫눈이 내리던 밤이었다. 우리는 나름 감격에 젖어 외출을 감행했는데 때마침 집 앞에 누군가가 버린 구식 TV가 놓여 있었다. 외출에서 돌아왔을 때 TV 위에는 어느새 하얗게 눈이 쌓여 있었다. 순백의 눈은 마치 수의(壽衣) 같았다. 그것은 TV가 수명을 다했음을 보여주는 분명한 표식인 동시에 어떤 초연하고도 아늑한 분위기로 TV를 감싸고 있었다. 세상의 모든 전파와 단절됐지만 우연이라는 시간의 비밀스러운 채널을 타고 전송되는 저 TV의 사후(死後)의 영상은 참으로 신비하고 따뜻하게 느껴졌다. 카메라를 꺼내 TV를 향해 조심스레 셔터를 눌렀다. 나는 사진 찍기와 논문 쓰기를 번갈아가며 그해 겨울을 케임브리지에서 보냈다. 사진은 나를 치유해줬고 논문은 나를 살게 해줬다. 그리고 봄이 채 시작되기 전에 나는 뉴욕으로 돌아왔다. 두 달가량의 집중적인 노동은 성과가 있었다. 논문 쓰기는 그 시기 동안 탄력을 받았고 1년 후 나는 무사히 졸업할 수 있었다.

뉴욕으로 돌아올 즈음 나는 스컹크와 다시 조우할 기회를 가졌다. 어느 날 밤 우리는 집 앞에서 담배를 피우고 있었다. 그때 쓰레기봉투에 고개를 처박고 게걸스럽게 뭔가를 훔쳐먹고 있는 녀석을 보았다. 등줄기에는 예의 그 흰 선이 뚜렷했다. "오, 스컹크!" 과연 스컹크였다. 후배는 적잖이 흥분한 나를 보고 씩 웃으며 말했다. "어, 정말, 그러네요." 스컹크는 예상치 않은 소란에 당황한 듯 총총히 자리를 떴다. 나는 괜한 장난기로 녀석을 쫓아갔다. 내가 가까워지면 녀석은 멈춰 서서 꼬리를 세웠다. 나는 흠칫 뒤로 물러났다. 그 악명 높은 방귀 세례를 받고 싶진 않았으니까 말이다. 그러면 녀석은 다시 달아나고, 나는 다시 쫓아가고, 꼬리를 세우고, 뒤로 물러나고. 이러기를 몇 차례, 결국 녀석은 제 갈 길을 가고 나는 집으로 돌아왔다. 그날 밤 잠자리에서 나는 생각했다. 만약 스컹크를 계속 쫓아갔다면 앨리스나 도로시처럼 이상한 나라를 방문하게 됐을까? 거기서 나는 그녀와 다시 만나 백년가약을 맺고 행복한 여생을 보낼 수 있을까? 거기선 내가 스컹크만큼 지독한 방귀를 뿡뿡 뀌어대도 그녀가 나를 보며 환한 미소를 지을 수 있을까? 그날 밤 나는 꿈을 꾸지 않았다. 아니 실은 어떤 꿈을 꾸었는지는 기억나지 않는다. 하지만 행복한 꿈이었으리라 믿어 의심치 않는다. (2008)

마지막
꿈

어찌된 일인지 요새는 꿈을 자주 꾸지 않는다. 꿈을 꾸지 않는다는 것은 깨고 나서 기억을 더듬어볼 일이 없다는 것이다. 꿈을 꾸고 난 후 잠에서 깼을 때, 처음 하는 일은 꿈의 흐릿한 이미지들을 되살리는 것이다. 그 이미지 파편들을 이어붙여 이야기를 만드는 것이다. 꿈을 꾸고 일어난 다음에는 영화로 치면 일종의 후반 작업 같은 것이 의식 속에서 이루어진다. 꿈은 그렇게 각성 상태로 이어지고 그것을 잠시나마 지배한다. 각성 상태는 꿈의 영향력하에서 꿈을 완성시킨다.

나에게는 오랫동안 기억에 남은 꿈들이 있다. 그중에 가장 행복했던 것은 어릴 적 꾸었던 하늘을 나는 꿈들이다. 나는 다양한 종류의 비상을 꿈속에서 실험했다. 제자리에서 붕 떠오르기,

도움닫기 후에 이륙하기, 고층 건물 옥상에서 뛰어내린 후 솟구쳐 오르기, 팔을 날갯짓하며 새처럼 날기, 팔을 수평으로 나란히 뻗어 비행기처럼 날기, 팔을 앞으로 뻗어 슈퍼맨처럼 날기, 구름을 통과하기, 구름 속에 머물기, 구름 위로 날기, 방향 바꾸기, 공중에 멈춰 있기, 누워서 날기, 옆으로 날기, 360도 회전하기 등등. 그러다 언젠가부터 더이상 하늘을 나는 꿈을 꾸지 않게 됐다. 하지만 꿈속에서 완전히 하늘을 날지 못하게 된 것은 아니다. 이것은 무슨 말인가? 하늘을 나는 꿈을 더이상 꾸지 않는데 그래도 계속 하늘을 날 수 있다니.

정확히 말하면 하늘을 나는 꿈이 멀리뛰기 꿈으로 바뀌었다. 나는 어른이 되어서도 멀리뛰기 꿈을 간혹 꾼다. 꿈속에서 나는 힘껏 도움닫기를 한다. 그러고는 점프한다. 몸 전체를 활처럼 휘고 두 팔은 하늘로 기지개를 편 듯 뻗고 두 다리는 지면과 일정한 간격을 유지한다. 공중에 떠올라 온몸의 근육을 가볍게 만들어 공기의 흐름에 조율시키며, 가속도의 관성을 유지시키며 앞으로 나아간다. 그렇게 멀리뛰기를 하면 현실에서는 완전히 불가능한 거리를 뛸 수 있다. 꿈속에서 나는 멀리뛰기 세계 신기록 보유자다. 때로는 백 미터도 넘는 거리를 뛸 수 있다. 그때의 기분은 가히 환상적이다. 거의 하늘을 날아가는 기분이다. 단지 지면과의 거리가 하늘을 나는 것에 비해 훨씬 가까울 뿐이다. 그러나 꿈속에서 멀리뛰기를 하면서 행복감을 느끼는 와중에도 나는 안다. 이것은 엄밀히 말하면 하늘을 나는 것은 아니다. 다만 아주 훌륭한 멀리뛰기일 뿐이다. 나는 곧 지상에 착지할 것이다. 중력이 나를 끌어내릴 것이다. 그때 넘어지지 않도록 조심해야 한다. 그러니 공중에 떠 있는 동안만이라도 이 비상의 느낌을 만끽하자.

하늘을 나는 꿈이 멀리뛰기 꿈으로 바뀌었다는 사실에서 나는 한 가지 깨달은 것이 있다. 성인이 된 후 나는 꿈속에서조차 하늘을 날 수 없다는 사실을 받아들인 것이다. 꿈속에서 비상에의 욕망과 비상의 불가능성에 대한 인식 사이에 일종의 타협이 이루어진 것이다. 욕망은 말한다. "나는 날고 싶어. 중력을 거부하고 싶어." 그러자 현실 인식이 말한다. "하지만 잘 알잖아. 인간은 하늘을 날 수 없어. 그것은 과학적으로 불가능해." 그러자 난감한 표정으로 이 대화를 귀기울여 듣고 있던 꿈이 놀라운 타협안을 내놓는다. "좋아. 그럼 멀리뛰기는 어때? 하늘을 나는 것은 아니지만 그래도 하늘을 나는 것처럼 공중에 뜬 채 최대한 먼 거리를 뛰는 거지. 그때 기분은 하늘을 나는 것처럼 행복하지만 동시에 분명히 아는 거지. 곧 지면에 착지할 거라는 걸. 하늘을 나는 행복감과 중력에 대한 현실적 수용이 멀리뛰기에는 공존 가능한 거야." 그 말을 듣고 욕망과 현실 인식은 고개를 끄덕인다. 그렇게 타협안이 양편 모두에 받아들여진다. 꿈은 아주 만족스럽다. 꿈의 역사상, 이것은 두번째로 천재적인 타협안이다. 첫번째로 천재적인 타협안은 신화였다. 욕망에 홀린 인간들이 자신들에게 모든 것이 허용되고 모든 것이 가능하다며 신에 대해 전쟁을 선포하기 직전, 꿈은 인간과 신 사이에 신화라는 타협안을 내놓았다. 신화는 인간의 욕망 추구와 신의 도덕적 권위를 조화시켰다. 그러니까 신화 또한 일종의 멀리뛰기 같은 것이었다. 추락하는 것은 날개가 있다고 하지만 착지하는 것은 날개가 없다. 그것은 신에게나 인간에게나 안전하고 만족스럽다. 멀리뛰기로서의 신화가 그것을 보여준다.

내가 꾼 꿈 중에 인상적인 꿈이 또하나 있으니, 바로 종말에 관한 것이다. 아주 어렸을 때, 그 꿈을 꾸었다. 눈앞에서 모든 것이 무너지고 있었다. 서울의 도심 빌딩들이, 고층 아파트들이, 남산이, 한강 다리들이, 모든 것이 우르르 무너지고 있었다. 그때 나는 꿈속에서 알았다. 지구의 멸망이다. 아마겟돈이다. 끝이다. 끝났다. 나는 꼼짝할 수 없었다. 하늘을 날 수도 없었고 멀리뛰기도 할 수 없었다. 그저 모든 것이 무너지는 장면을 지켜볼 수밖에 없었다. 그 순간 나 또한 그 모든 것의 붕괴에 휩쓸려 곧 죽게 되리라는 것을 알았다. 나는 꿈속에서 나 자신의 죽음을 기다리고 있었다. 그러다 눈을 떴다. 하늘을 나는 꿈, 멀리뛰기를 하는 꿈이 반복되는 꿈이라면 모든 것이 내 눈앞에서 무너지는 꿈은 단 한 번 꾼 꿈이다. 그러나 그 꿈의 이미지는 내 인생에서 자주 환기된다. 내가 종말이라는 단어를 머릿속에 떠올릴 때마다 그 이미지는 재생된다. 나는 안다. 내가 아니더라도 내가 살아 있는 동안이 아니더라도 누군가 언젠가는 내가 꿈에서 봤던 그 장면을 현실에서 목격하게 되리라는 것을. 하늘을 나는 꿈이나 멀리뛰기 꿈과는 달리, 그 꿈은 지극히 현실적이다. 언젠가 모든 것이 붕괴하리라는 것은 명백한 진실이다.

　　나는 요새 꿈을 꾸지 않는다. 나는 어쩌면 꿀 만한 꿈들을 다 꿔버린 것인가? 이제 나에겐 욕망도 환상도 남아 있지 않은 건가? 아주 간혹 꾸는 꿈들이 있긴 한데, 이미지가 분명치 않다. 깨고 나서 기억하려 해도 기억이 나질 않는다. 다만 기억나는 사실이 하나 있다면, 간혹 꿈에 한 여자가 등장한다는 것이다. 나는 잠에서 깨고 나면 '그녀가 나타났구나'라고 속으로 중얼거린다. 그러나 그녀와 뭘 했는지, 어떤 대화를 했는지, 어디를 갔는지, 키스를 했는지, 섹스를 했는지 기억이 나질 않는다. 그녀에 대해 내가 아는 것이 있다면, 아니 바라는 것이 있다면 그녀가 지구의 종말이 왔을 때 내 옆에 있었으면 하는 것이다. 꿈속에서 나는 혼자 종말을 바라보고 있었다. 무서웠지만 무엇보다 외로웠다. 외로움이 공포를 압도했다. 하지만 현실에서는 그녀가 나와 함께하면 좋겠다. 우리는 서로를 부둥켜안고 종말을 맞이할 것이다. 종말로부터 달아나기 위해 멀리뛰기도 할 수 없고 하늘을 날 수도 없는 우리는, 두려움에 떨면서도 서로 부둥켜안고 있음이 임박한 종말에 대한 어마어마한 두려움을 약간은 덜어준다는 사실을 신기해하며, 마지막 이야기를 나누며, 마지막 눈물을 흘리며, 마지막 미소를 지으며, 함께 죽을 것이다. (2013)

무너진
방앗간

　　올 초 나는 일군의 예술가와 함께 철원에 위치한 한 마을을 방문했다. 그곳을 돌아다니던 우리는 버려진 방앗간에 들르게 됐다. 위태롭게 서 있는 기둥들, 형체가 무너진 설비들이 눈에 들어왔다. 우리를 안내한 주민에게서 동네의 방앗간은 그렇게 버려졌고 도심 혹은 읍내에 더 크고 더 기계화된 방앗간이 생겼다는 이야기를 들은 것 같다. 하지만 폐허가 된 그곳을 에워싼 분위기는 여전히 매우 특별해서 지나던 예술가들의 발길을 붙잡기에 충분했다.

　　우리는 방앗간의 구석구석을 기웃거리며 열심히 사진을 찍었다. 그곳은 한때 마을의 모든 낟알과 곡식들이 모여든 곳이었으리라. 작황기면 수확물을 끌고 온 사람들로 앞마당이 북적거렸을 테고, 안에서는 방아 기계가 숨을 헐떡이며 쉬지 않고 돌아갔을 것이다. 방아 기계는 1년 내내 노동하여 수확한 그 결실들을 곱게 다듬어 먹을 수도 있고 내다팔 수도 있는 귀한 것들로 탈바꿈시켰을 것이다. 방앗간 주인은 닦달하는 농민들 앞에서 모든 게 자기 하기에 달렸다는 듯 으쓱거리며 위세를 과시했을 것이다.

방앗간이란 어떤 공간이었을까?『그들의 새마을운동』(김영미, 푸른역사, 2009)에는 방아와 관련해 1950년대 어느 마을의 일화가 소개된다. 마을 여기저기에 널려 있던 연자방아를 대체하여 발동기가 달린 기계방아와 정미소가 등장하자 다음과 같은 변화가 일어났다.

기계방아는 연자방아와 비교할 때 노동력을 현저히 절감시켜주었으므로 '근대적 농기구'로 급속히 전파되고 있었다. 그러나 값이 비싸고 사용과 유지가 쉽지 않아 농가마다 소유할 수 없는 물건들이었다. 이 때문에 1950년대에는 기계방아를 돌리는 전문 방아꾼이 출현했다. 이장 경력자이거나 마을 내에 영향력 있는 인물들이 동네에 방아를 도입해 방아권을 독점하고 마을 주민을 상대로 수입을 올렸다. (130쪽)

책에 따르면 방아꾼은 값비싼 기계를 소유했다는 이유 하나만으로 마을의 세력가가 될 수 있었다. 독점적 수입을 올리는 방앗간 주인에 대한 마을 주민들의 혐오도 깊었을 것이다. 그래서 방아를 둘러싸고 심각한 갈등이 일어나기도 했고, 그 갈등을 해결하는 방식으로 방아는 동네 주민들의 공동 소유가 되기도 했다. 그만큼 방앗간은 마을에서 매우 핵심적인 공간이었을 터이다.

서구의 경우에도 방앗간은 특별한 공간이었다. 방앗간 주인은 서구에서도 혐오의 대상이었던 것 같다. 『치즈와 구더기』(카를로 진즈부르그, 김정하·유제분 옮김, 문학과지성사, 2001)에는 다음과 같은 시구가 소개된다.

> 잘 듣게. 내가 말해주겠네. 누가 손으로 무언가를 움켜잡고 있는지를 잘 보게나. 그는 흰색의 밀가루를 뒤집어쓴 방앗간 주인이네. 누가 손으로 무언가를 훔치고 있는지를 잘 보게나. 그는 흰색 밀가루를 뒤집어쓴 방앗간 주인이네. 그는 쿼터를 스타이오로 속아넘기네, 세상의 가장 큰 도둑은 방앗간 주인이라네. (339쪽)

책의 저자인 카를로 진즈부르그에 따르면 이탈리아 종교 개혁 시기에 방앗간은 비난의 대상만은 아니었다. 그곳은 다양한 사람들이 모여드는 장소였고 때로는 그 만남 속에서 새로운 세계관이 형성되고 유포되는 곳이기도 했다. 특히 방앗간 주인은 마을에 속하면서도 동시에 마을에서 분리된 독특한 사회적 지위를 갖

고 있었고, 그런 이유로 새로운 세계관의 매개자 역할을 수행하기
도 했다.

　　방앗간이 사라졌다는 것은 단순히 쌀알과 밀알을 가공하
는 기능적 공간이 사라졌다는 데 그치지 않았을 것이다. 사람들
이 모이고 갈등이 생기고 해결책이 나타나고 변화가 이루어지는
살림살이와 사람살이의 중심이 바로 방앗간이었다. 그곳은 자본
의 공간이자 공론의 공간이기도 했다. 결국 방앗간이 사라졌다는
것은 마을의 중심이 사라졌다는 뜻이다. 우리는 그날 폐허로 남은
마을의 중심을 방문한 것이었는지도 모른다. (2015)

삶의 의미?
지금 삶의 의미라고 했나?

"삶의 의미? 그런 것보다는 차라리 내가 어떤 타입의 남자를 진정으로 원하는지 알고 싶다고!" 국제학술대회에서 만난 내 또래의 일본 문화연구자가 한 말이다. 그녀는 삶의 의미란 무엇인가? 라는 질문을 던지는 일을 열다섯 살에 그만뒀다고 한다. 어차피 답이 없는 질문에 집착하는 건 뭐랄까, 구질구질(pathetic)하다고 애초에 결론 내렸다는 것이다. 어쨌든 그녀에겐 삶의 의미보다 자신이 좋아하는 남자의 타입을 찾는 것이 덜 구질구질한 셈이다. 예전엔 열다섯이 지나서도 삶의 의미에 대한 질문을 부여잡고 있는 사람들은 대개 종교인, 예술가, 지식인이었다. 종교인들은 예나 지금이나 대강의 가이드라인을 따라 답을 구하는 편이다. 예술가와 지식인들은 좀 별나서 남을 괴롭히다못해 스스로를 파괴하면서까지 굳이 어렵게 답을 찾았는데, 이제 이들에게조차 삶의 의미에 대한 질문은 소위 '쿨'하지 않은 것이 돼버렸다.

*

나도 쿨해지고 싶긴 한데 무슨 이유에선지 자꾸 삶의 의미에 대한 질문을 던진다. 답을 구하기 위해 대단한 독서나 사유를 한다는 말은 아니다. 장구한 우주의 역사 속에 내가 우연히 인간으로 존재했다가 소멸한다는 사실에 대해 '도대체 왜?' 이런 종류의 질문을 가끔, 하지만 꾸준히 던져왔다는 말이다. 이런 질문들은 대개 무지근한 흉통 같은 것을 수반하며 더불어 정신의 습도를 약 10~20퍼센트가량 높여주곤 한다. 출발은 지극히 비합리적이었다. 중학교 1학년 때 처음으로 죽음에 대해 진지하게 생각하다가 산다는 게 장난이 아니라는 걸 알았고, 혼란스러워졌고, 공포에 사로잡혔다. 어머니는 일주일간 가위와 악몽에 시달리던 나를 데리고 병원에 가셨다. 신경쇠약 증세가 좀 있다는 의사의 말에 무슨 걱정이라도 있냐고 묻는 어머니께 '난 왜 태어났어요? 사람은 왜 죽어야 해요? 사는 게 너무 무서워요!'라고 하면 다소 그로테스크한 불효를 저지르는 게 아닐까 싶어 잠자코 있었다. 이런 소아병적 증세는 나이가 들면서 극복했지만 질문은 지속됐고 다른 형태로 발전했다. 그 질문과 씨름하면서 나의 좌뇌는 사회학으로 나아갔고 우뇌는 시로 나아갔다(오오, 양쪽 다 불쌍한 나의 뇌여).

이제 내 나이는 열다섯을 훨씬 지났다. 어떤 친구는 아직도 삶의 의미 운운하는 건 내가 인류 전체에 대해 고뇌하는 경향이 있는 '물병자리'라 그렇다고 한다. 그럼 세계 각지의 물병자리 지식인과 예술가들을 초청하여 '물병자리가 바라보는 삶의 의미'라는 제목으로 학술대회라도 열어보면 어떨까, 하는 생각을 해본다. 유머감각이 떨어지는 이는 내가 쿨하지 못한 근대주의자여서 그렇다고 한다. 쿨하지 못하다는 건 인정한다. 그러나 삶의 의미는 근대와 탈근대의 이분법 따위는 훌쩍 넘어선다. 속물, 즉 내면이 없이 천박한 것을 욕망하는 인간도 삶의 의미를 강렬하게 추구한다. 속물에게도 나름 미덕이 있는데 그것은 귀여움이다. 그들은 눈을 동그랗게 뜨고 나 좀 봐달라고 귀염을 부리는데, 이야말로 그들이 자신을 향한 타자의 시선으로 삶의 의미를 채우려고 얼마나 안달하는가를 잘 보여준다. 결국 삶의 의미 추구가 내면에서 이루어지느냐 아니면 외부에서 이루어지느냐가 진지한 이와 속물의 차이를 결정할 뿐이다. 그러나 잘 아시다시피 내면과 외부는 복잡하게 얽혀 있다.

문제가 이렇게 복잡하다면 삶의 의미란 우리가 통상 알고 있는 단순한 답의 형태로 나오지 않는다는 사실이 명백해진다. 어떤 사람들에겐 그건 답이 없다는 이야기나 마찬가지다. 그들은 "삶의 의미, 드디어 발견되다!"라는 제목의 기사가 신문 1면을 떠들썩하게 장식하면 그제야 "아, 답이 있었구나"라고 납득할 것이

다. 허나 그들도 알게 모르게 삶의 의미를 추구한다. '나름대로' 이
성적 고민을 하고 도덕적 연민을 느끼고 미적 감동에 젖어든다.
그러다 평범한 일상에 갑자기 출몰하는 컴컴한 심연이나 환한 빛
을 경험한다. 스스로를 낯설게 마주보도록 강요하는 이 당혹스러
운 경험은 이후의 삶을 약간은 다른 방향으로 인도할 수도 있다.

*

　　다소 생뚱맞지만 '단 한 번도 공을 잡아보지 못한 외야수'
이야기를 하겠다. 삶의 의미에 대한 질문은 이 외야수의 기구한
삶과 잘 어울리는 것 같다. 매회 수비가 시작되면 그는 여느 선수
처럼 외야의 자기 위치로 달려가 자세를 잡고 공이 날아오기를 기
다린다. 그러나 무슨 영문인지 9회가 끝날 때까지, 그리고 그다음
경기에도, 그다음 경기에도, 그에게는 공이 날아오질 않는다. 그
러나 긴장을 늦출 수는 없다. 외야수로서의 그의 존재 의의는 '날
아오는 공을 잡아야 한다'라는 절대적 의무에 있기 때문이다. 그
렇기에 외야의 평화스러운 고요, 푹신한 잔디, 이 모든 것들이 부
추기는 공상을 즐길 여유가 그에겐 허락되지 않는다. 여전히 공
은 그에게 날아오지 않는다. 딱, 하고 야구공이 배트에 맞는 순간
과 척, 하고 공을 잡는 순간, 그리고 슈우웅, 하고 날아가 두 순간
을 이어주는 공의 궤적, 이 셋이 삼위일체를 이룰 때 외야수의 삶
은 말 그대로 외야수의 삶이 된다. 그러나 공은 그를 향해 날아오

지 않는다. 그러므로 그의 삶은 불완전하다. 이 말은 '그의 삶은 실패다'라는 말과는 질적으로 다른 종류의 것이다. 날아온 공을 놓치면, 즉 에러를 범하면 '우우, 내 삶은 실패야, 괴로워'라고 푸념할 수 있다. 그러나 실패할 기회조차 주어지지 않은 이에게는 푸념마저 선망의 대상이다. 이 영구적인 불완전성으로 인해 '단 한 번도 공을 잡아보지 못한 외야수'의 삶은 부조리하다. 그런데 그 부조리가 그가 사는 힘이 될 수 있다. 그는 자신의 부조리를 깊이 있게 성찰하여 한국 최초의 야구선수 겸 철학자가 될 수도 있고, 〈세상에 이런 일이〉에 출연하여 유명인사가 될 수도 있고, 아니면 은퇴하는 바로 그날 드디어 자신을 향하여 뚜렷하게 날아오는 야구공을 바라보며 삶의 숭고한 의미를 깨달을 수도 있다. 아, 고쳐 말하겠다. 부조리의 발견이 그가 사는 힘이다. 모든 삶은 부조리하지만 부조리는 아무한테나 드러나지는 않는 법이다. 세속적 성공과 마찬가지로 부조리의 발견 역시 운과 환경, 그리고 노력이 중요하다. 나는 사람들이 이 사실을 잘 알았으면 한다. 누군가가 '부조리를 발견하는 101가지 방법'이란 책을 쓴다면 이 점을 꼭 언급해달라고 부탁하고 싶다.

*

　일본 문화연구자 친구가 내게 물었다. "너는 네가 원하는 타입의 여자에 대해 알고 싶지 않니?" 나는 말했다. "음, 사실 나는 이미 알고 있어. 군이 표현하자면, '어딘가 한구석이 세련되게 망가진' 타입의 여자라고나 할까." 이 말을 하고 나는 후회했다. '어딘가 한구석이 세련되게 망가진'이라는 표현의 뜻을 영어로 설명하느라 진땀을 흘려야 했으니까. 솔직히 나도 잘 모르겠다. 대충 설명하자면, 그녀는 부조리를 발견한 여자다. 그녀에게는 존재 이유가 부재하는 것이 아니다. 부재하는 것이 그녀의 존재 이유다. 그녀는 그것을 욕망하지 않는다. 그것이 그녀에게 오기를 기다릴 뿐이다. 그 모든 부조리를 진작 눈치채고 있으면서도 말이다! 그런 여자는 뭔가 다르다. 그런 여자는 흔치 않다. 그런 여자가 나는 좋다. 그 여자가 나의 미래다. 제기랄. 나의 미래는, 그렇게, 또다시, 부재로 전락한다. (2007)

소확행이라는
마술

'소확행'이라는 말이 유행이다. "소소하지만 확실한 행복"의 줄임말이다. 이 말을 처음 들었을 때, 한나 아렌트의 행복론이 떠올랐다.

아렌트는 『인간의 조건』(이진우·태정호 옮김, 한길사, 1996)에서 "행복에 대한 보편적 요구와 우리 사회의 광범위한 불행"은 인간이 노동의 노예로 전락했다는 사실을 보여주는 동전의 양면이라고 주장한다. 현대인에게 행복은 노동의 고통이라는 거대한 물결에서 임시적으로 도피할 수 있는 작은 섬에 불과하다는 것이다. 아렌트는 "보석상자와 침대, 탁자와 의자, 개와 고양이, 그리고 꽃병 등에서" "작은 행복"을 구하는 현대인을 개탄한다. 아렌트에게 현대인의 소확행 추구는 "커다란 불확실성"을 감수하고 공동체를 향해 말하고 행동하는 공적 주체가 사라지고 있다는 징후이다. 아렌트에게 소확행에 집착하는 현대인들은 이기적이고 소심하고 복종적인 존재의 표본이다.

그런데 작은 행복이 그토록 무가치한가? 아렌트는 프루스트의 소설,『잃어버린 시간을 찾아서』에서 홍차에 적신 마들렌 한 조각을 먹다가 잃어버린 기억을 회상하고 삶의 무의미를 극복하려는 주인공도 한심하게 여길까? 교도소에서 재소자가 비누를 공들여 깎아 조각품을 만들고, 그것을 자기 존엄의 귀중한 상징으로 여긴다면 아렌트는 혀를 끌끌 찰까? 나는 고고한 판관의 표정으로 현대인을 내려다보는 아렌트에 반발심이 든다. 물론 많은 경우, 소확행은 말 그대로 소소한 확실성에 머문다. 이때 보상이란 성취 자체가 아니라 이루지 못한 수많은 거대한 꿈들에 대한 비교 우위에서 비롯된다. 우리는 스스로에게 속삭인다. "괜찮아. 다른 건 몰라도 이거 하나는 확실히 이뤘잖아."

하지만 작은 것이 작은 것 너머로 이동하는 마술이 일어날 때가 있다. 확실성에서 불확실성이 발견될 때도 있다. 이때 불확실성은 불안을 야기하기도 하지만 놀랍고도 설레는 모험으로 이어지기도 한다. 사회학자 제프리 골드파브는『작은 것들의 정치』(이충훈 옮김, 후마니타스, 2011)에서 전체주의에 저항한 시민혁명은 때때로 미시적인 상황들, 예컨대 "저녁 식탁, 서점, 시낭독회"에서 시작했다고 주장한다.

혁명 같은 거창한 사건이 아닐 수도 있다. 나는 최근 들어 화초를 키우기 시작했다. 새로운 취미를 시작하겠다는 작심은 없었다. 그저 집안에 초록이 있으면 좋겠다는 정도였다. 그런데 아침에 화초를 들여다보면 뭔가 조금씩 변한 것들이 눈에 띄었다. 어떤 녀석은 새잎이 돋았고 어떤 녀석은 줄기가 조금 길어졌고 어떤 녀석은 시들기도 했다. 잘 자라는 것은 더 잘 자라라고, 시든 것은 기운을 내라고 돌봐줬다.

나는 화초 덕에 거창하게 말하면 '생명'을 재발견하게 됐다. 생명은 사라지고 나타나기를 반복하는 것이고, 그 반복 속에서 작은 차이를 만들어내는 것이고, 그 작은 차이가 한 개체의 고유성을 빚어내기도 한다. 잎사귀 하나가 떨어지면 비슷한 형태의 잎사귀가 새로 난다. 그러면서 나무 전체의 모양새가 나날이 새로워진다. 매일 아침 생명체의 생명력을 확인하며 일희일비한다. 내게는 아침을 맞는 완전히 새로운 방식이다. 나는 아침마다 전날과 오늘의 미세한 차이를 발견하려 애쓰고 있다. 그 차이는 나 아닌 다른 존재의 변화와 내 마음의 변화 모두에 관한 것이다. 무언가 변하면 내가 변한다. 그것이 좋은 쪽으로 변하면 내가 기쁘다.

나는 화초를 키우면서 생명력이란 생명체 속에서 벌어지는 사소하지만 확실한 변화라는 것을 알았다. 그 변화가 긍정적인 쪽으로 이루어지는 데 나의 노력이 기여할 수 있다는 것도 알았다. 하지만 이 깨달음은 금세 또다른 불확실성으로 이어졌다. "내가 화초 하나는 확실히 살리고 있잖아"라는 자기 위안은 "내가 화초 말고 누군가를 살릴 수 있을까?"라는 질문으로 자연스레 이어졌다. 나는 자문자답했다. 나의 능력만으로 누군가를 살리는 것은 불가능하며 그것을 가능케 하려는 억지 시도는 오히려 바람직하지 않을 수 있다. 어쩌면 내가 화초를 살리고 있다는 생각조차 오만과 망상에 가까울 수 있다. 이렇듯 숱한 생각들이 화초의 뿌리처럼 얼키설키 확장해갔다.

　내게 소확행은 추구하면 추구할수록 요상해지는 것이었다. 작다고 생각한 것은 생각보다 컸고 확실하다고 생각한 것은 생각보다 불확실했다. 그 요상함이 나는 꽤 맘에 들었다. (2018)

퀸이여,
당분간만이라도,
영원하라

　　록의 레전드, 퀸의 보컬리스트 프레디 머큐리의 삶과 음악
을 다룬 영화 〈보헤미안 랩소디〉(2018)를 보고 나는 솔직해져야
겠다는 생각을 했다. 나는 예전에도 퀸을 좋아했고 지금도 좋아하
고 앞으로도 좋아할 것이다. 하지만 어렸을 때, 나는 퀸에 대해 아
는 바가 그리 많지 않았다.

　　인터넷이 없었던 시절, 나는 『월간 팝송』의 열독자도 아니
었다. 전영혁보다는 황인용의 애청자였다. 〈보헤미안 랩소디〉는
금지곡이었다. 퀸은 내한 공연을 하지도 않았다. 당시 한국에서
히트를 친 퀸의 노래는 마니아들에 따르면 '범작'에 가까운 〈라디
오 가가〉나 〈아이 원트 투 브레이크 프리〉 등이었다. 그럼에도 세
운상가를 들락거리며 빽판을 수집하던 '쿨한 음악광' 친구들은

퀸을 추켜세웠고, 그 멋진 친구들과 어울리기 위해 나는 잘 알지도 못하면서 과하게 고개를 끄덕이고 어설픈 감탄사로 맞장구를 치며 맹목적인 퀸 숭배 의식에 동참해야 했다.

솔직히 말하자면 나는 그 멋진 녀석들과 헤어진 이후 퀸을 잊고 살았다. 퀸에 다시 빠지게 된 건 삼십대 이후였다. 영화나 광고에 삽입된 퀸의 음악들을 접하고, P2P 서비스를 통해 파일들을 다운받아 반복해서 들었다. 최근에는 유튜브에서 오래전 퀸의 공연 영상들을 찾아볼 수 있었다. 프레디 머큐리가 영국이 아니라 잔지바르 출신 동양인이라는 것을 안 것도 인터넷 덕분이었다. 부끄러움을 무릅쓰고 고백하자면 나는 프레디 머큐리가 백인이라고 여겨왔던 것이다! 인터넷 덕분에 나는 "내가 가장 좋아하는 퀸 노래는 〈시사이드 랑데부〉야. 〈보헤미안 랩소디〉랑 같은 앨범에 있지만 다소 유쾌하고 가벼워서 잘 언급이 안 되는 곡이지" 식으로 뻐기며 퀸 덕후 흉내를 낼 수 있었다.

지금까지 나는 내 또래(1960년대~70년대생)와 함께 퀸 덕후 놀이를 벌여왔다. 그 놀이는 우리에게 지극히 회고적이면서 적당히 경쟁적인 방식으로, '그거 알아? 우리에게는 퀸이 있었잖아' 식의 공통 감각을 불어넣어줬다. 그래서 퀸을 듣고 이야기한 이후의 뒷맛은 늘 애틋함과 아련함에 가까웠다.

하지만 영화 〈보헤미안 랩소디〉 이후 퀸 덕후 놀이의 양상은 달라졌다. 영화를 본 젊은 친구들에게 퀸과 프레디 머큐리 이야기를 하자 그들의 눈이 반짝이기 시작했다. (착각일 가능성이 크지만) 그들은 내가 퀸의 음악과 동시대에 살았다는 사실에 부러움을 표하는 것 같았다. 그들의 반응에 감격한 나머지 나는 차라리 더 늙었으면 싶었다. 프레디 머큐리와 동갑일 정도로 늙지 않은 게 아쉽기까지 했다. 그랬더라면 "프레디는 말이지"라고 말해도 자연스럽게 들릴 테니 말이다.

    여기서 솔직해져야겠다. 이제껏 우리 세대를 청년세대와 연결시켜주는 게 무엇이 있었나. 우리의 지식은 낡았고 우리의 경험은 그들의 것이 될 수 없다. 꼰대 취급을 받지 않는 게 그저 최선이었다. 그런데 갑자기 퀸이 나타나 두 세대를 이토록 가깝게 만들어준 것이다. 그러니 퀸은 영원해야 한다. 적어도 당분간은, 영원해야 한다. "우리에겐 퀸이 있잖아!"의 '우리'가 세대를 가로질러 공통의 상징과 열정으로 다시 묶일 그날이 오기 전까지는 말이다. 하지만 솔직해지자. 그날은 얼마나 요원한가. 그날에 대한 이 환상의 뒷맛은 얼마나 서글픈가. (2019)

철창 속
패거리

어디를 가나 비슷하다. 조직의 대표는 대부분 남성이다. 무슨무슨 위원들은 대부분 남성이다. 반면 실무진은 다수가 여성이다. 리더들은 모든 게 세팅된 자리에 등장해서 회의를 주도하고 업무 지시를 하고 능력과 개성을 한껏 발휘한 뒤 퇴장한다.

의전이란 외교 행사에서 외국의 국가원수나 고위급 인사에게 제공하는 예우를 뜻한다. 하지만 한국 안의 거의 모든 조직에는 고위 간부들을 위한 의전이 존재한다. 간부들에게는 교통수단, 안락한 공간, 그 외의 편의들이 특혜로 제공된다. 물론 한국에서 의전의 대상은 대부분 남성이다. 뒤풀이 자리도 있다. 이 자리에 누군가는 먼저 도착하고 누군가는 나중에 도착한다. 왜냐하면 나중에 도착하는 이들은 일을 마치고 뒷정리를 한 후에야 뒤풀이

자리에 오기 때문이다. 물론 미리 자리를 예약하고 메뉴를 봐둔 이들도 바로 뒷정리를 하는 사람들이다.

뒤풀이의 자리 배치는 어떠한가? 중앙의 자리는 대부분 선배나 원로 남성들이 차지한다. 그들에게 후배들이 인사를 하러 온다. 깍듯하게 술을 따른다. 그러면 격려와 덕담이 건네진다. 마치 후한 선물이라도 되는 것처럼.

한번은 직장인들의 회식 자리를 엿본 적이 있다. 남성 직원들이 외치고 있었다. "사랑해요 부장님! 우윳빛깔 부장님!" 부장님은 기분이 좋아 보였다. 남성 직원들은 더 힘차게 구호를 외쳐댔다. 이때 여성 직원들은 구호를 따라 외치면서 동시에 고기를 굽고 있었다. 고기가 타면 안 되니까. 한 사람에게 관심이 집중되고 있을 때, 누구는 그 사람에 대한 관심과 전체에 대한 관심을 모두 유지해야 한다.

지금까지 묘사된 장면들은 한국의 조직 사회에선 지극히 평범하고 흔하다. 원하건 아니건 누구나 이 장면들 속에 자신의 자리가 있다. 이 장면을 통과하면서 한 사람의 사회화가 진행되고 직업적인 성취가 이루어진다. 당연히 공동체의 구성원으로도 성장해간다. 예전 같으면 도대체 이 장면들이 뭐가 문제냐고 물을 수 있다. 하지만 이제는 바로 이 장면들이 문제적이라고 말해야 할 것이다.

사회학자 막스 베버는 비인격적 규칙이 지배하는 합리적

조직인 관료제가 근대 사회를 지배할 것이며 그 부작용으로 근대 사회는 사람 냄새가 결여된 철창이 될 수 있다고 경고했다. 그러나 막스 베버의 관료제 이론이 한국 사회에 간단히 적용될 수 있을지 의심스럽다.

한국의 조직 내부엔 비인격적 규칙 외에도 다른 규범과 규칙이 있다. 가부장주의, 권위주의, 젠더 불평등, 연고주의 등등. 때로는 공과 사를 나누는 비인격적 규칙보다 공과 사를 뒤섞고 특정 인격체를 중심으로 한 규칙과 규범이 우선한다. 이때 한국의 조직은 관료제라는 합리적 기계가 아니라 차라리 남성 중심의 패거리라고 보는 게 맞을 것 같다. 패거리의 작동 원칙을 정리하면 이렇다. 첫째, 거침없이 자기네 맘대로. 둘째, 자기네한테 좋은 게 좋은 거. 셋째, 팔은 무조건 안으로. 한 친구는 내게 말했다. "나는 차라리 '표리부동'이 좋아요. 제발 자기 안의 추한 욕망을 거리낌없이 표출하지 않았으면 좋겠어요."

막스 베버의 표현대로 한국의 조직이 철창이 되었다면, 그 안에는 영혼 없는 전문가가 살지 않는다. 그 안에는 욕망 덩어리 패거리들이 산다. 한국에서 사회화 과정, 직업적 성취, 공동체와의 관계 형성은 이 패거리들을 빼놓고는 설명할 수 없다. (2018)

나를 당신보다
높이지 말아요

의도와 상관없이 타인과의 관계에서 위계가 작동하는 일은 드물지 않다. 아니 거의 그렇다. 일 때문에 만났거나 초면임에도 사람들은 지나치게 예의를 갖춘다. 문제는 이 지나친 예의가 대부분 일방향이라는 것이다. 요컨대 낯선 사람들 사이에서 유사 가족, 유사 선후배, 유사 사제 관계 같은 것이 즉각 형성된다.

낯선 사람과는 연령이나 직급과 무관하게 인격적으로 동등한 관계를 맺어야 하며 그에 걸맞은 예법을 지켜야 한다고 생각한다. 비공식적이고 사적인 관계도 마찬가지다. '나이'라는 변수는 상호 친밀성이 높아지면 자연스럽게 관계 속에 스며들어 서로를 대하는 호칭과 존대어법에 영향을 미치게 될 것이다. 그러나이 또한 자명한 것은 아니다. 이 자연스러움은 시행착오와 노력을 통한 상호 조율의 결과물이다.

하지만 나이가 어린 사람은 나이가 자신보다 많은 사람을 만나면 바로 "말 놓으세요"라고 말한다. 특히 남성과 남성 사이에서 그런 일은 흔하다. 자기 자신을 하대(?)해달라는 이 노골적 요구가 늘 불편하다. 그런 종류의 예법은 내 생각에 기이할 정도로 깍듯하다. 그래서 나는 말을 놓으라는 상대의 부탁에 "내가 형이니까, 그럴까?"라며 응하는 경우가 거의 없다. 하지만 이 같은 거절(!)은 어색함을 야기한다. 그 요구를 쿨하게 혹은 재치 있게 거절해야 하는데, 그런 임기응변이 늘 성공적일 순 없다. 또한 내가 상대방의 공손한 요구를 무례하게 거절한 것인가 싶기도 하다.

동등한 관계 맺기의 어려움은 일터라고 예외가 아니다. 꽃이 만발한 올해 어느 봄날이었다. 내가 재직하는 대학의 캠퍼스는 그날따라 꽃구경 온 인파로 가득했다. 건물로 향하는데 그 인파 속에서 내가 아는 몇몇 교직원들과 마주쳤다. 점심식사를 마치고 산책 겸 꽃구경을 하는 중이었을 게다.

그런데 그중 한 분이 나를 보고는 "교수님, 바로 들어가서 요청하신 일 처리하겠습니다"라고 말했다. 나는 그분의 짧은 봄 나들이를 방해하고 싶지 않아 "괜찮아요. 꽃구경 천천히 하시고 오세요"라고 말했다. 내가 건물에 들어서자마자, 아까 그 교직원이 뒤따라 들어왔다. 나는 물었다. "왜 이렇게 빨리 오셨어요? 꽃구경하셨어요?" 그러자 교직원 분은 (몸은 서두르면서도) 내게 말했다. "네네, 했어요."

　　그때 생각했다. 아, 이분과 마주치지 말 걸 그랬다. 못 믿겠다. 꽃구경했다는 이분의 말을. 못 묻겠다. 거짓말한 거 아니냐고, 진짜로 꽃구경 잘 한 거냐고. 차라리 교직원들이랑 같이 꽃구경할 걸 그랬나? 아니다. 그랬다면 그분들의 꽃구경을 망쳤을 것이다. 애초부터 교직원들과 마주치지 말았어야 했다. 그날 나는 그저 존재 자체로서 누군가의 꽃구경을 방해했다. 단지 내가 교수이고 그 누군가는 교직원이라는 이유로.

　　권위적이고 위계적인 사회에서 "나를 당신보다 높이지 말아요. 우리 서로 동등한 관계를 맺어요"라는 제안은 오히려 불편함과 어색함을 가져온다. 그런 사회에서 암묵적 초기 설정은 평등의 반대이기 때문이다. 평등이 불가능한 것은 아니다. 그러나 평등한 관계는 권위적이고 위계적인 초기 설정을 시간과 공을 들여 변경할 때에만 이루어진다. 교수가 교직원의 꽃구경을 방해하지 않고, 나아가 불편함 없이 함께 꽃구경을 하는 날은 그런 노력을 통해서만 온다. (2018)

수다스러운 눌변가들의
세상을 꿈꾸다

어느 날 사람들과 오랜만에 수다를 떨었다. 그날의 수다는 재밌었고 유익했고 여운이 오래 남았다. 사람들과 대화를 하고 그런 느낌을 가진 지 오래됐다는 생각이 들었다. 우리의 수다는 수다 자체에 관한 것이기도 했다. 다들 목적 없이 자유롭게 온갖 이야기를 할 수 있는 수다에 대한 갈망을 고백했다. 나는 덧붙였다. 즐거운 대화는 '삼천포로 빠지는 대화'이다. 미리 주어진 지침이나 지도를 따라 이루어지는 대화는 재미가 없다. 자꾸만 샛길로 빠지는 대화, 함께 길을 내고 그렇게 새로 생겨난 길 위에서 신기하게 생긴 돌과 나무를 발견하는 대화가 재미있다.

사실 나의 '수다 예찬론'은 사회학자들의 대화론에 빗진 것이다. 리처드 세넷은 『투게더』(김병화 옮김, 현암사, 2013)에서

'대화적 대화'라는 개념을 제시한다. 대화적 대화의 참여자들은 합의에 이르지 못할 수 있다. 하지만 대화 속에서 이야기는 두터워지고 참여자들은 서로에게 자극을 주고받는다. 세넷은 대화적 대화를 "연주는 점점 더 복잡해지는데도 연주자들은 서로에게 자극을" 주고받는 재즈에 비교한다. 사회학자 게오르크 지멜은 목적이 없고 그 자체로 흥분과 자극을 불러일으키는 대화로 이루어진 만남을 '놀이'에 비유했다. 지멜에 따르면 그러한 대화는 삶을 짓누르는 의무로부터의 해방감을 제공한다. 그는 말한다. "인생의 진지함을 결정짓는 실체로부터 자유로워짐으로써 놀이는 즐거움과 상징적 중요성을 획득한다."

　　결국 수다의 기회가 줄어든다는 것은 우리가 대부분의 대화를 정해진 목표를 수행하는 일, 준비된 메시지를 옮기는 과업에 종속시키고 있다는 뜻이기도 하다. 그날의 수다에 참여한 누군가는 "항상 목표가 분명한 말을 하다보니 목표가 없는 상황에서는 무슨 말을 해야 할지 모르겠다"고 고백했다. 우리는 즐거운 수다에 참여하다보면 시간이 어떻게 가는 줄 모른다. 말의 양도 양이지만 대화의 중간에 "어……" "글쎄……" "흠……" 등으로 표현되는 멈춤과 헤맴의 시간이 많기 때문이다. 러시아문학 연구자 김수환은 자신을 기쁘게 하는 대화에는 "머뭇거림이 있는 말"이 가득하다고 했다. 그런 말은 얼굴을 마주한 사람 앞에서, 바로 그 자리에서 즉석으로 생각나고 하고 싶은 말이라는 것이다.

최근에 나는 문학과 관련한 행사에 초청돼 청중들 앞에서 말할 기회를 가졌다. 그 자리에는 오랜 시간 우정을 나눠온 나의 친구가 함께 있었다. 그런데 그 친구가 내게 말했다. "예전에는 눌변이었는데 이제 달변이 되었네." 나는 그 말을 듣고 문득 반성하는 마음이 들었다. 어느새 나도 세련되고 그럴듯한 말들을 준비해놓았다가 청중에 맞추어 내놓고 있는 것은 아닌가 싶었다. 나는 다시금 수다에 대해 생각하게 됐다.

지멜은 목적이 없고 자유로운 대화를 '예술'에 비유하기도 했다. 지멜에 따르면 수다는 즐거운 놀이이자 새로운 생각의 창조 과정이다. 수다 속에서 생각은 미완성의 공예품처럼 나타난다. 어쩌면 사유란 그렇게 만들어진 생각의 편린들을 또다른 생각들에 덧붙여 곱씹고 다듬은 결과물일 것이다. 수다스러운 눌변가들, 놀이하는 사람들이자 생각하는 사람들, 나는 그들이 지배하는 세상이라면 기꺼이 일원이 될 것이다. 비록 그 세상이 어떤 세상일지는 전혀 예측할 수 없더라도 말이다. (2018)

비교적 공평한
봄기운

오래전 캠퍼스에서 목격한 일이다. 중년으로 보이는 오토바이 배달 기사 한 분이 주행중에 버럭 고함을 질렀다. "이런 것들이 무슨 교수고 지식인이야!" 마구잡이로 세워둔 자동차들 사이를 지그재그로 빠져나가다 짜증이 치민 기사가 무심결에 외친 것이다. 배달 기사의 교수-지식인 비난을 듣고 생각했다. 성장 기계로 전락한 대학에서 성찰적 지식의 생산은 난망해지는데, 아직도 지식인에 대한 기대를 대학에 투영하는구나.

사실 대학 교수들이 지식인으로 활동하고 인정받는 영역은 그리 많지 않다. 그럼에도 여전히 교수들이 지식인으로 간주된다는 것이 놀라울 정도다. 그런 영역 가운데 꽤 오래 변함없이 유지되어온 데가 있다면 신문이나 시사 잡지의 칼럼난일 것이다. 많은 교수들이 칼럼을 쓰고, 어느 매체에 칼럼을 쓰냐가 지식인으로서의 인지도와 관계있다고 믿는다. 하지만 사회학자 피에르 부르디외라면, 나를 포함해 칼럼을 쓰면서 지식인으로서 명성과 지위를 확보하려는 대학 교수들을 '독소소퍼(doxosopher)'라고 불렀을 것이다.

부르디외는 독소소퍼가 필로소퍼(philosopher)의 반대편에 자리한다고 주장한다. 독소소퍼는 "스스로를 현명하다고 여기는 여론의 기술자"이다. 독소소퍼는 필로소퍼처럼 상식을 파고들어 그 이면의 당연시된 가정들을 의심하지 않는다. 오히려 반대다. 독소소퍼는 상식을 무기 삼아 여론을 공략한다. 부르디외에 따르면, 이는 비즈니스맨이나 정치인의 행태와 별반 차이가 없다. 단순히 비판적인 태도를 취하는 것만으로 필로소퍼가 될 순 없다. 오히려 이 시대에는 비판이야말로 가장 효과적인 여론 기술이라고 할 수 있다. 선의 이름으로 악을 판단하고 정의의 편에서 부정의를 징벌하는 것이야말로 독소소퍼가 즐겨 사용하는 기술이다.

짧은 칼럼에서 진리를 판별하고 선포하는 것은 불가능하다(긴 글도 마찬가지지만). 제대로 된 질문 하나 던지는 것도 가능할지 모르겠다. 그러나 아는 것 많고 똑똑한 교수-식자들은 칼럼 속에 적절한 정보를 능란하게 압축하고 연결하여 마치 모자 속에서 토끼를 끄집어내듯 진리 효과를 선보이곤 한다. 그러나 마술쇼가 성공적이라는 사실 자체가 마술사가 관객들이 무엇을 기대하는지 간파하고 또한 그 기대에 잘 부응하고 있다는 사실의 증거가 아니고 무엇이겠는가? 이제 독자들은 유려하고, 흥미진진하고, 잘 읽히고, '한 방'이 있는 칼럼을 지식인다움의 증거로 간주한다. 이제 글쓰기에서조차 중요한 것은 퍼포먼스이다.

주차라는 비유를 끌고 오자면 잘 쓰인 칼럼은 정연하고 유기적인 캠퍼스의 주차 질서와 같은 것이다. 감히 말하자면, 그처럼 멀끔한 주차 질서는 상식을 의문시하고 진리를 탐색하는 성찰적 역량보다는 여론을 간파하고 그것에 부응하는 퍼포먼스-기술과 더 밀접한 관련이 있다.

얼마 전 연구실을 이사하게 됐다. 대부분의 일은 용달 기사가 했지만 옆에서 조금 거들기도 하면서 기사와 대화를 나눴다. 트럭에 기대 잠시 휴식을 취하던 기사가 내게 말했다. "캠퍼스가 참 예쁘네요. 대학에 다니면 이런 게 좋은 거 같아요." 주차 질서로 지식인다움을 판별한 앞서의 배달 기사와 달리 용달 기사는 어여쁜 캠퍼스 이면에 숨은 진실 한 조각을 꺼내들었다. "이렇게 캠퍼스 안에만 있으니 교수들이 세상 물정을 모르죠." 이 말에는 상투적인 반지성주의가 배어 있는 것 같았지만 꼭 그렇지만도 않았다. "일을 하다 문제가 생길 때가 있는데 그럼 다들 너무 자기 입장에서만 이야기해요. 그럴 때 힘들어요."

점심시간이 되어 우리는 식당에서 식사를 했다. "용달 끌고 대학에 자주 와봤지만 학생식당에서 밥 먹기는 처음이네요."

기사의 말에 내가 말했다. "여기 교직원 식당이에요." 생각해보니 이 말은 내 지위를 굳이 드러내는 것 같아 스스로도 재수가 없게 들렸다. 그래서 덧붙였다. "그런데 학생들도 많이 와요." 곧이어 다시 덧붙였다. "아무나 와요." 덧붙이고 덧붙여도 뭔가 깔끔히 정리가 되지 않았다.

식사를 마치고 나오자 따사로운 봄기운이 우리 둘을 감싸 왔다. 비록 체감온도는 다를지라도 그것이 우리 둘에게는 그날 주어진 것 중 가장 공평한 것임에는 틀림없었다. (2019)

단골,
시대착오적으로 서글픈 존재

　　자주 가던 식당이 있었다. 그곳의 음식맛은 집밥처럼 담백했지만 메뉴는 개성이 분명했다. 손님은 많지도 적지도 않았다. 조용하고 편안한 느낌에 즐겨 찾던 곳이었다. 여느 때처럼 그곳을 방문했는데 입구에 "10일까지 영업합니다. 그동안 애용해주셔서 감사했습니다"라는 말이 붙어 있었다. 바로 그날이 10일이었다. 하필이면 식당의 마지막 영업 날 그곳을 찾았던 것이다.

　　마지막날이라 생각하니 마음이 애틋해졌다. 식당 내부를 구석구석 살펴보니 그날따라 더 고색이 짙어 보였다. 그곳에서 먹는 마지막 음식이라 생각하고 가장 좋아하는 메뉴를 시켰다. 매니저는 마지막날이라 재료가 떨어져서 평소보다 양이 적게 나올 것이라고 했다. 과연 평소보다 양이 너무나 적었다. 마지막 남은 한줌의 음식 재료로 만든 음식일지도 모른다고 생각하니 더 애잔해졌다. 손님이 없던 탓에 '그렇다면 내가 마지막 손님이라도 되어야겠다' 생각하고 문 닫을 때까지 버티리라 결심했다. 실망스럽게도(?) 그 생각을 하자마자 문이 열리고 손님들이 들어왔지만.

알고 보니 식당이 완전히 문을 닫는 것은 아니었다. 건물주가 바뀌어 건물 전체를 리모델링하는데, 다시 재계약을 할 수도 있고 다른 곳으로 이사를 갈 수도 있다는 것이었다. 나는 제발 재계약을 하세요, 라는 표정을 지었으나, 매니저는 쿨하게 명함을 건네며 "혹시 저희가 다른 곳으로 이사가면 전화주세요"라고 말했다. 왠지 나만 서운하고 절박한 것 같다는 느낌이 들어 속으로 말했다. '저 사실 단골이에요. 제가 섭섭한 걸 안 알아주시니 섭섭하네요.' 문을 나서며 속으로 되뇌었다. '단골이라. 정말 내가 단골이었던가?'

사전적으로 보자면 단골은 오랫동안 이어지는 거래 관계를 뜻한다. 하지만 내게 단골은 그 이상의 뜻이다. 자주 찾다보니 거래 이상의 인격적 관계를 맺는 사이, 뜸하면 궁금해지고 오랜만에 찾으면 반갑고, 그동안 어찌 지냈냐고 묻는 사이가 단골이다. 그렇다면 나는 단골집을 가진 지 참으로 오래됐다.

대학 시절, 동네 한 건물의 1층엔 호프집이 있었고 2층엔 당구장이 있었다. 나와 친구들은 두 집 모두의 단골이었다. 당구장 사장님과는 치킨을 걸고 내기 당구를 쳤다. 호프집 사장님과는 함께 맥주를 마시다 2차로 당구장에 갔다. 내 이름은 물론 내 동생들의 이름도 알고 안부를 묻는 곳이었다. 두 집은 비슷한 시기에 문을 닫았다. 단언컨대 그 이후 내게 단골은 없었다. 임차료와 수익의 계산법에 따라 개업과 폐업이 무수히 반복되는 시대에 접어든 탓이다. 나도 마찬가지였다. 언제나 이동했고 멈춰 있어도 이동할 준비를 하기 위해 멈춘 것이었다. 어디를 가건 금방 사라질 것 같은 느낌, 심지어 몇 년을 가도 다음주면 사라질 것 같은 느낌이 '모바일 시대'에는 정상이 되어버렸다.

하지만 사라진다는 것은 어찌됐건 슬픈 일이고 사라질 것을 예감하면서 애착한다는 것은 더 슬픈 일이다. 그러니 내가 느낀 감정의 실체는 식당이 사라진다는 사실 자체가 아니라 사라짐의 예감이 맞았다는, 결국 올 것이 오고야 말았다는 인식에서 비롯된 것이리라.

모든 것은 사라지게 돼 있다. 하지만 나는 아무래도 그 사실에 결코 익숙해지지 않을 것 같다. 하긴 그 누가 그럴 수 있으랴. 그저 그런 척하고 살아갈 뿐. 이 시대에 단골은 시대착오적으로 서글픈 존재이니까. (2019)

제
2
부

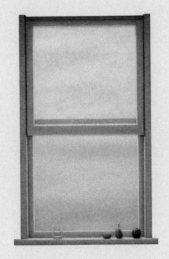

내가 시를
쓰기 시작했을 때

간혹 생각한다. 나는 다섯 살 때부터 인간이 되었다. 그때부터 '인생이란 죽을 때까지 중단 없이 이어지는 과정이며 나는 그 한가운데에 있다'라는 막연한 생각을 하게 됐다. 물론 다섯 살밖에 안 된 내가 그토록 추상적이고 논리적인 방식으로 생각을 한 것은 아니리라. 어쩌면 대충 다음과 같이 생각한 게 아닐까 싶다. 누군가가 "몇 살이니?" 하고 나에게 나이를 묻는다. 그때 나는 "다섯 살이요" 하고 대답한다. 그러곤 속으로 생각한다. '나는 내년에 여섯 살이 될 것이다. 그 다음해에는 일곱 살이 될 것이다. 나는 그렇게 나이를 먹어갈 것이다. 결국 나는 죽을 것이다.' 여기에는 '어쩌면'이 없다. 소위 분명한 사실이다. 분명한 사실이라 불릴 만한 것이 분명히 존재한다는 것, 그리고 이 분명한 사실 위에서 또는 그 아래에서 분명히 내 인생이 펼쳐지리라는 것, 이런 비슷한 생각을 다섯 살 때 처음 하게 된 것이다. 그전에는 나이를 묻는 질문에 "네 살이요"라고 대답하고는 아무 생각이 없었을 것이다. 그런데 다섯 살이 되고 난 후, 드디어 여섯 살을 생각하게 된 것이다. 그리고 그 너머를 생각하게 된 것이다. 미리 생각하기, 미리 생각한 미래에 두려움과 기대를 섞기, 그렇게 연속성과 정체성의 감각이 막연하게 형성되기 시작한 것이다. 나는 다섯 살 때 비로소 미래를 생각할 줄 아는 존재, 그러니까 예측을 할 줄 아는 인간이 된 것이다.

*

물론 인간이 된다는 것은 단지 연속성과 정체성을 감각하는 문제에 그치지 않는다. 그렇다면 어떤 문제가 또 있을까? 바로 이미지가 있다. 역시 다섯 살 언저리였을 것이다. 절대로 잊히지 않는 기억 하나가 그때 나의 뇌리에 각인되었다. 나는 서울 망원동에서 태어나 자랐다. 당시만 해도 망원동은 집들이 듬성듬성 박혀 있는 허허벌판이었고 그 집들 사이사이에는 밭과 공터가 펼쳐져 있었다. 어느 날 나는 집을 향해 걷고 있었다. 무슨 계절이었는지는 기억이 나지 않는다. 길을 걷고 있는데 길옆에 자그마한 밭이 있었다. 그 밭 가장자리에 있는 시궁창이 눈에 들어왔다. 시커멓고 더러운 구정물이 고여 있던 시궁창이었다. 그런데 그 시궁창이 갑자기 출렁하고 위로 솟았다 가라앉았다. 그것은 자연스러운 물의 흐름이 아니었다. 살아 움직이는 뭔가가 구정물 속에 있었다. 그 녀석이 뭔지는 모르겠다. 하여간 팔뚝만한 것이 구정물 위로 솟아올라 등줄기를 언뜻 내비치고는 가라앉았다. 나는 그때 생각했다. '메기인가?' 하지만 메기가 도심 한가운데의 시궁창에 살 리가 없지 않은가? 하지만 나는 그냥 믿어버렸다. '나는 아주 커다란 메기 한 마리를 보았다.' 살아 있는 몸통의 꿈틀거림과 짧은 순간 솟아올랐다 가라앉은 물결의 이미지, 그것이 내가 기억하는 최초의 이미지이다. 돌이켜보면 헷갈린다. 그것은 내가 실제로 보았던 이미지인가? 혹은 내가 꿈에서 보았던 이미지인가? 어쨌건 그 이미지는 내 인생에서 아주 반복적으로 출몰한다. 그 이미지의 출몰을 나는 통제할 수 없다. 뭔가가 꿈틀거린다. 내가 통제할 수 없는 이미지가 꿈틀거린다. 꿈에서, 또는 현실에서. 이것은 예감의 문제이다. 뭔가가 나랑 아주 가까운 곳에서 꿈틀거린다. 솟아올랐다 가라앉는다. 내가 모르는 유기체가 나의 행보에 끼어든다. 나는 그것이 메기라고 생각하지만 사실 메기가 아니라는 것을 안다. 그런 것은 인생에 아주 많을 것이다. 여기저기에 숨어 있을 것이다. 그 숱한 '메기'들이 내 인생에 알게 모르게 영향을 미칠 것이다.

*

　　나는 다섯 살 때의 경험을 반추함으로써 다음과 같은 결론을 내리게 된다. 예측과 예감이 있다. 이 둘은 미래를 상상하는 두 가지 다른 방식이다. 예측은 연속성과 정체성을 지키는 방식으로, 내가 통제할 수 있는 미래, 통제는 할 수 없더라도 적어도 준비할 수 있는 미래를 상상하는 것이다. 예감은 연속성과 정체성이 깨지는 방식으로, 내가 통제할 수 없는 타자의 출현으로부터, 내가 '무엇'이라고 임의적으로 명명하지만, 사실 '무엇'이 아닌 어떤 존재의 출현으로부터 미래를 상상하는 것이다. 다른 식으로 표현하자면, 예측은 확률의 문제이다. 예측은 미래에 어떤 일이 일어날 가능성을 0에서 100의 확률로 표현하는 것이다. 물론 이 확률은, 다만 확률이기에 정확할 수는 없다. 예측은 언제든지 부정확하고 또 틀릴 수 있기 때문이다. 확률이 높은 일이 일어나면 나의 반응은 '그럴 줄 알았다'이고 확률이 낮은 일이 일어나면 나의 반응은 '별일이 다 있네'이다. 확률에 기초한 예측은 미래의 복잡성과 불확실성을 단순성과 확실성으로 환원시킨다. 예측은 편리한 것이다. 하지만 예감은 다르다. 그것은 순전히 느낌의 문제이다. 그런데 이 느낌은 뭐라고 규정할 수 없는 감각의 덩어리이다. 예감은 아주 막연하고, 실제로 어떤 사건이 일어날 것인지 알 수 없다. 그저 꿈틀거림을 느낄 뿐이다. 그 꿈틀거림이 어둡거나 밝게 보일 뿐이다. 그러나 '좋다', 또는 '나쁘다'라는 표현을 빌리는 그 예감의 명도는 지극히 자의적이다. 왜냐하면 예감의 명도는 표준적인 단위에 의해 측정되는 것이 아니기 때문이다. 예측에는 퍼센티지라는 측정 단위가 있지만 예감에는 단위가 없다. 예감이 밝다 어둡다, 라고 말할 때, 나는 '룩스(lux)'라는 측정 단위를 쓸 수 없다. 내가 앞서의 기억에서 "나는 메기를 보았어"라고 말할 때, 사실 실제로 메기라는 어종을 참조하지 않는 것처럼 말이다. 결국 예감이란 삶 속으로 침입해서 삶을 물들이고 삶을 변화시키는 수수께끼 같은 힘을 감지하는 것이다.

*

예측의 차원에서 보자면, 나는 시를 쓰는 사람이 될 수 없었다. 왜냐하면 나에게는 작가를 탄생시킬 수 있는 객관적 토양이 거의 존재하지 않았기 때문이다. 특히 집안 분위기가 그러했다. 나의 아버지는 전화국에 근무하는 기술 공무원이었다. 어렸을 때 나는 책에 대한 취미나 글쓰기에 대한 기질이 거의 없는 사람이었다. 아버지는 회사에서 쓰고 남은 '제도 용지'를 가져왔는데, 나는 그 위에 만화를 그렸다. 이때의 만화 역시 나에게는 지극히 모방적인 기술에 불과했다. 나는 신문과 잡지의 만화를 따라 그리고 그것이 실제 이미지와 가까우면 가까울수록 즐거워하곤 했다. 나는 '기술자'가 되는 꿈을 꾸었다. 뭔가 만드는 것을 좋아했고, 학교에서 친구들의 고장난 물건들을 고쳐주는 데 일가견이 있었다. 나의 주위에는 예술적이고 문학적인 취향이 자라날 만한 환경이 부재했다. 사회학적으로 말하면 나와 나의 친지들에게는 '문화 자본'이 결여됐던 것이다.

물론 집에 책이 없었던 것은 아니다. 아버지는 대학에 못 간 한을 품고 있었고 그것을 독서를 통해서 풀곤 했다. 1984년에 큰 홍수가 망원동을 덮쳤다. 우리집 세간은 온통 물에 젖어 못 쓸 지경이 되어버렸다. 아버지는 냉장고와 TV 같은 세간을 제쳐두고 유독 퉁퉁 불은 책들을 보며 속상해하셨다. 그중에 아버지가 오랫동안 수집해온 『사상계』 잡지들이 있었다. 아버지는 햇볕에 말리기 위해 잡지들을 펼쳐서 일렬로 늘어놓으셨다. 하지만 소용없었다. 물에 한번 젖은 책은 아무리 건조해도 다시 읽을 수 없을 정도로 훼손되어버리고 마니까 말이다. 하여간 아버지 책장엔 온갖 교양서적들이 즐비했다. 아버지는 특히 알베르 카뮈를 좋아했다. 그러나 내가 아버지의 책장을 기웃거린 것은 오로지 한 가지 목적, 사춘기의 성적 욕망을 충족시키기 위해서였다. 나는 D. H. 로렌스의 『무지개』를 읽으며 야한 장면을 골라냈다. 대부분의 페이지는 대충 읽다가 야한 장면이 나오면 읽고 또 읽었다. 당연히 나의 문학적 취향은 이런 종류의 편협한 욕망에서 일궈지지 않았다. 예측의 차원에서 보자면, 내가 시를 쓰는 사람이 될 확률은 지극히 낮았다(아마도 10퍼센트 이하였을 것이다).

하지만 여기서 결정적인 이미지가 하나 등장한다. 역시 아버지의 책을 뒤지고 있을 때였다. 나는 책장 사이에서 한 장의 메모를 발견했다. 그 메모는 아버지의 육필로 쓰인 것이었다. 그 메모에서 아직도 기억나는 구절이 있다. "그대의 목덜미를 핥네." 그 구절은 로렌스급은 아니었지만 내가 발견한 구절 중에서 꽤나 에로틱한 축에 속하는 것이었다. 그러나 그 구절이 단순히 에로틱한 방식으로 나를 자극시킨 것은 아니었다. 나는 궁금했다. '이것은 아버지의 글인가? 아니면 누군가의 글을 아버지가 베낀 것인가?' '여기서 그대는 어머니를 뜻하는가? 만약 어머니가 아니라면 그 대는 과연 누구인가?' 나는 그 메모가 막연하게 시라고 생각했다. 아버지가 소장한 책에서 아버지가 쓴 시를 발견한 것이다. 그렇다. 아버지가 시를 썼다. 어쩌면, 확실하진 않지만, 아버지는 비밀을 가진 사람이다. 그런데 이때 비밀이란 흉측하고 추잡한 사생활 같은 것이 아니다. 아버지의 비밀은 감각적이고 아름답기까지 하다. 아버지는 어떤 사람인가? 대학 못 간 한을 품은 기술 공무원, 자신의 콤플렉스를 자식들에게 투사하는 속물 너머의 아버지는 과연 어떤 사람인가? 물론 이에 대한 답을 알 수 없었다. 나는 아버지에게 "이 메모는 아버지가 쓴 시인가요?"라고 묻지 않았다. 더이상 파고들지 않았다. 과연 아버지가 시를 꾸준히 썼는지, 왜 시를 썼는지 말이다. 다만 나는 책장 사이에서 발견한 그 수수께끼 같은 아버지의 메모를 잊지 못한다. 그것은 내 인생에 불현듯,

영원히 돌아오는 신비로운 이미지다.

*

　내가 시를 쓰기 시작했을 때, 나는 어떤 면에서 아버지의 비밀을 계승한다는 느낌을 갖고 있었다. 물론 몰래 시를 쓰는 아버지의 영향력 아래에서 내가 시를 쓰게 된 것은 아니다. 계층사회학에서 가장 일반적인 모델에 따르면 자식의 사회적 지위에 영향을 미치는 요인은 바로 아버지의 사회적 지위이다. 즉 아버지의 지위를 보면 자식의 지위를 예측할 수 있다는 것이다. 이 예측 모델에 따르면 나는 시를 쓸 수 있는 사람이 아니다. 내가 시를 쓰는 것은 계층사회학적으로 말하자면 확률이 낮은 일이 벌어진 것이라 할 수 있다. 그러나 아버지의 메모를 발견한 이래로 나는 그저 '별일이 다 있네'식으로 사태를 해석할 수는 없게 됐다. 나는 아버지의 메모와 나의 시쓰기 사이에 어떤 필연적이고도 은밀한 회로가 연결되어 있다고 믿는다. 이 믿음은 일종의 허구이다. 그런데 단순한 허구가 아니다. 설명할 수 없는 사건을 어떤 사태의 핵심으로 불러들이는 이 허구는 삶 속으로 침입해 들어와 삶을 물들이고 변화시킨다.

　나는 시를 쓰는 행위를 '내가 쓸 수 없는 것'을 쓰는 것이라고 말한 바 있다. 이것은 문학적인 수사가 아니다. 나는 아주 차분하게 말할 수 있다. 아버지가 만약 인생에 걸쳐 열 편도 채 안 되는 시를 썼더라도, 아니 어쩌면 내가 책장 사이에서 발견한 시가 단 한 편의 작품이라 하더라도 그 메모장의 시는 나에게 입증한다. 시는 쓸 수 없는 것을 쓰는 것이다. 이것은 나에게도 마찬가지이다. 나는 시인이라는 정체성과 시인의 이력이라는 삶의 연속성을 가지고 시를 쓰는 것이 아니다. 나는 매번 시를 쓰고 "내가 이것을 어떻게 썼지?"라는 경이와 두려움에 빠진다. 릴케는 『말테의 수기』(문현미 옮김, 민음사, 2005)에서 이렇게 말한 바 있다. "그래, 그는 써야만 한다. 그것이 그의 종말이 되기도 할 것이다." '쓰는 나'는 쓸 수 없는 것을 씀으로써 '인격적인 나'를 소멸시킨다. 시를 쓰는 행위는 둘로 나뉜 나를 드러낸다. 분열이라기보다는 균열의 방식으로 그렇게 나뉜 나를 보여준다. 첫번째 '나'는 자신의 모든 과거를 현생으로 기억한다. 연속적이고 동일한, 그러므로 예측 가능한 자아의 이력으로서의 현생 말이다. 두번째 '나'는 자신의 모든 과거를 전생으로 기억한다. 쓸 수 없는 것을 씀으로써, 나는 계속해서 나 아닌 존재로 거듭난다. 따라서 과거는 수많은 생성과 소멸을 거듭하는 타자들로 가득한 전생이 되는 것이다.

*

최근에 시 한 편을 썼다. 나는 오랫동안 시를 쓰지 않았으며, 심지어 시를 쓰고 싶은 마음조차도 생기지 않았다. 어쩌면 앞으로 시를 영영 못 쓸지도 모른다는 생각을 하고 있었다. 이런 생각은 시를 쓰면서 빈번히 해온 것이었다. 왜냐하면 나는 어차피 시를 쓸 사람이 아니었기 때문이다. 이런 생각은 나를 울적하게 했지만 고통스럽게 하지는 않았다. 다만 나는 알고 있었다. 내가 시를 쓰지 않는다면 나는 분명 죽어갈 것이다. 육체적이거나 심리적인 죽음을 말하는 게 아니다. 이영광 시인이 한 말이 떠오른다. "죽음은 다시 죽을 수 없다는 것을 뜻한다." 그렇다. 시를 쓰지 않는다면 나는 다시 죽을 수 없을 것이며, 그러므로 다시 태어날 수 없을 것이다. 나에게 주어진 인생은 단 하나일 것이다. 단 하나의 예측 가능한 인생.

그런데 나의 친구 하나가 먼 타국으로 떠나게 됐다. 그 친구에게 무엇을 해줄 수 있을까 고민했다. 의미 있는 선물을 해주고 싶었다. 그러다 그 친구가 시를 좋아한다는 사실을 떠올리게 됐다. 나는 그 친구에게 해줄 수 있는 가장 가치 있는 선물이 시 말고 뭐가 있겠냐는 결론을 내렸다. 하지만 시를 쓸 시간이 부족했다. 심지어 어떤 시를 쓸 것인가를 생각할 시간도 부족했다. 그저 속으로 되뇌었다. '시를 써야 한다. 친구가 떠나기 전에 시를 써서 선물로 줘야 한다.' 그즈음 제주도로 출장을 가게 됐다. 시를 쓰기 위해 일정을 하루 더 연장했다. 호텔에서 나와 반나절은 숲을 거닐었다. 신이 사는 곳이라는 이름을 가진 숲이었다. 아름다운 숲이었지만 코스는 단순했다. 그러다 통행금지 구역 앞에 이르게 됐다. 나는 용기를 내서 그 안으로 들어갔다. 인적이 끊긴 숲길을 걸으며 숲의 기운을 온몸으로 느꼈고, 어쩌면 정말로 정령이 존재할 수 있다는 생각도 하게 됐다. 그날 밤 호텔방으로 돌아와 시를 완성했다. 친구와의 추억, 숲에서의 체험, 호텔에서의 에피소드, 그 모든 것들이 연금술처럼 시 속으로 녹아들어왔다. 다음날 서울에 도착했을 때, 공항에서 나를 맞이한 것은 바로 그 친구였다. 나는 친구에게 시를 건네줬다. 시를 읽는 친구의 표정을 봤다. 우는 것 같기도 했고 웃는 것 같기도 했다.

나는 이 모든 일이 하나의 허구 같다. 이런 일이 일어나리라 예측하지 못했다. 제주도로 향할 때에도, 숲을 거닐 때에도 그런 시가 나오리라 예측하지 못했다. 다만 모종의 예감만이 있었다. 시를 쓰기로 맘을 먹은 그날부터 제주도에서 시를 완성하기까지 매 순간의 직감과 직관이 있었고 분명 좋건 나쁘건 하나의 시가 탄생하리라는 예감만이 있었다. 그런데 정작 내게 일어난 모든 일들은 필연적이고도 은밀한 회로로 서로 연결돼 있는 것 같다. 나는 그 시를 읽을 때마다 생각한다. 어떻게 나에게 이런 일이 일어날 수 있는가? 어떻게 나는 이 시를 썼을까? 나의 인생이 아닌 것 같고, 나의 시가 아닌 것 같고, 무엇보다 내가 아닌 것 같다. 나와 친구 사이의 우정은 바로 '나 아닌 나'라는 타자를 매개로 이루어진 것 같다. 그러므로 나는 말한다. 친구야, 우리 사이에는 누군가가 있다. 제삼자가 있다. 나는 그의 눈을 통해 너를 본다. 그의 입을 통해 너에게 이야기한다. 나는 그를 통해 너다. 너는 그를 통해 나다. 친구야, 잊지 말자. 우리는 그를 통해서만 우리가 했던 약속들을 지킬 수 있을 것이다.

*

시를 쓸 때, 나는 '타자'가 됨으로써, 내가 쓸 수 없는 것을 쓴다. 혹은 내가 쓸 수 없는 것을 씀으로써 타자가 된다. 김수영이 '딴사람'이라고 부른 타자 말이다. 이때 타자는 사회적으로 주변부에 위치한 약자를 의미하지 않는다. 이때 타자는 소수자라고도 불릴 수 있는데, 이 소수자는 상식의 세계에서, 우리가 소위 '위대함'이나 '정당성'이라는 관념과 감각으로 구축한 말과 행위의 질서에서 목소리와 이미지를 박탈당한 모든 존재를 일컫는다. 요컨대 시는 "침묵하고 있던 돌이 드디어 말을 할 수 있는" 시간과 장소를 발견하고 발명한다. 그런 의미에서 시쓰기의 '타자 되기'는 일종의 모험이며, 해방이다. 단언컨대, '타자 되기'는 우연하게, 손쉽게 이루어지지 않는다. 그것은 주의력과 집중력을 필요로 한다. 자신에게 할당되고 강요되는 정체성과 이력을 거슬러서, 기쁨과 슬픔 사이의 동요를 견디며, 쓰기와 살기를 수행해야 한다.

그럼에도 이러한 시간과 장소는 누구나 거주할 수 있고 누구나 향유할 수 있는 세계다. 무수한 익명의 인간이 시를 통해, 혹은 시적인 말과 행위를 통해 그 세계를 만들었고 거기에 참여해왔다. 그러나 바로 그 익명성으로 인해 그 세계의 윤곽은 희미하고 그 세계의 지속은 위태롭다. 그 세계를 너무나 사랑해서, 혹은 그 세계를 너무나 소유하고 싶어서, 애호가의 맹목적인 열정으로, 혹은 호사가의 명예욕으로 그 세계를 상식과 학식으로 포획하려는 모든 시도는 실패하게 돼 있다. 그 세계를 예술적 탁월함이나 미적 완성도로 규정하려는 모든 시도는 실패하게 돼 있다. 왜냐하면 그 세계는 예측 불가능하며 언제나 "아직 끝나지 않았어" "이게 전부가 아니야"라는 잉여의 감각 속에서, 예감 속에서, 텅 빈 침묵 같지만 사실은 넘쳐나는 수다의 말로, 서늘한 금속 같지만 사실은 뜨겁게 달아오른 칼날의 이미지로 출몰했다 사라지기 때문이다. (2013)

나는 소망한다
내가 어서 늙기를

제13회 '발드마른 시 비엔날레 축제'에 참여하기 위해 프랑스에 다녀왔다. 한국 시인으로는 나를 비롯해 황지우, 김이듬, 강정 시인이 초청을 받았다. 그 외에 프랑스, 중국, 캐나다 퀘벡의 이누족, 오스트레일리아의 시인들이 참여했다. 어느 나라나 시의 사정은 크게 다르지 않았다. 시는 소수의 작가와 독자들이 이룬 한줌의 공동체로 근근이 지탱되고 있었다. 그러나 여전히 시는 이 세상의 말 중에서 가장 최대치의 자유와 해방의 감각을 발휘하고 있었다.

시인들은 떨리는 음성으로 절규하듯 노래했고, 삐딱한 태도로 정치인들을 웃음거리로 만들었고, 민족의 전설과 가족사를 뒤섞어 새로운 인간 신화를 창조했다. 축제 마지막날 나는 오스트

레일리아의 노시인에게 말했다. "언젠가 다시 만나요." 그러자 그가 말했다. "아니, 우리는 앞으로 영영 못 만날 거야. 하지만 서로를 잊지 않을 거야." 그 노시인은 왜 그런 말을 했을까? 자신에게 남은 시간이 길지 않다는 사실을 담담히 받아들이기 때문일까? 나는 인자함과 서늘함이 섞인 그의 말을 잊지 못할 것이다.

축제 기간 동안 내게 더 큰 기억을 남긴 또다른 노인이 있다. 나이가 칠십대 중반인 클로드 무샤르라는 이름의 프랑스 시인이자 비평가이다. 프랑스에 한국 시를 열정적으로 소개해온 장본인이기도 하다.

한국 시인 일행은 축제 마지막날 오를레앙에 있는 무샤르의 집을 방문하여 프랑스식 가정요리와 와인을 대접받았다. 무샤르는 식사 후 나를 정원 한쪽의 가건물로 인도했다. 건물 전체가 서재였는데 그곳은 수천 권도 넘어 보이는 책으로 가득했다. 그는 내게 말했다. "나는 죽은 다음 여기서 영원히 책을 읽을 거야. 곧 그 시간이 오겠지." 담담하게 말하는 그의 주름투성이 얼굴을 보며 나는 문득 질투를 느꼈다. 그리고 생각했다. '도대체 나는 앞으로 얼마나 늙어야 저런 놀라운 말을 할 수 있게 될까?'

폐막식에 참석하기 위해 무샤르와 우리 일행은 파리로 돌아가는 기차에 올랐다. 기차 안에서 눈을 붙이려는데 앞좌석에 앉은 일군의 프랑스인들이 시끄럽게 떠들기 시작했다. 쇼핑백을 끼고 비싸 보이는 옷을 차려입은 사람들이었다. 무샤르가 나에게 속삭였다. "저 부르주아들은 돈 이야기밖에 하지 않아. 돈만이 그들의 존재 이유이지. 가끔은 저들에게 다가가 입 닥치라고 말하기도 해. 그럼 아내가 나에게 주책이라며 화를 내지." 그는 껄껄 웃고는 다시 메모장을 펼치고 뭔가를 쓰는 데 집중했다.

내가 그저 잠을 훼방놓는 소음에 짜증이 났다면 무샤르는 자신의 글쓰기를 훼방놓는 부르주아의 속물성에 분노한 것이었다. 그때 나는 무샤르에게서 노인의 평화와 분노를 동시에 목격했다. 그것은 감히 말하건대 그가 평생 걸어온 문학의 길에서 빚어진 독특한 감각이었다.

무샤르는 소명을 가진 노인이다. 늙어서도 손에서 놓지 않는 소명, 짧은 기차 여행길에도 집중하는 소명, 죽어서도 영원히 이어갈 소명을 간직한 노인이다. 나는 소명을 간직한 채 죽음을 바라보는 한 프랑스 노인에게 크나큰 질투를 느꼈다. 늙어서도 문학은 그런 소명으로 내게 남을까? 늙어봐야 알 수 있을 것이다. 그러니 나는 소망할 수밖에 없는 것이다. 내가 어서 빨리 늙기를.

(2015)

극장과
공동체

　　"하늘과 땅은 이미 오래전에 무너져내렸으니 / 신은 매일 극장을 창조할 뿐이다"(장수진, 「펑키 할멈의 후손」, 『사랑은 우르르 꿀꿀』, 문학과지성사, 2017)라는 장수진 시인의 시구는 예술의 역사를 거슬러올라가게 한다. 아주 오래전 극장과 연극은 위기에 빠진 세상을 구하려 했다. 땅과 하늘과 모든 존재가 하나로 연결된 이상 세계를 상상적으로 구현하려 했다. 적은 인구에도 불구하고 고대도시의 극장이 그토록 거대했던 것은 연극의 관객이 인구 전체였기 때문이다. 조선 시대의 판소리도 비슷했다. 판소리는 민중을 위해선 양반을 풍자했고 양반을 위해선 민중의 생활과 사고를 전달해주는 채널이었다. 연극은 공동체 차원에서 이루어지는 엔터테인먼트이자 커뮤니케이션이었다.

장자크 루소는 이상적 공화국을 극장에 비유했다. 배우와 청중, 귀족과 민중의 구별이 사라지는 곳, 무너진 하늘과 땅을 다시 세우는 곳, 상호 호혜와 관용의 공동체 모델이 제시되는 곳, 그곳이 극장이었다. 루소는 현대의 극장을 고대 극장과 비교하며 안타까워했다. 현대의 극장은 루소가 보기에 극장 본연의 모습과 정반대였다. 무대와 무대 밖의 구별, 스타와 평민의 구별, 지배자와 피지배자의 구별이 사라지기는커녕 강화되는 곳이 현대의 극장이었다.

그러나 극장과 연극의 공동체적 전통은 때때로 되살아나 강력한 정치적 에너지를 발산했다. 내가 아는 가장 인상적인 사례는 폴란드에서 일어났다. 1968년 폴란드의 고전 희곡 「선조의 전야제」가 국립극장에서 상연되었다. 당국은 이 연극이 반(反)소비에트 정서를 담고 있다는 이유로 공연을 강제로 중지시켰다. 학생들과 예술인은 봉기했고 이에 대한 탄압은 더 큰 반체제운동으로 이어졌다. 모든 것이 연극 한 편에서 시작됐다. 예술의 자유와 정치의 자유는 같은 동전의 다른 면이었다. 군부독재 치하에서 한국의 마당극도 마찬가지였다. 대규모 집회에는 연극이 있었다. 광장이 극장이었다. 연극은 출정식과 다름없었다.

그렇다면 오늘날은 어떤가? 무너져내린 하늘과 땅에 세워지는 극장은 어떤 극장인가? 그 극장을 세우는 신은 어떤 신인가? 우리는 루소에게 아직도 극장의 꿈은 사라지지 않았다고 말할 수 있는가?

　어쩌면 다른 신이 다른 극장을 만들고 있는지도 모른다. 사회학자 어빙 고프먼은 셰익스피어의 유명한 대사를 사회학의 출발점으로 삼는다. 셰익스피어의 「뜻대로 하세요」에 나오는 "세계는 무대요, 모든 남자와 여자는 배우에 불과하다"라는 구절이다. 고프먼은 '드라마터지(Dramaturgy)'라는 사회학 방법론을 개발했다. 현대 사회에서 사람들은 끊임없이 자아(the self)를 연출하며 그들이 속한 모든 사회적 공간은 하나의 무대가 된다고 주장했다. 그의 주장에 따르면 애초부터 '진정한 자아'란 존재하지 않는다. 일터와 일상, 조직과 집단 모두가 '바람직한 자아'를 드러내는 무대이다. 우리는 다양한 소품과 의상과 대본과 연기법을 차용하고 교체하면서 다양한 자아를 연기해간다.

　이때의 신은 창조주도 공동체도 아니다. 이때의 신은 자아 자체이다. 자아야말로 현대 사회의 상호작용에서 수호해야 할 신성한 대상이다. 개인의 체면, 자존감, 위신은 반드시 지켜야 하며 손상되었을 경우 반드시 복구되어야 한다. 고프먼의 사회학이 2차대전 직후 자유주의적 개인주의와 소비자본주의가 득세하던 미국에서 탄생한 것은 우연이 아니다. 미국의 TV 드라마와 영화의 주인공은 공동체의 대표이기 전에 매력적인 개인이었다. 아니 매력적인 개인이었기에 공동체의 본보기가 되었다. 미국의 무너진 하늘과 땅을 새롭게 비추는 별은 말 그대로 '스타'였다.

오늘날 매력적 자아 연출을 위한 기법과 무대는 디지털 혁명과 더불어 무한히 확장되었다. 온라인의 소셜 미디어를 통해, 디지털 환경이 제공하는 자원과 기술을 통해 현대의 개인은 자신만의 무대에서 주인공이 된다. 운이 좋으면 하루아침에 전국적, 아니 글로벌 스타가 되기도 한다. 자고 일어나니 연예인이 되고 지식인이 되고 예술가가 되어 있다. 이렇듯 자아라는 새로운 신은 자신을 위한 극장을 매일매일 온라인에서 창조하고 있다. 멀어져가는 공동체의 꿈에 탄식을 뱉는 루소의 모습이 보이는 것 같다.

그러나 나는 루소에게 아직 포기하지 말라고 말하고 싶다. 그리고 이런 질문들을 던져보고 싶다. 연극은 왜 계속 만들어지는가? 극장은 왜 계속 세워지는가? 권력은 무엇이 두려워서 연극을 검열하고 탄압하는가? 그 잘났다는 예술가들은 왜 광화문광장에 천막 극장을 세우고 농성을 하며 사서 고생을 하는가? 최첨단의 화려한 무대들의 틈새에서 그 작고 허름한 무대들은 왜 자꾸 나타나는가?

그리고 이 질문은 우리의 일터와 일상에도 그대로 적용된다. 개인의 능력과 성공이 가장 중요한 삶의 목표로 여겨지는 현대 사회에도 대화와 만남은 지속된다. 작은 모임이 큰 모임으로 연결되고 확산되는 사건들이 온라인과 오프라인 모두에서 일어난다. 우리는 여전히 타인과 함께 학습하고 행동하면서 자아를 발견하고 갱신해간다. 우리는 지난해 가을부터 올봄까지, 촛불과 탄핵을 거치면서 확인했다. 공동체의 꿈은 사라지지 않았다. 그 꿈은 삶과 예술 모두에서 새로운 극장의 형상을 계속해서 등장시킨다. (2017)

예술과
계급

아마도 문화와 예술에 내재한 계급적 불평등의 거스를 수 없는 힘에 대한 가장 극적인 묘사는 토머스 하디의 소설 『이름 없는 주드』(정종화 옮김, 민음사, 2007)에서 발견할 수 있을 것이다. 소설의 주인공 주드는 시골의 석공이지만 독학으로 고전을 읽고 그리스어와 라틴어를 습득한다. 그의 꿈은 크라이스트민스터라는 도시의 명문 대학에 입학하여 학자가 되는 것이다. 그러나 주드는 내심 알고 있다. 석공에게 독학이란 얼마나 험난한 공부법인가? 그의 주변에는 가르침을 주는 스승도, 함께 공부할 수 있는 친구도, 공부를 독려하는 가족과 동료도 없다. 주드는 괴로운 마음으로 결론을 내린다. 이러한 일을 수행할 수 있는 두뇌가 자신의 머릿속에는 없다는 결론을. 책을 보지 말았어야 하고, 앞으로도 책을 보아서는 안 되며, 아예 태어나지도 말았어야 한다고. 하지만 주드는 포기하지 않는다. 그는 용기를 내서 대학에 입학원서를 제출한다. 그러나 대학에서는 "귀하가 자신을 노동자로 기술하는 점으로 판단하건대, 귀하가 사회에서 성공하는 보다 나은 기회는 다른 길을 찾는 방법보다 귀하의 영역에 그대로 남아 현재의 직업에 매진하는 것이라 생각하는 바"라는 내용의 편지가 온다. 주드는 편지를 보고 분노를 참을 수 없다. 그러나 더 중요한 사실이 있다. 주드는 그 편지의 내용이 옳다는 것을 이미 오래전부터 알고 있었다.

위의 에피소드는 몇 가지 사회학적 진실을 보여준다. 첫번째는 사회적 제도는 공부를 하는 사람, 책을 읽는 사람, 문화인의 자격이 있는 사람의 '영역'을 아무에게나 개방하지 않는다는 것이다. 두번째는 그러한 사회적 제도의 영역 나누기, 자리 할당하기를 사람들은 마지못해 받아들인다는 것이다. 세번째는 그럼에도 주드와 같은 이들은 어떤 수수께끼 같은 욕망에 이끌려 그러한 제도적 관행에 거스르는 선택을 감행한다는 것이다. 네번째는 그러한 반항적 행동, 지위 상승에의 노력은 결국 실패로 끝날 가능성이 매우 높다는 것이다. 누구는 이 에피소드를 듣고 말할 것이다. 그런 일은 과거에는 일어났을 법하지만 민주주의와 교육 수준이 높아진 현대에는 일어나지 않는다. 이제 누구나 대학에 갈 수 있고, 학자가 되고, 예술가가 될 수 있지 않은가?

어떤 학자들은 겉으로 보는 것과 달리 여전히 같은 문제가 지속되고 있다고 주장한다. 사회학자 피에르 부르디외는 '문화자본'이라는 개념으로 문화와 예술 속에 작동하는 계급적 불평등의 메커니즘을 설명한다. 부르디외는 문화와 예술에 대한 감상과 창작의 능력은 무엇보다 어떤 집안에서 태어났느냐, 어떤 환경에서 자랐느냐, 어떤 교육을 '장시간에 걸쳐' 받았느냐에 달려 있다고 주장한다. 문화와 예술에 대한 취향은 몸과 마음에 내재된 무의식적 습성과 같은 것이어서 누구나 원한다고 '탁월한 취향'을 가질 수는 없다. 예를 들어, 중산층은 자신들이 경제적으로뿐만 아니라 문화적으로도 어디 가서 빠지지 않는다는 것을 입증하기 위해 예술 작품들을 구매하여 집안 거실 벽에 건다. 그런데 작품을 깊이 이해할 수 있는 능력을 결여한 이들은 그저 주변 이야기에 얇은 귀를 쫑긋거리며 이런저런 작품들을 사들이고 과시하다 결국은 자신들의 취향이 얼마나 촌스러운지 사람들에게 들통나버리고 만다. 이들은 취향을 갖추기 위해 남들의 취향을 열정적으로 모방하지만 이러한 노력은 대부분 실패로 귀결한다. 어떤 이들은 이러한 모방을 아예 포기하고 자신만의 취향을 추구한다. 이들은 고급예술은 배운 자들의 가식과 허세 따위에 지나지 않는다며 대중문화와 하위문화에 빠져든다.

이와 관련하여 흥미로운 조사 결과가 있다. 미국의 전국적 설문조사에는 다음과 같은 질문이 있다. "당신은 현대미술이 초등학생도 그릴 수 있는 것이라고 생각하는가?" 이에 대해 교육 수준별로 다른 대답이 나왔다. 고졸 이하는 '그렇다'고 대답하는 비율이 높았다. 대졸은 '그렇지 않다'고 대답하는 비율이 높았다. 즉 교육 수준이 낮은 사람은 현대미술을 난센스라고 폄하하는 반면 교육 수준이 높은 사람은 현대미술을 진지하게 수용하고 인정하는 것이다. 그렇다면 교육 수준이 더 높은 사람은 현대미술에 대해 어떤 태도를 취했을까? 대학원 이상의 교육 수준을 갖춘 이들은 놀랍게도 고졸 이하와 마찬가지로 '그렇다'고 대답하는 비율이 높았다. 이것은 무엇을 말하는가? 그들도 교육 수준이 낮은 사람과 마찬가지로 현대미술을 폄하하는 것인가? 이에 대해 나는 이런 해석을 내렸다. 교육 수준이 매우 높은 사람이 보이는 현대미술에 대한 부정적 태도는 오히려 현대미술을 잘 알고 있기에 보여주는 일종의 비평적 태도에 가깝다. 그들의 태도는 '쿨'한 자기비판, 혹은 그럴듯한 겸손 떨기에 다름 아닌 것이다. 그들은 예술을 지나치게 숭배하는 것이야말로 예술사적 맥락에서는 이미 한물간 엄숙주의의 증거라는 것을 잘 알고 있으며, 그렇기에 현대미술로부터 한 발짝 물러나 그것을 때로는 과감하게 비판하고 냉소하는 것이다.

문화와 예술에 관해서는 어떤 태도를 취해야 할지, 뭐라 말해야 할지 참으로 곤란할 때가 많다. 지나치게 말이 많은 것은 촌스럽고, 아예 입을 다무는 것은 무식해 보인다. 과유불급, 이것이야말로 문화와 예술에 대해 취해야 할 올바른 태도인데, 문제는 무엇이 적당한지 정답이 없다는 것이다. 하지만 이 정답을 이미 몸으로, 직관적으로 알고 있는 사람들이 있으니, 바로 이들이야말로 문화적 귀족이다. 이들은 갤러리와 뮤지엄을 드나드는 데 일말의 불편함도 어색함도 없다. 예술에 대한 사회학적 연구는 입장료 인하가 예술 기관에 대한 진입 장벽을 낮추는 데 별 효과가 없다는 사실을 잘 보여준다. 또한 기관의 운영자들도 이 사실을 잘 알고 있다. 대다수 중산층 관람객들은 작품을 감상하기보다는 식당이나 뮤지엄 숍 같은 부대시설을 이용하며 지속적이고 반복적인 관람보다는 일회적인 관람에 그치는 경우가 많다. 요컨대 문화와 예술을 향유하는 능력은 소득뿐만 아니라 교육에 의해, 그것도 형식적인 커리큘럼이 아니라, 장기적인 생활양식에 영향을 받는다. 취향은 배우는 것이 아니라 체화되고 내면화되는 것이기 때문이다. 이러한 분석은 지극히 비관주의적인 전망을 도출한다. 왜냐하면 이때 문화적·예술적 취향을 결정하는 계급적 불평등은 경제적인 차원을 넘어서 거의 실존적 운명의 차원에 놓이기 때문이다.

따라서 문화와 예술에 대한 사회학적 분석은 사회구조를 폭로하고 비판하는 것처럼 보이지만 아이러니하게도 사회구조의 거스를 수 없는 힘을 인정하고 만다. 하지만 나는 일종의 사회학적 숙명주의라고 할 수 있는 이러한 이론과 설명들이 놓치고 있는 삶과 행동들이 있다고 본다. 내가 가장 좋아하는 사례는 존 버거가 소개한 한 인물이다. 존 버거의 『랑데부』(이은경 옮김, 동문선, 2002)라는 책에는 페르디낭 슈발이라는 시골의 우편배달부에 관한 일화가 있다. 농부로 태어난 그는 1879년부터 33년 동안 우편배달을 하면서 주운 자갈과 조개껍데기로 성을 지었다고 한다. 그 웅장하고 아름다운 성 앞에는 이런 글귀가 적혀 있다. "농부의 자식으로 태어나 농부로 살아온 나는, 나와 같은 계층의 사람들 중에도 천재성을 가진 사람, 힘찬 정열을 가진 사람이 있다는 것을 증명하기 위해 살고 또 죽겠노라." 여기서 중요한 것은 그가 여전히 농부로서, 우편배달부로서 성을 지었다는 점이다. 그는 자기 자신을 부정하지 않았다.

그는 자신의 직업을 노동자에서 건축가로 바꾸지 않았다. 그는 자신에게 할당된 계급의 위치를 부정하지 않았지만 동시에 그에게 주어진 사회적 역할과 능력의 범위는 부정하였다. 그는 여기서 단순하게 정의하기 어려운 위치로 자신의 실존을 옮긴다. 그는 노동자이자 예술가로 자신을 바라보고 그리 산 것이다. 그는 '당신의 직업은 무엇입니까?'라는 질문에는 '우편배달부'라고 답할 것이다. 하지만 다음과 같은 질문들이 자연스럽게 이어진다. 그런데 우편배달부가 왜 성을 쌓는가? 성을 쌓는 우편배달부를 그저 우편배달부라고 부를 수 있는가?

앞서 언급한 토머스 하디의 소설 『이름 없는 주드』에서 주드는 학자의 꿈을 접고 다른 꿈을 추구한다. 주교가 되고 싶다는 꿈이다. 그런데 하디는 주드의 꿈에 대해 소위 자아를 실현하려는 소망은 겉으로는 고상해 보이지만 일종의 세속적 야심이라 할 수 있다고 논평한다. 그것은 사회적 불안의 발로이며, 문명의 산물이라는 것이다. 어쩌면 문화와 예술을 통해 자기를 계발하고 자아를 실현하려는 이 시대의 개인적 노력들의 이면에는 자본주의 사회와 문명이 심어놓은 불안이 존재할지 모른다. 문화와 예술에서는 '내가 타인들보다 우월한 존재'임을 입증할 수 있다는 강박이 작동할지 모른다. 하지만 석공에서 벗어나고 싶었던 주드와 달리 슈발은 우편배달부로서 평생을 살았고 우편배달부 일을 할 때 수집한 돌과 조개껍데기로 성을 쌓았다. 그는 자신을 긍정한 채, 자신을 규정하는 사회적 시선을 넘어섰다.

　　나는 최근에 한 이주민 남성과 대화할 기회를 가졌다. 그는 목수였다. 한국으로 이주해온 이래 가구 공장에서 노동자로서 오랜 세월을 살았다. 그의 어렸을 적 꿈은 배우였다. 하지만 그의 꿈은 좌절됐다. 그 꿈은 그의 기억 속에 묻혔다. 그는 한국 국적을 취득한 후에도 노동자로서 살았다. 그는 열심히 기술을 익혔고 공장에서 인정을 받아 공장장의 직위에까지 오르게 됐다. 그는 생각했다. 언젠가는 독립해서 가구 공장 사장이 되리라. 그러던 그가 어느 날 모든 계획을 접고 영화를 찍기 시작했다. 그는 이제 자신을 예술가라고 불렀다. 나는 그에게 물었다. "당신은 이제 노동자가 아닙니까?" 그가 답했다. "아니요. 나는 여전히 노동자입니다. 영화를 찍으면 자연스럽게 이주노동자의 삶에 대한 이야기를 하게 됩니다. 나는 내가 노동자임을 부정할 수 없습니다. 그것은 나의 동료들, 나의 기억을 부정하게 되는 것입니다." 나는 또 물었다. "한국에서 영화감독으로 성공하기가 쉽지 않을 텐데요. 차라리 가지고 있는 기술로 사장이 되는 것이 쉬웠을 텐데요." 그가 말했다. "맞아요. 하지만 이상하게도 사장이 되려는 계획은 지극히 막연하고 마음에 와닿지 않았어요. 그런데 지금 영화감독으로 사는 꿈은 아주 분명하고 구체적이에요. 지금이 훨씬 행복합니다."

그의 꿈에 대한 냉정한 논평은 아마도 이런 것이리라. 영화 생산이 점점 상업 시장의 논리에 종속되어가는데, 이주노동자를 다룬 영화는 성공 확률이 낮다. 더구나 그는 이주민이다. 그는 영화 산업 내부의 사회적인 네트워크로부터 너무 떨어져 있다. 놀랍게도 이러한 논평은 크라이스트민스터의 대학 관계자가 주드에게 보낸 편지를 반복하는 것처럼 보인다. "귀하가 자신을 노동자로 기술하는 점으로 판단하건대, 귀하가 사회에서 성공하는 보다 나은 기회는 다른 길을 찾는 방법보다 귀하의 영역에 그대로 남아 현재의 직업에 매진하는 것이라 생각하는 바입니다." 그러나 그는 주드와 다르다. 그는 나에게 슈발을 연상시킨다. 물론 그는 주드가 될 수도 있다. 그의 꿈은 세속적 욕망으로, 자기부정으로, 세상에 대한 짜릿한 복수로 변질될 수 있다. 그러나 분명한 점은 그가 지금 역사적으로 항상 존재해왔던 어떤 모험을 수행하고 있다는 것이다. 계급의 벽을 예술의 꿈으로 부수고 넘어가는 모험 말이다. (2013)

작업실의
부재

1950년대 초반 장 주네는 알베르토 자코메티의 작업실을 4년 동안 방문한다. 주네는 자코메티의 창작 과정을 관찰하고 그와 대화를 나누며 빚어진 예술에 대한 사유를 『자코메티의 아틀리에』(윤정임 옮김, 열화당, 2007)라는 책으로 기록한다.

아니다. 예술 작품은 미래의 세대를 겨냥하지 않는다. 그것은 헤아릴 수 없이 많은 죽은 자들에게 바쳐지며, 작품을 인정하거나 거부하는 것은 그들이다. (58쪽)

주네는 덧붙이는 것이 아니라 계속 덜어내면서 다다르는 자코메티 조각의 독특한 부피감을 직접 눈으로 본다. 주네는 자코메티가 빚어낸 끔찍하면서도 약동하는 인간의 상처를 직접 손으로 만진다. 주네의 사유는 '예술은 죽음에 관한 것이다'라는 식의 일반론으로 환원될 수 없다. 주네는 자코메티의 조각이 삶과 죽음, 친숙한 것과 낯선 것 사이의 왕복을 우리에게 제시한다고 말한다. "이 오고감은 끝이 없으며, 그것이 바로 조각들에 움직이는 느낌을 주고 있다." 오랫동안 보고 만진 후 다다른 사유는 이론이 아니라 증언이 된다.

내가 책을 읽으며 부러웠던 것은 두 대가가 삶과 예술에 대해 나누는 대화와 그로부터 빚어지는 사유의 깊이에만 있지 않았다. 둘은 때때로 작업실을 나와 함께 산책을 했고 카페에서 커피를 마셨다. 무려 4년 동안. 물론 책이 나온 후에도 그리했을 것이다. 작업실을 구심점으로 여러 갈래로 길게, 점점이 펼쳐지는 우정, 그것이 나는 부러웠다.

나는 글을 쓰지만 간혹 다른 장르의 예술가들과 교류를 해왔다. 그들의 작업실을 방문한 적도 있었다. 그러나 그곳은 그들 소유의 작업실이 아니라 대부분 빌린 공간이었다. 문화재단의 창작 공간 지원 사업에 응모하여 길어봤자 1년 정도 입주하게 된 공간, 월세를 내며 집주인의 변덕이나 선의에 의해 거주 기간이 결정되는 공간이었다. 무엇보다 우리의 만남 자체가 프로젝트였다. 큐레이터나 기획자가 만남을 주선하면 그에 응하는 식이었다. 우리의 만남에 "산책이나 가실까요?"라는 말은 끼어들 여지가 없었다. 매번 각자의 스케줄표를 확인하여 다음 미팅을 잡는 식으로 끝났다.

　　말하자면 우리에게는 오래 머물 수 있는 작업실이 없다. 현대의 예술가들은 일하느라 바쁘기만 한 것이 아니라 일하는 곳을 옮겨다니느라 바쁘기도 하다. 대화와 만남이 이루어질 수 있는 공간적 구심점이 없을 때, 서로의 작업의 전모를 눈으로 보고 손으로 만질 수 있는 시간의 흐름이 부재할 때, 어떤 일이 일어날까? 서점에 가면 예술 이론, 문학 이론, 미학 이론에 관련한 숱한 책들이 있다. 그러나 그 책들 속에는 예술가라 불리는, 먹고 놀고 일하고 생각하고 느끼는 어떤 사람들의 만남과 대화가 없다. 작업실의 부재가 예술가들의 삶과 예술에 미치는 영향은 생각보다 훨씬 더 거대하다.

　　우리는 언제 어디서 만나 어떤 목적도 약속도 없이 삶과 예술에 대해 이야기할 수 있을까? 만남과 대화 자체에 몰입하며 거기서 자연스레 삶과 예술의 형태가 마름질되는 경이를 맛볼 수 있을까? 그럼 누군가는 말할 것이다. 한가한 소리 하고 있다고. 그럼 나는 말할 것이다. 정확히 봤다고. 내 말이 바로 그거라고. (2015)

우정과 애정의
독서

최근 나는 사람들 앞에서 말한 적이 있다. "책 한 권이 인생을 바꾸던 시기는 지났습니다." 희미한 전등빛이 책상 위에 펼쳐놓은 좁은 공간에서 벌어지던 자기 혁명, 보다 더 큰 혁명을 향해 내딛는 최초의 발걸음, 설렘과 혼란 끝에 이르는 모호하고도 뜨거운 공감, 현대의 독서는 이런 신비와 격정의 체험들과 전혀 무관하게 되었다. 사회학자 린 헌트는 18세기 장자크 루소의 소설『신엘로이즈』를 읽으며 소설의 주인공 쥘리에 대해 가졌던 당시 독자들의 공감대를 이렇게 표현한다. "자신의 고통을 극복하고 고결한 삶을 살고자 한 그녀의 투쟁은 바로 그들 자신의 투쟁이 되었다."[린 헌트,『인권의 발명』(전진성 옮김, 돌베개, 2009)] 과연 이런 투쟁이 지금도 일어날 수 있을까?

소위 21세기 지식 기반 사회에 이르러 책은 쓸모 있는 정보 덩어리로, 또는 피곤하고 지루한 삶을 달래주는 기호품으로 취급당한다. 삶의 목표는 책 바깥에서 확고하게 정해진다. 이때, 삶의 목표란 속되게 말하면 성공하는 것이고, 조금 세련되게 말하면 "모든 평범함 위에 군림하며 빛나는 비범한 존재"가 되는 것이다. 그리하여 승리를 위한 전쟁터가 아니라 미완의 책으로 삶을 보려는 태도, 매 순간의 행동과 말을 삶 위에 써내려가는 자신만의 문장이라고 믿는 태도, 그 문장 끝에 불안과 용기 모두의 흔적을 남기려는 태도, 그 흔들리는 문장부호들, 마침표, 느낌표, 물음표를 내일의 새로운 문장들을 향한 화살표로 담금질하려는 태도, 말하자면 삶과 책을 두 개의 거울처럼 양손에 붙잡고 서로를 비추게 하려는 태도, 이런 태도들은 이제 옛이야기가 되었다. '성공과 스타덤을 향한 자기계발'이라는 이 시대의 거만한 규약은, 독서로 자신의 삶을 일구어나가는 독자와, 창작으로 세계의 비참을 해명하려는 저자 사이의 '고매한 협약'(장폴 사르트르, 『문학이란 무엇인가』)을 간단히 압도해버렸다.

나 또한 이러한 사태로부터 자유롭지 못하다. 우리 세대는 자신만의 서재를 가질 수 없는 세대일지 모른다. 우리 세대의 서재는 어떻게 만들어지는가? 이달의 베스트셀러 순위, 필자와 출판사의 유명세, 광고의 크기, 연예인들의 추천에 의해 만들어진다. 그런 의미에서 우리 세대의 서재는 타인의 책들로 채워진 서재이다. 정확히 말하면 타인의 욕망으로부터 빌려온 책들로 채워진 서재이다. 그러므로 수백수천 권의 책으로 책장을 채운다고 한들, 그것은 결코 우리의 서재가 될 수 없다. 우리의 서재는 거대해지면 거대해질수록 예전의 고풍스러운 도서관이 아니라 리모델링한 대형 서점을 닮아갈 것이다. 이러한 상황에서 나의 독서 편력을 이야기하는 것이 무슨 의미가 있을까? 나에게 감동을 준 몇 권의 책을 추천한들, 정보의 바다에 이내 녹아 없어질 한 움큼 소금 같은 데이터를 흩뿌리는 것에 불과하지 않은가?

이처럼 비관적인 상황에서 나는 질문을 던져본다(고백하자면 나는 끝까지 신랄할 수 없는 사람이며, 사실은 희망하기 위해 비관하는 사람이다). 자신의 서재를 가지지 못한 상황에서도 어쨌든 나는 책을 읽어오지 않았는가? 그중에서 어떤 책은 나에게 지대한 영향을 미치지 않았는가? 그 책은 나에게 아주 희귀하고 소중한 책이라 할 수 있을 것이다. 한데, 그 책이 나에게 가치를 갖는 이유는 그 책이 양질의 콘텐츠라서가 아니다. 단적으로 말하면, 그 책은 타인의 욕망으로부터 빌려온 책이 아니라 타인의 선의, 즉 우정과 애정으로부터 선사받은 책이기 때문이다. 그 책이야말로 나에게 '작가란 무엇인가? 그리고 무엇보다 인간이란 무엇인가?'라는 질문을 던졌는데, 그것은 그 책을 읽을 때, 나의 시선이 그 책에 나보다 먼저 도달해 있는 누군가의 투명한 시선과 마주했기 때문이며, 행간에 이미 은밀하게 배어 있는 누군가의 깊은 목소리와 대화를 나눴기 때문이다. 그 책은 단지 감명깊은 책이 아니라 유일무이한 책이다. 나의 삶과 글쓰기는 그 책에 의해, 아니 그 책을 매개로 한 우정과 애정에 의해 숨겨진 정체를 드러낸다. 그런데 여기서 그 정체란 내가 몰랐던 나의 실체가 아니라 내가 추구해야 할 미래의 가능성인 것이다.

일찍이 가능성으로서의 내 정체성을 밝혀준 책을 든다면 아르튀르 랭보의 『지옥에서 보낸 한철』(김현 옮김, 민음사, 1974)일 것이다. 나는 말 그대로 도저히 내 서재를 가질 수 없는 상황에서 그 책을 선사받았다. 군입대를 위해 훈련소에 들어갔을 때였다. 침상의 끝자리를 배정받은 나는 불침번을 서려고 일어난 어느 새벽, 바로 옆의 라디에이터 위에 랭보의 시집이 놓여 있는 것을 발견했다. 누구의 책인지는 알 수 없었다. 나는 그저 악몽 같은 군대문화 속에서도 은밀한 자의식과 쾌락을 즐길 수 있게 됐다는 흥분에 휩싸였다. 그날 이후 나는 밤마다 손전등을 비춰가며 남몰래 랭보를 읽었고 "난 쏘다녔지, 터진 주머니에 손 집어넣고/ 짤막한 외투는 관념적이게 되었지"(「나의 방랑 생활」)라는 구절을 보고는 미치도록 전율했다. 이 시 때문인지 아닌지는 기억이 정확하지 않지만 실제로 나는 군복 바지 주머니에 손을 넣고 다니다가 교관에게 적발돼 군홧발로 가슴팍을 차이기도 하였다. 그렇게 랭보를 읽으면서 과연 누구의 책일까 궁금해하던 어느 날, 소대장으로부터 "랭보는 맘에 드는가?"라는 질문을 받으면서 그 의문은 해소되었다. 그러나 끝내 풀리지 않은 다른 의문들이 있었다. 그는 왜 내가 랭보를 읽도록 내버려둔 것일까? 나를 관찰하다가 랭보와 어울릴 만한 모종의 기질을 발견한 것일까? 짓궂은 장난을 친 것뿐일까? 하지만 나는 그가 그 책의 주인이라는 사실에 그리 놀라지 않았다. 왜냐하면 이미 그의 표정과 말투에서 어떤 고독과 우수의 기운을 느꼈기 때문이다. 심지어 이렇게 말할 수도 있다. 랭보의 시집을 통해 그가 짐작했을지 모르는 내 젊은 영혼의 '기미', 나 자신에게조차 수수께끼였던 내 본성을 탐색하고, 그래서 그가 어쩌면 나에게 던졌을지 모르는 '너는 누구니?'라는 우정 어린 질문에 답하기 위해 나는 지금껏 시를 쓰는 삶을 이어가고 있는지도 모른다고.

　　인간의 모든 활동은 언제든 나태에 쉽게 빠질 수 있다. 지속되는 관성에 의해 일상화되거나 한줌의 달콤한 보상만으로도 목적 달성을 위한 도구로 전락할 수 있다. 나는 누구인가?라는 질문의 대답이 생활과 직업으로부터 쉽사리 주어질 때, 나는 이미 아무것도 아니다. 삶은 텅 빈 형태의 무한 복제이고 그 안에 부는 바람은 폭풍우처럼 위세를 떨지만 세계의 공허만을 부풀릴 뿐이다. 나는 현대의 문학이 어쩌면 그 요란스러운 가짜 폭풍우가 아닐까 싶다.

　　그럼에도 불구하고 『지옥에서 보낸 한철』, 그리고 우정과 애정의 선물인 그 밖의 모든 책들에 대해서 나는 감히 '편력'이라는 단어를 붙일 수 없다. 그것은 사랑하는 이와 나눈 키스에 대해 "우리의 키스는 나의 애정 편력에 비추어볼 때 최고에 가까워"라고 말할 수 없는 것과 마찬가지 이유에서이다. 사랑에 빠진 사람에게 모든 키스는 첫 키스다. 사랑하는 이들이 첫 키스처럼 함께 읽어나가는 책들이 쌓이는 곳은 이제 도서관도 아니고 대형 서점도 아니다. 오르한 파묵식으로 말하면 그곳은 유일무이한 사랑의 기억들로 이루어진 '순수 박물관'일 것이다. 그렇기 때문에 현재의 서재를 갖지 못한 이들일지라도 몇 권의 책을 손에 들고 미래의 박물관이라는 희망을 향해 나아갈 수 있는 것이다. (2010)

아픈 자의
의지

삶에 대한 혐오가 아무리 크더라도 병든 이를 부러워할 수는 없다. 그것은 감옥에 갇힌 이에게 "당신은 갇혀 있어서 좋겠어요. 세상의 온갖 더러운 꼴을 안 봐도 되니까요"라고 말하는 것과 다름없다. 그런데 만약 병든 이가 경이로운 시를 쓴다면? 그렇다면 우리는 그에 대한 질투를 고백할 수 있을까? 프리모 레비의 아름다운 글을 부러워한 나머지 "나도 아우슈비츠에 있었더라면"이라고 말할 수 있을까?

성동혁의 시집 『6』(민음사, 2014)을 보았다. 그는 어렸을 때부터 큰 병을 앓았다. 살아 있는 것이 기적이라고 할 만큼 그의 병은 심각한 것이었다. 그는 다섯 번의 대수술을 받았다. 시집 제목이 '6'인 것은 그가 사실상 여섯 번 다시 태어났기 때문이다. 성동혁의 시집을 읽으며 나는 연신 감탄사를 터뜨렸다. 그의 많은 시구에 밑줄을 그었다. 그것도 천천히 음미하며 그은 것이 아니라 본능적으로 반응하며 벅벅 그어댔다. 그러다보니 "밑줄보다 내려 온 글씨"(「노를 젓자」)가 넘쳐났다.

성동혁의 시는 그의 병과 무관하지 않다. "엑스레이 기계 를 안고 웃는다 / 의사는 모르겠지 내가 어떻게 웃는지"(「수선 화」) 같은 구절에서는 '엑스레이 사진 찍기'를 '의사 몰래 웃기' 놀 이로 전환시키는 한 중증 환자의 지경 혹은 경지가 엿보인다. 그 에게 시는 병원에서 혼자 노는 방편이었을까? '혼자 놀기'라 하기 엔 성동혁의 시는 지극히 대화적이다. "너는 언제쯤 우리라는 말 안에서 까치발을 들고 나갈 거니 / (중략) / 너 말고는 그 누구도 / 아픈 말만 하는 시인을 사랑하진 않을 것이다."(「독주회」) 그에게 시라는 '독주회'는 사실 병을 앓는 이와 아픈 말만 하는 시인의 협 연인 것이다.

성동혁의 병은 그에게 시라는 독특한 놀이 / 대화의 능력 을 부여한다. 시 때문에 그는 자신의 동생, 형, 친구가 될 수 있다. 미하일 바흐친이라면 이렇게 말했을 것이다. "성동혁은 자기 자 신의 간병인이 되었다." 바흐친에 따르면 간병인이란 병을 치료 할 수는 없어도 환자 곁에서 그를 돌보며 환자가 볼 수 없는 등뒤 의 '푸른 하늘'을 볼 수 있는 자이다. 즉 시를 쓰는 성동혁은 병을 앓는 성동혁의 분신인 동시에 그가 볼 수 없는 푸른 하늘을 볼 수 있는 존재이다. 성동혁이 앓는 병이 그에게 아름다운 시를 쓰는 능력을 허락했다 하더라도 나는 그의 병을 부러워할 수 없다. 왜냐하면 그가 시에서 "동생아 자꾸 태어나지 마"(「라일락」)라고 말하는 것은 사실 '더이상 아프고 싶지 않다'는 간절한 소망의 표현이기 때문이다. 그에게는 놀이가 몸부림이요, 대화가 절규인 것이다.

그럼에도 나는 성동혁이 부럽다. 김수영은 「아픈 몸이」라는 시에서 말했다. "아픈 몸이 아프지 않을 때까지 가자." 그는 아픈 몸으로 가고 있다. 계속해서 가고 있다. 사실 나는 그의 병든 실존이나 경이로운 시를 부러워하는 것이 아니다. 나는 그의 의지를, 삶을 살려 하고 시를 쓰려 하는 의지 자체를 부러워하는 것이다. 그 부러움이 얼마나 컸던지 성동혁의 시집을 읽은 날은 이상한 충동이 솟구쳤다. 나는 내가 만난 모든 사람들에게 나를 동혁이라 불러달라 말하고 싶었다. 그리고 나 또한 내가 만난 모든 사람들에게 묻고 싶었다. "동혁아, 동혁아, 오늘은 얼마나 아프니?"(2014)

세상에서
가장 슬픈 수학

언젠가 신해욱 시인이 내게 물었다. "어떻게 시를 그리 길게 쓸 수 있어요?" 그때 나는 속으로 되물었다. '어떻게 시를 그리 짧게 쓸 수 있어요?' 사실 그녀의 시는 짧다기보다 간결하다고 말해야 맞다. 그녀의 첫 시집 제목은 '간결한 배치'이다. 나는 그녀의 시가 성취하는 간결한 배치가 부럽기 짝이 없다.

신해욱의 시집 『syzygy』(문학과지성사, 2014)를 읽었다. 제목의 뜻은 '삭망, 연접'이다. 하지만 그녀에게 뜻은 크게 중요치 않다. "소리는 혀에 닿지 않고 뜻은 뇌에 닿지 않는다." 이것이 그녀가 syzygy에 이끌린 이유다. 나는 그녀 시의 간결함이 '닿지 않는' 것에 대한 사유에서 비롯된 것이라 짐작한다. 나의 시에는 생각이 있지만 그녀의 시에는 사유가 있다. 생각과 사유의 차이는 무엇인가? 간단하다. 생각은 생각하는 것이고 사유는 생각에 생각을 거듭하는 것이다. 생각은 유한이고 사유는 무한이다. 신해욱은 말한다. "저는 땀을 뻘뻘 흘리다가 / 실물보다 큰 생각에 사로잡히게 됩니다. / 몸이 점점 부족해지게 됩니다."(「중력의 법칙」) 사유란 "실물보다 큰 생각"이다. 사유는 헤아릴 수 있는 것과 헤아릴 수 없는 것을 함께 헤아리려 애쓰는 것이다. 이것을 수학적으로 표현하면 '실수+허수'의 사유, 즉 '복소수'의 사유라 부를 수 있다. 그녀는 「주사위 던지기」라는 시에서 소망한다. "세상의 주사위들이 한꺼번에 던져지면 / 진짜 복소수가 나올지도."

　　신해욱의 시에는 '수학적 시학'이 작동하고 있다. 모자라고 빠지는 것들과 가득하고 넘치는 것들이 그녀의 시 속에서 서로 겨루고 대화한다. 그래서 신해욱의 시 한 편 한 편은 각각 고유한 셈법을 작동시킨다. 묘사나 진술이 아니라 셈을 할 것, 이것이 신해욱의 시가 간결한 이유이다. 하지만 통계학이나 인구학과 달리 신해욱이 셈하는 대상은 쉽게 눈에 띄는 인간이나 사물이 아니다. "지구에서 소리 없이 사라져간 / 다른 종 / 다른 유의 인간을 약간씩 세어보기도 한다."(「여자인간」) 대상이 이렇다보니 신해욱의 셈은 딱 맞아떨어지는 법이 없다. "작은 손님들의 합을 구하는 것은 쉬운 일이 아니었다."(「단골들」) "손가락이 남기도 한다. // 손가락이 모자라기도 한다."(「여자인간」) "좌표를 잃은 것 같다"(「허와 실」). 그녀의 셈은 어설프고 서글프고 때로는 우스꽝스럽기까지 하다.

　　신해욱은 애타게 묻는다. "이불 속에는 저 말고 무엇이 또 있는지요."(「중력의 법칙」) 이불을 집합기호({ })라 하고 신해욱을 그 안의 원소 a라 하자. 수학 공리에 따르면 모든 집합에는 공집합 Ø이 포함되므로 이불 속에는 신해욱(a)과 공백(Ø)이 함께 존재한다. 그런데 이 공백을 이불 속으로 초대한 이는 신해욱 자신이다. "이야기를 잃은 사물들아, 그러니 근심을 접고 이리 와봐. // 여기가 아주 좋아."(「주사위 던지기」)

　　나는 언젠가 "시는 세상에서 가장 슬픈 수학이다"라고 말한 적이 있다. 내가 말해놓고도 무슨 말인지 모르는 그런 말이었다. 그런데 그 말을 신해욱은 이미 몸으로 이해하고 시를 쓰고 있었다! 안 되겠다. 오늘밤에는 나도 이불 속에 들어가 손가락으로 무엇이든 세어봐야겠다. 그런데 그 캄캄한 어둠 속에서 도대체 무엇을 셀 수 있단 말인가? 신해욱의 기이한 수학 능력을 시기하지 않을 수 없다. (2014)

시쓰기는
'말 만들기 놀이'

어릴 적 우리집에 세 들어 살던 형이 내게 종이접기를 가르쳐줬다. 나는 형을 따라 온갖 동물들을 접었다. 미치도록 재밌었다. 또다른 기억도 있다. 아버지가 회사에서 '롤뻬빠(롤페이퍼)'라 불리는 두툼한 두루마리 종이를 가져오면 그 위에 만화를 그렸다. 종이가 다 떨어지면 나는 출근하는 아버지에게 외쳤다. "아빠, 롤뻬빠!" 그날 아버지의 귀가를 얼마나 기다렸던가.

잠자리에서 동생들은 내게 옛날이야기를 들려달라고 졸랐다. 어린 내가 연년생 동생들에 비해 옛날이야기를 알아봤자 얼마나 알겠는가? 그래도 맏이랍시고 나는 노력했다. 내 입에서 나온 이야기는 「토끼와 거북이」와 「별주부전」을 제멋대로 뒤섞어 만든 창작 동화였다. 동생들은 내 작품에 대해 나름의 평을 하며 언쟁을 벌이기도 했다.

이 기억들은 모두 '만들기 놀이'에 관한 것들이다. 내가 시를 쓰기 시작한 데는 이런저런 만들기 놀이의 경험이 작용하지 않았나 싶다. 이 생각의 연속선상에서 나는 시를 '말 만들기 놀이'라고 정의한다. 이 놀이의 매력은 정해진 규칙은 없고 사용할 수 있는 재료는 무한하다는 데 있다.

사람들은 시의 주요 정서가 슬픔이라고 말한다. 하지만 '제작된 슬픔'은 그저 슬프기만 한 것이 아니다. 슬픔을 표현하는 무한의 말들 중에서 하나를 골라낸 사람은 이렇게 생각한다. '이 슬픔, 아주 맘에 드는걸!' 또 사람들은 시가 숭고한 진리를 표현한다고 생각한다. 그러나 시의 진리란 세상에 대한 견해가 아니다. 그것은 시라는 특이한 말의 얼개가 설핏 들춰내는 삶의 형상이다. 그렇기에 시는 진리보다 행복에 더 가까운 것이다.

나는 시라는 말 만들기 놀이를 통해 주어진 삶 말고 또다른 삶을 제작해왔다. 시 때문에 나는 두 개의 삶을 살게 됐다. 첫번째 삶은 정체가 뚜렷하지만 나를 구속하는 삶, 두번째 삶은 정체를 알 수 없지만 나를 자유롭게 하는 삶. 어쩌면 시 때문에 나는 첫번째 삶을 더 싫어하게 됐는지도 모른다.

나와 김소연 시인은 몇 해 전부터 '퀼티드 포엠(quilted poem)'이라는 시 창작 워크숍을 진행해왔다. 방법은 간단하다. 참여자들은 가방에서 책을 꺼낸다. 어떤 책이건 상관없다. 그 책에서 단어들을 골라 종잇조각에 옮겨 적는다. 어떤 단어건 상관 없다. 그렇게 단어가 적힌 종이들을 조합해 시를 짓는다. 어떤 참여자들은 가방에서 악보책을 꺼내 악보 한 단락을 시 속에 삽입했다. 그들은 시를 낭독하다 "랄라라랄랄라" 노래를 했다. 시의 제목은 '아우슈비츠'였다.

올해 봄 두 청년(임진아와 김홍구)이 나를 찾아와 작은 책한 권을 건넸다. 제목은 '야간 채집'이었다. 첫 페이지에는 이런 말이 쓰여 있었다. "우리는 각자의 책에서 수집한 단어들을 책상 위에 늘어놓고 그것들이 제멋대로 움직이기를 기다렸습니다." 둘은 워크숍에 참여하고 난 후 시집을 만들었다고 말했다. 둘의 첫 시집이었다. 눈에 띄는 여러 시구 중 하나. "처음에는 누구나 걱정이 됩니다 / 떠나기 전에 / 뒤축을 먼저 땅에 댑니다"(「야간 채집」).

떠나기 직전에는 그렇지. 가장 뒤에 있는 몸이 가장 먼저 시작하지. 그래야 미래를 최대한 늦출 수 있으니까. 그래야 현재를 최대한 즐길 수 있으니까. 나는 말 만들기 놀이를 시작한 그들이, 이제 막 땅에 닿은 그들의 뒤축이 부러웠다. 나의 뒤축은 너무 닳아버린 것이 아닐까? 나의 말 만들기 놀이는, 그 놀이의 황홀한 기쁨은, 다시 돌아올 수 있을까? (2014)

이명(異名)을
갖는다는 것

『페소아와 페소아들』(페르난두 페소아, 김한민 옮김, 워크룸 프레스, 2014)을 번역하고 엮은 김한민 작가가 독자와의 만남을 가졌다. 그는 말했다. "페소아가 창조한 것으로 알려진 70여 개의 이명(異名)은 본명과 무관한 독자적 삶과 스타일을 지닌 존재입니다. 이명은 본명이나 다른 이명들과 영향을 주고받을지언정 본명의 꼭두각시가 아닙니다."

페소아는 이명으로 쓴 작품 다수를 생전에 발표하지 않았다. 그는 왜 발표도 않을 그 수많은 글을 이명으로 쓴 것일까? 예술가들은 종종 가명을 사용한다. 이때 생기는 이익은 비교적 분명해 보인다. 독특한 개성을 가진 예술가로서 자신과 작업을 세상에 드러나게 하는 것이다. 하지만 페소아의 이명은 너무 많았다. 더구나 그 사실은 몇몇 친구를 제외하면 철저하게 비밀이었다.

예술가뿐만이 아니다. 사회학자 어빙 고프먼은 모든 사람들은 '인상 관리'를 한다고 주장한다. 고프먼에 따르면 사람들은 무대 이면의 소품, 의상, 대본 등을 사용하여 무대 위에서 타인들에게 자아를 연출한다. 이때 무대 이면은 은폐돼야 한다. 그것이 노출되면 연극의 질서는 붕괴되고 관객들은 당황하고 배우들은 연기를 이어갈 수 없기 때문이다. 최근에는 SNS상에서 자신의 사생활과 내면을 있는 그대로인 양 노출하는 양상이 있긴 하다. 하지만 이때에도 연출은 필요하다. 그러지 않았다가 당사자에게 심각한 사회적 불이익이 발생하는 경우를 우리는 종종 목격해왔다. 요컨대 가명과 가면은 사회적 보상을 당사자에게 가져다준다. 가명과 가면 때문에 사람들은 개성과 이성과 덕을 가진 사람으로 서로를 승인하고 상호작용을 꾸려갈 수 있다.

반면 페소아의 이명들은 그에게 사회적 보상을 가져다주지 않았다. 김한민은 말했다. "이 모든 것은 페소아가 창조했지만 스스로 끊임없이 확장해간 일종의 놀이입니다." 놀이는 그 자체의 지속 외에는 아무 목적과 기능을 갖지 않는다. 놀이는 참여자들에게 아무 실제적 이익을 주지 않는다. 놀이가 가져다주는 가장 큰 보상은 즐거움 그 자체이다.

하지만 페소아는 불행한 사람 아니었던가? 그는 『불안의 책』의 저자 아닌가? 김한민은 말했다. "『불안의 책』은 불안심리에 대한 책이 아닙니다. 책의 원제는 'Livro do Desassossego'입니다. 'desassossego'는 조용함과 평정의 반대말로 포르투갈에서는 흔히 쓰이지 않는 문어적 표현입니다. 사람이 아니라 책 자체가 불안한 것입니다. 『불안의 책』은 애초에 완성될 수 없는 책이었습니다." 김한민은 덧붙였다. "이명들의 공통점이 있습니다. 세상에 대해 불만이 가득했다는 점입니다." 그렇다면 페소아를 이렇게 볼 수도 있겠다. 세상이 맘에 들지 않는 한 존재가 다른 존재들을 창조하여 그들과 함께 딴 세상을 만드는 무한의 놀이를 한 것이라고.

나는 페소아가 부러워졌다. 내가 꿈꿔왔던 것, 이 세상에서 사라지는 것, 그다음에 딴사람으로 다시 태어나 풍요롭고 행복한 삶을 사는 것, 그것을 그는 짧은 인생에 아주 근사하게 이룬 것이다. 나는 또 생각했다. 이제부터 사라질 계획을 치밀하게 세워나가야겠다고. 김한민이 인용한 어느 철학자의 말에 의하면 바로 이것이 "죽느냐 사느냐(to be or not to be)"가 아니라 "죽으면서 사는(to be and not to be)" 삶이리라. (2014)

당나귀와
문학

서양 문학에 자주 등장하는 동물 중 하나가 당나귀다. 대
표적인 작품들을 떠올려보자. 아풀레이우스의 『황금 당나귀』, 셰
익스피어의 『한여름 밤의 꿈』, 세르반테스의 『돈키호테』 등등. 시
에도 당나귀는 등장한다. D. H. 로렌스의 「제대로 된 혁명」(『제대
로 된 혁명』, 류점석 옮김, 아우라, 2008)에는 "혁명을 하려면 웃고 즐
기며 하라. (중략) 즐겁게 도망치는 당나귀들처럼 뒷발질이나 한
번 하라"라는 구절이 있다. 자크 프레베르는 「오월의 노래」에서 노
래한다. "당나귀 왕 그리고 나 / 우리는 내일 죽을 것이다 / 당나귀
는 배고픔 때문에 / 왕은 권태 때문에 / 그리고 나는 사랑 때문에 /
오월에".

한국의 대표적인 당나귀 시는 백석의 「나와 나타샤와 흰

당나귀」이다. 이 시에는 "응앙응앙" 우는 흰 당나귀가 나온다. 사실 당나귀는 그리 울지 않는다. 당나귀 울음소리는 거칠고 시끄럽기로 유명하다. '응앙응앙'이 아니라 '응헝응헝'이 맞다. 그러나 눈 오는 밤 '응헝응헝' 우는 흰 당나귀를 상상해보라. 사랑스럽기는커녕 불쾌하고 짜증스럽게 느껴진다.

왜 당나귀가 문학에 그리도 빈번히 나타날까? 특히 유럽에서 오랜 세월 인간의 무거운 짐을 대신 짊어져주고 인간의 여행길에 동행하는 동물이 당나귀이기 때문이리라. 『보물섬』의 작가 로버트 루이스 스티븐슨은 『당나귀와 함께한 세벤느 여행』이라는 에세이를 펴낸 바 있다. 이 책에서 스티븐슨은 '모데스틴'이라는 당나귀와 프랑스 도보여행을 한다.

내가 보기에 당나귀 문학의 백미는 후안 라몬 히메네스의 『플라테로와 나』(박채연 옮김, 을유문화사, 2013)이다. 이 책은 크리스마스를 맞는 아이들을 위한 시집으로 출간되었다. 마치 자신의 아이나 혹은 이웃집 아이에게 말하듯 시인은 당나귀 '플라테로'에게 정겹게 말을 건넨다. "플라테로야, 너는 모르겠지만 부드럽게 하늘을 올려다보는 네 눈은 아름다운 두 송이 장미란다." 히메네스에게 플라테로는 삶의 동반자에 가깝다. 시인은 하루하루 일상을 보내면서 당나귀와 대화를 나눈다. 그러나 당나귀와 시인이 나누는 언어는 평화롭고 목가적이기만 한 것은 아니다.

이제 봄이 왔는데 나는 산호세 거리에서 하늘로 가버린 그 바보 아이를 생각한다. 하늘나라에서 그 아이는 만발한 장미들 옆에서 여전히 자기 의자에 앉아서 새롭게 뜬 제 두 눈으로 천사들의 황금빛 행렬을 보고 있을 것이다. (44~45쪽)

대화 상대가 당나귀이기에 시인은 시의 말을 할 수 있었을 것이다. 슬픔과 기쁨, 삶과 죽음이 하나인 말, 사람의 말이자 동물의 말, 혹은 사람의 말도 동물의 말도 아닌 제삼의 말, 지극히 소박하지만 누구도 누구에게 해보지 않은 최초의 말.

플라테로야, 대략 두시쯤 되면, 해가 중천에 뜬 그 고독의 순간에 투우사들과 귀부인들이 옷을 갈아입는 그 틈을 이용해 우리는 뒷문으로 빠져나가서 거리를 가로지른 다음 지난해처럼 들판으로 가자. (141~142쪽)

나는 백석과 스티븐슨과 히메네스가 부럽다. 나에게 당나귀가 있다면, 나에게 흰 당나귀와 모데스틴과 플라테로가 있다면, 몰래 삶을 빠져나갈 수 있는 동행자가 있다면…… 당나귀를 찾아야 한다. 당나귀 등에 내 짐을 얹고 그의 뒤를 쫓아가야 한다. 당나귀가 없다면 나에게는 이 지긋지긋한 삶에 갇혀 느릿느릿 죽어가는 일만 남게 될 것이다. (2014)

서러움의
상실

이탈리아 시인 체사레 파베세의 시집 『피곤한 노동』(김운찬 옮김, 문학동네, 2014)의 1부 제목은 '우리의 선조들'이다. 1부의 첫번째 시 「남쪽 바다」에는 이런 구절이 나온다.

사촌형은 말했다 (중략) / "삶이란 / 고향에서 멀리 떨어져 사는 거야. (중략) / 그러다 나처럼 마흔 살에 돌아오면 / 든 것이 새롭지. 란게 언덕들은 사라지지 않아." / (중략) 그는 이탈리아어로 하지 않고 / 느릿느릿 사투리를 썼다. 이 언덕 돌멩이처럼 투박한, / 스무 해 동안 여러 바다들과 숱한 언어들에 의해서도 / 상처받지 않은 사투리로 말했다. (10쪽)

나는 이 구절을 읽고 시인 백석이 떠올랐다. 백석은 파베세이기도 하고 파베세의 사촌형이기도 하다. 백석은 자기가 떠나온 고향과 선조와 마을을 그리며 시를 썼다. 그리고 백석은 고향의 사투리로 시를 썼다. 나는 파베세를 읽다가 백석의 책으로 건너뛰었다.

백석의 책을 펼치자 「여우난골족」(『정본 백석 시집』, 고형진 엮음, 문학동네, 2007)이라는 시가 눈에 들어왔다. "쥐잡이를 하고 숨굴막질(숨바꼭질)을 하고 꼬리잡이를 하고 가마 타고 시집가는 놀음 말 타고 장가가는 놀음을 하고 이렇게 밤이 어둡도록 북적하니 논다." 나는 생각했다. 명절 때 큰집을 방문하여 친척 아이들과 같이한 놀이를 나열하는 것만으로도 시가 되는구나.

하지만 가족의 이름들과 옛 추억을 향수하는 것만으로 시가 될 수는 없다. 백석에게, 파베세에게, 그리고 시를 쓰는 이들에게 고향의 상실을 재현한다는 것은 사라진 것을 그리워하는 것 이상이리라. 시를 쓴다는 것은 상실을 마주하면서, 그 마주함의 서러움에서, 말의 풍모와 삶의 풍요를 끄집어내는 것이리라. 그러니까 백석의 말을 빌리면 시란 "구신과 사람과 넋과 목숨과 있는 것과 없는 것과 한줌 흙과 한 점 살과 먼 녯조상과 먼 훗자손의 거룩한 아득한 슬픔을 담는 것"(「목구」)과 같은 것이리라.

나는 생각했다. 어쩌면 우리 세대의 사람들, 우리 시대의 시 쓰는 이들에게 문제가 되는 것은 '상실의 상실'일 수 있겠다. 사실 우리는 어느 때보다도 많은 상실을 겪으며 살고 있다. 정보의 홍수 속에서, 빠른 세태 변화 속에서, 사건들의 범람 속에서 숱한 사물과 사람을 상실하며 사는 이들이 바로 우리다. 그런데도 상실감은 우리의 공통 감각이 되지 못한다. 우리는 상실을 상실했다. 나는 백석과 파베세가 부럽다. 그들에게는 잃어버린 것들과 잃어버린 사람들에 대한 상상과 사유가 있다. 그들에게는 서러움이 있다. 하지만 우리에게는 서러움이 없다. 모든 것이 눈앞에서 사라졌는데 고개 한번 돌리면 모든 것이 눈앞에 버젓이 있다. 미디어를 접하면서 슬픔과 아픔을 느끼다가도 바로 다음을 클릭하면 그런 감정은 사라진다.

　문득 이런 생각이 든다. 내가 요새 시를 쓰지 못하는 이유는 바로 서러움이 없기 때문이다. 서러움을 사전에서 찾아보니 '원통하고 슬프다'라는 정의가 나온다. 하지만 이 정의는 부족하다. 나는 서러움을 '상실감에 머물면서 그것을 만끽하는 것'이라고 정의해본다. 서러움에 젖어 시를 썼던 파베세와 백석이 부럽기 짝이 없다.

　우리는 무엇을 잃어버렸는가? 아니 이 질문은 정확하지 않다. 우리에게는 상실에 대해 상상하고 사유할 수 있는 능력이 있는가? 우리에게는 사라지지 않는 고향의 언덕이 있는가? 어느 지방의 말인지도 모르는 이상한 사투리를 쓰는 사촌형 같은 시인이 있는가? (2015)

드로잉
엄살

미술작가와 드로잉과 시에 대한 대화를 나눴다. 나는 말했다. 시는 드로잉과 달리 '빌려온 단어들'로 짜이기에 언어적으로 주어진 규칙과 의미로부터 자유로울 수 없다고. 그게 둘 사이의 진정한 차이일까? 그날 이후 그 생각을 곱씹다가 이런 생각에 이르렀다. 누군가의 시를 옮겨 적어도 그 시는 옮겨 적은 이의 시가 아니라 여전히 누군가의 시라 해야 한다. 하지만 드로잉은 그렇지 않다. 누군가의 드로잉을 최대한 노력해서 베낀다 해도 그 작업은 누군가의 것이 아닌 자신의 것이 되어버리고 만다. 달리 말하면 백 명의 사람이 여기저기서 동시에 누군가의 시 한 편을 '원작 그대로' 지참하고 다니는 것은 가능하다. 하지만 하나의 드로잉 원작은 하나의 시공간에만 존재할 수 있다.

물론 시와 드로잉 사이에는 유사점도 있다. 둘 다 펜 하나 종이 한 장이면, 언제 어디서나 충분히 작업이 가능하다. 둘 다 누구나 쉽게 접근할 수 있고 시도할 수 있는 장르이다. 예컨대 지루한 강의를 들을 때, 학생들은 노트 위에 추상적인 패턴을 그리기도 하고 앞자리에 앉은 사람의 얼굴을 그리기도 한다. 당연히 시도 쓸 수 있다. 누구나 시도할 수 있는 장르란 점에서 시와 드로잉은 종종 질투를 야기한다. 예전에 이렇게 말한 적이 있다. "근접한 상태에서 닿을 듯 말 듯한 거리감", 즉 '나도 사실은 저렇게 할 수 있는데, 딱 한 발짝만 내디디면 되는데 그게 잘 안 되네. 나 원 참.' 이런 기분이 질투심이라고.

이 점에서 존 버거는 나에게 질투심을 불러일으킨다. 『아픔의 기록』(장경렬 옮김, 열화당, 2008)을 비롯한 존 버거의 몇몇 책은 그의 드로잉과 글을 함께 담고 있다. 그는 르네상스맨으로 알려져 있다. 엄밀히 말하면 그는 누구나 할 수 있는 것을 두루 잘하는 사람이다.

존 버거의 시에는 이민자가 등장한다. "방랑의 언어를 소유한 우리가, / 고칠 수 없는 억양과 / 우유를 가리키는 또하나의 표현을 소유한 우리가, / (중략) / 그런 우리, 좁은 침대에 홀로 누워 있는 우리가 / 시에 대해 알고 있는 것은 무엇일까요?"(「이별」) 그는 이민자뿐만 아니라 동물에게도 감정이입한다. "어둠이 밀려오면 썰매를 끌던 개들이 두려워하오. / 숲이 끝도 없이 이어지는 것이 아닌가 하여. / 그리고 매일 밤 눈 속에서 / 우리는 개들을 진정시키오. / 우리가 터뜨리는 뜻밖의 웃음으로."(「침엽수림 지대의 시 두 편」)

그의 시와 드로잉을 보고 생각했다. 만약 기차나 썰매를 타고 여행을 다닐 수 있다면, 나 자신이 이민자가 되고 동물의 동행자가 된다면, 나는 더 좋은 시를 쓸 수 있을 텐데. 무언가와 누군가를 오래 바라보고 그들과 대화를 나눌 수 있다면, 그렇게 몰입한다면, 대충 그리는 드로잉 말고, 하나의 세계를 구현한 듯한 드로잉을 그릴 수 있을 텐데.

나는 존 버거의 책을 읽다 말고 충동적으로 책상 위에 흰 종이를 펼치고 검은 펜을 들었다. 하지만 뭘 그려야 할지 도통 알 길이 없었다. 눈앞에는 온갖 사물들이 있었지만 그것들은 아무 감흥도 자아내지 못했다. 나는 그림을 그릴 수 없다는 이유 하나만으로 삶 전체를 바꾸고 싶어졌다. 지극히 사소한 것에서 느끼는 거대한 좌절을 흔히 엄살이라고 말한다. 하지만 생각해보니 엄살이야말로 요새의 나에겐 아주 귀한 것이 되어버렸다. (2015)

노래하고
기타 치는 시인

동생에게서 문자가 왔다. 이번 주말에 공연을 하게 됐으니 오라는 것이다. 동생이 직장인 밴드의 기타리스트로 무대에 오르게 된 것이다. 드디어. 나는 약간의 감동과 약간의 질투를 느꼈다. 동생은 몇 년 전부터 전자기타를 다시 치기 시작했다. 한번은 동생이 자기 집에서 기타 연습 하는 걸 지켜본 적이 있었다. 동생이 기타를 잡자마자 제수씨와 조카들의 표정이 어두워졌다. '음악을 연주하겠다는데 다들 왜 그러지?' 생각했지만 동생이 연주를 하자마자 이유를 알 수 있었다. 나는 말했다. "연습 좀더 해야겠네."

동생은 더 연습했고 어느 날 인디밴드 오디션에 응모했다. 동생 말에 따르면 기타리스트를 뽑는데 자기를 포함해 세 명이 왔다고 했다. 자기를 제외하곤 다 이십대였고 물론 다들 프로였다.

나는 동생의 이야기를 들으며 사십대 아마추어 기타리스트가 이십대 프로 연주자들 앞에서 최선을 다해 연주하는 장면을 떠올렸다. 제법 멋있어 보였다.

나는 기타를 치며 노래하는 사람들을 부러워한다. 특히 시인들이 그러면 더 부럽다. 오래전 장석남 시인의 시집 『새떼들에게로의 망명』(문학과지성사, 1991)을 읽었을 때도 그의 시보다는 시집 뒤표지의 글이 더 멋있어 보였다. 정확히 기억은 안 나지만 "나는 시인이 아니라 기타리스트가 되어야 했다"는 식의 문장이었던 것 같다. 그때 나는 질투심에 사로잡혔다. '뭐야, 시도 잘 쓰고 기타도 잘 친다는 이야기네?' 자신이 쓴 시를 둥둥 기타를 치며 노래할 수 있다면 얼마나 좋을까? 노래하고 기타 치는 시인 하면 성기완 시인이 먼저 떠오른다. 나는 그가 기타를 연주하기 시작하면 넋을 잃고 바라본다. 그가 나에게 뭔가를 하자고 제안하면 나는 무조건 다 한다. 그가 그냥 시인도 아니고 노래하고 기타 치는 시인이기 때문이다.

내가 가장 좋아하는 노래하고 기타 치는 시인은 레너드 코헨이다. 그의 노래 〈유명한 파란 비옷〉에는 이런 구절이 나온다. "아, 우리가 마지막으로 당신을 봤을 때 어찌나 늙어 보이던지. 당신의 그 유명한 파란 비옷은 어깨가 해져 있었지. 당신은 모든 열차를 만나려고 역에 다녀왔어." 왜 그런지 모르겠는데 이 구절을 들을 때마다 눈물이 나온다.

한나 아렌트는 시가 기억 속에서 오래 지속될 수 있는 이유는 그것이 갖는 '리듬' 때문이라고 말했다. 그러나 나의 시를 비롯하여 현대의 시들은 리듬을 잃어가고 있다. 나조차 나의 시를 외지 못한다. 시에 리듬이 없기 때문이다. 그러니까 기타 치고 노래하는 시인들은 무형문화재 같은 이들이다. 그들은 사라지는 시의 리듬을 기타와 노래의 힘으로 보존하는 이들이다. 그러나 그들은 누구에게도 기술을 전수받지 않았다. 그들에게는 스승도 없고 제자도 없다. 그들은 세상에 나타났다가 각자의 파란 비옷을 입고 빗속으로 사라질 따름이다. (2015)

인류의 예민한
부모들

　　나는 아이를 좋아한다. 하지만 아이를 좋아하는 것은 강아지나 꽃이나 천사를 좋아하는 것과 어떻게 다른가? 아이라면 몇 살부터 몇 살까지를 말하는 것인가? 잘 모르겠지만 말해보련다. 나는 무심함과 호기심이 뒤섞여 나를 바라보는 아이의 눈이 좋다. 아이가 나를 바라볼 때면 항상 '왜?'라는 질문을 갖게 된다. 나는 궁금하다. 아이가 나의 표정과 음색과 몸짓에서 뭔가 흥미로운 특징을 보았다면 도대체 그것이 무엇인지 묻고 싶다. 나는 어딘가를 향해 뒤뚱대며 걸어가는 아이가 좋다. 그러다 결국 넘어져 울음을 터뜨리다가도 부모 품에서 "저기"라며 자기가 가고 싶은 곳을 손가락으로 가리키는 아이가 좋다. 눈가의 눈물이 채 마르지도 않았는데, 아이는 이미 아픔을 잊은 것이다.

하지만 정작 부모를 부러워해본 적은 없다. 아이를 '바람직한 인간'으로 성장시키기 위한 노력 속에서 끝내 아이도 변할 것이고 부모도 변할 것이기 때문이다. 간혹 친구들에게서 연락을 받는다. 아이의 진학을 위해 작가나 학자와의 상담이 필요할 때, 그들은 나를 찾는다. 노트북과 녹음기에 기록된 우리의 대화는 입시 서류의 자료가 된다. 내게 부모란 특정한 역할을 수행하는 이들이었다. 자신과 아이가 본래 지니고 있던 예민하고 거친 감각들을 다듬어 모양새를 부여하는 것, 인간을 개성과 능력의 패키지로 제조하는 사회적 노동을 담당하는 것, 그것이 부모의 역할이라 생각했다.

그런데 페터 한트케의 「아이 이야기」(『소망 없는 불행』, 윤용호 옮김, 민음사, 2002)라는 소설을 읽고 나는 부모에 대한 생각을 바꾸게 되었다. 한트케는 자신이 아이를 키운 경험을 소설화하였다. 나는 그의 소설을 읽고 부모가 된다는 것은 감각을 버리는 것이 아니라 오히려 벼리는 것일 수도 있겠다는 생각이 들었다.

주인공인 아버지는 아이들의 칭얼거림을 "말할 수 없이 평화로운 지역에서도 이내 어딘가에 있는 친족을 부르는 한 존재의 원망에 찬 울부짖음"이라고 표현한다. 그는 아이의 전학이 단순히 학교를 옮기는 것이 아니라 "불행했던 학교는 영원히 철로 저편에 두고, 남자의 열성에 자기가 그의 행복이라는 것을 확신한 아이는 기꺼이, 심지어 고마워하며 새로운 동아리에 둘러싸인다"

고 말한다. 심지어 아이의 책가방을 바라보며 "금속 자물쇠와 이름표에서 발한 빛이 서로 연결되어 우주의 모서리를 불태"운다고 말한다. 그에게는 아이의 학교생활이 행복과 우주의 문제로 확장되어나간다.

주인공은 소설에서 단 한 번도 자기 아이의 이름을 말하지 않는다. 그저 아이이다. 그는 아이를 때리기도 하고 품에 안기도 한다. 그는 아이를 떠나기도 하고 다시 찾기도 한다. 그에게 아이는 자신만의 아이가 아니라 우리 속에 늘상 존재해왔던 새로운 인류이고 가능성이다.

나는 아이를 둔 작가들에게 시샘이 난다. 그들은 미래와 살며 미래와 대화를 나누고 있지 않은가? 미래의 가능성을 현실화하려는 분투에 동참하고 있지 않은가? 그들의 글은 그 모든 경이와 행복과 슬픔과 고통의 기록이 아니겠는가? 그렇다면 부모와 아이 사이야말로 가장 시적인 관계가 아니겠는가? (2015)

그 누구도
고상함을
누릴 수 없다

최악의 세계를 어떻게 묘사할 수 있을까? 아무 죄 없는 아이들이 어른들이 만든 '악'으로 인해 상처받는 모습을 보여주는 것이 흔한 방법 중 하나다. 더 최악의 세계를 묘사하는 덜 흔한 방법이 있다. 아이들이 어른들이 만든 악에 물들고 심지어 거기 적극적으로 동참하는 모습을 보여주는 것이다.

영화 〈가버나움〉(2018)은 최악의 세계 중에서도 최악을 보여준다. 이 세계가 최악 중의 최악인 이유는 아이들이 어른들의 악을 별생각 없이 흉내내서가 아니다. 오히려 반대다. 아이들은 살아남기 위해 머리를 굴린다. 아무리 생각해도 다른 방법은 없다. 어른들처럼 마약을 팔고 인신매매를 해야 살아남을 수 있다.

영화의 주인공은 레바논에 사는 열두 살 자인이다. 자인의 부모는 열한 살짜리 딸을 성인 남자에게 팔아넘겼다. 어린 나이에 임신한 자인의 여동생은 끝내 병원에서 사망한다. 분노한 자인은 사내를 칼로 찌르고 범죄자로 전락한다. 법정에 선 자인은 자신을 세상에 태어나게 하고 끔찍한 삶을 살게 만든 부모를 고소한다.

누구는 〈가버나움〉을 보고 부모가 아이들을 버리고 팔아 넘기고 심지어 죽음에 이르게 하는 중세의 잔혹동화를 떠올릴 수 있다. 로버트 단턴은 『고양이 대학살』(조한욱 옮김, 문학과지성사, 1996)에서 유럽의 잔혹동화는 상징이 아니라 가난이라는 현실과 그 현실에 대한 민중의 대처법을 적나라하게 담아낸 것이라고 주장한다. 그러나 단턴의 주장에 아랑곳하지 않는다는 듯 할리우드는 잔혹동화를 적극 재활용했다. 과거의 비참은 현대의 허구물을 위한 풍부한 레퍼런스가 되었다. 이제 넷플릭스 유저들은 〈그림형제〉(2011~2017) 시리즈를 감상하면서 자신의 취향을 갈고닦을 뿐이다.

그러나 〈가버나움〉에 감상이란 단어를 적용할 수 있을까? 〈가버나움〉은 미래의 영화를 위한 레퍼런스가 될 수 있을까? 영화의 배우들은 실제 난민과 이주노동자들이다. 이들이 영화를 통해 얻은 혜택은 배우로서의 커리어가 아니다. 영화 이후 이들은 레바논의 불안한 지위에서 벗어나 다른 나라에 임시적으로 정착할 수 있었다. 〈가버나움〉은 그렇게 영화와 구호활동의 경계를 무너뜨렸다. 혹자는 〈가버나움〉이 제삼세계 민중의 가난과 뿌리 뽑힌 삶의 구조적 원인을 외면하고 단지 현상만 훑는다며 비판할 수 있다. 하지만 빠져나갈 수 없는 비참과 고통에 직면한 관객들은 "도대체 왜?"라는 질문을 던지지 않을 수 없다. 그 질문은 해석이 아니라 구석에 내몰린 상태에서 나오는 반응에 가깝다.

나는 〈가버나움〉을 학생들과 관람한 후, 아이들을 먹여 살리기 위해서는 어쩔 수 없었다며 부모들이 법정에서 눈물을 흘리고 절규하는 장면에 대해 이야기했다. 그들의 절규에서 진정성을 느끼는 이는 없었다. 하지만 진정한 범인은 그들의 비양심이 아니라 그들을 그렇게 만든 현실일 수 있겠다는 공감대가 형성됐다.

〈가버나움〉은 허구물이자 교육물이다. 관객에게 예술을 제시하는 동시에 "당신들이 감히 취향을 논할 수 있는가?"라고 도발한다. 세계는 최악이 되었다. 예술이 예술의 지위를 고수하는 것이 비도덕적일 정도다. 이 끔찍한 세계에선 누구도 고상함을 누릴 수 없다. 하지만 〈가버나움〉은 보여준다. 그런 용기 있는 발언을 할 수 있는 것도 바로 예술이라고. (2019)

메멘토
모리

최근 청년세대의 좌절을 함축하며 부상하는 '헬조선'이란 말은 '88만원 세대'나 '5포 세대' 등 과거에 유행했던 어떤 말보다도 포괄적이고 극단적이다. 전망 없음과 출구 없음, 고통, 남은 것은 오로지 고통뿐이다. 헬조선이라는 말은 하나의 상징이다. 상징은 부정적 뉘앙스를 가질 때에도 푸념이나 엄살에 그치지 않는다. 상징은 현실을 표상하는 동시에 현실에 대해 비극적이거나 희극적인 거리를 만든다. 우리는 상징을 통해 현실과 현실 너머를 동시에 바라본다.

문학, 특히 시에서 지옥이라는 상징은 낯설지 않다. 단테는 『신곡』에서 삶을 지옥의 상상력과 연결시켰다. 단테의 지옥에서 사람들이 생전에 지녔던 탐욕은 그대로 간다. 멈추지 않는 욕망, 그것이 사람들을 불태우는 유황불의 연료이다. 하지만 단테는 지옥 다음에 천국이 있다고 보았다. 그는 기독교적 신앙 안에서 지옥이라는 상징을 만든 셈이다. 한국의 한 시인은 이러한 낙관을 거부했다. 그 시인의 이름은 최승자이다.

1984년에 출간된 최승자 시인의 『즐거운 일기』(문학과지성사)는 지옥의 풍경화이자 지옥에 갇힌 자들의 초상화이다. 나는 이 시집을 다시 읽으며 그 안에서 예언된, 아니 이미 구현된 21세기 헬조선을 발견한다.

> 자본주이신 하나님은
> 오늘밤에도 우리에게
> 저금리 신용 대부를 해주신다.
> 실체 없는 꿈의 실체 있는
> 이자를 받기 위하여
> 참 가도 가도 끝없는 천국이여, 아버님 나라의 어여쁘심이여.
> ─「숙(淑)에게」 부분

미디어와 권력이 약속하는 장밋빛 미래라는 "실체 없는 꿈"을 위해 우리는 노동이라는 "실체 있는 이자"를 매일매일 갚아나가야 한다. 다음의 구절은 대한민국의 현실을 문학적으로, 그리고 사회학적으로 예리하게 짚어내고 있다.

반짝이는 눈을 가진 쥐새끼들은

포식의 탁자 위에서 공영방송과

분냄새 나는 잡지들과 주식회사

경영 방침을 논의하며

한 사회의 아마도 광대한 몇 바퀴의 헛바퀴와

한 개인의 아마도 무수한 개미 쳇바퀴가

여전히 맞물려 돌아가면서

잘 구도된, 또하나의 완벽한

폐허를 향해 전진해가고,

—「여의도 광시곡」 부분

최승자의 시는 우리에게 익숙한 사회 비판적인 시와는 다르다. 궁극적으로 그녀가 대적하는 대상은 현실의 모순이 아니라 '죽음'이다. 아니 정확히 말하면 현실의 모순은 언제나 죽음과 연결돼 있다.

고요한 사막의 나라에선 세월이

흘러가는 게 아니라 앞에서 쳐들어온다,

야비하게 복병한 죽음을 싣고서.

—「고요한 사막의 나라」 부분

최승자의 시를 통해 나는 헬조선이라는 상징을 다시 읽는다. 한국의 청년들은 언제나 미래를 준비중이다. 그런데 계속 쳐들어오는 미래는 많은 것을 포기하게 하고, 미래를 준비중인 그들의 삶을 실패라는 이름으로 굴복시킨다. 청년들이 두려워하는 것은 결국 제대로 한번 행복하게 살아보지 못한 채 삶이 끝나버리는 것 아닐까? 그렇다. 나는 언제부턴가 죽음에 대한 감각을 조금씩 잃어왔다. 세계의 비참 앞에 내던져진 청년들의 운명을 불평등과 사회 모순이라는 관점에서만 바라봤다.

죽음에 집중함으로써 오히려 세계로 확장하고, 현재의 청년들의 삶에까지 가닿는 최승자의 언어가 부럽다. 그녀가 나에게, 우리에게 말하고 있다. 메멘토 모리, 메멘토 모리. (2015)

달려라,
뭐든 간에

문학적 문장에 대한 가장 범박하면서도 치명적인 비판은 다음과 같은 말로 요약된다. "거참, 쉬운 말을 너무 어렵게 쓰는 군." 이 말에 따르면 문학적 문장은 누구나 다 아는 상식, 누구나 할 수 있는 평범한 말을 지나치게 비틀거나 꾸미는 '포즈'에 불과하다. 이런 조롱은 역사가 오래되어서 고대 그리스 시대까지 거슬러올라간다. 아리스토텔레스의 『시학』(천병희 옮김, 문예출판사, 2002)을 보면 에우클레이데스라는 사람이 "시쓰기는 쉽다. 문장을 길게 늘여 쓰기만 하면 되니까"라고 시쓰기에 대해 빈정거렸다는 일화가 소개된다. 아리스토텔레스는 에우클레이데스에 반론을 제기하면서 '조사(措辭)', 즉 문학적 문장을 만드는 용법에 대해 이렇게 말한다. "조사는 무엇보다도 명료하면서도 저속하지 않아야 한다." 이것은 내가 글을 쓸 때 곱씹는 첫번째 말이다. 요컨대 문학적 문장은 평범한 말의 명료성만 추구해서도 안 되고 생소한 말의 고상함만 추구해서도 안 된다. 문학적 문장은 그 두 마리 토끼를 동시에 잡아야 한다.

어떻게 하면 명료하면서도 저속하지 않을 수 있을까? 아리스토텔레스는 평범한 말과 생소한 말을 적절히 섞어 쓰는 '중용'이 필요하다고 말한다. 그러나 말이 쉽다. 어느 정도로 섞어 써야 적절하다는 말인가? "에우리피데스는 단 하나의 단어를 바꿈으로써, 즉 일상어 대신 방언을 사용함으로써 자신의 시를 아름답게 만들고 있다." 때로는 단어 하나면 충분하다. 단어 하나만 바꾸면 문장의 격이 달라질 수 있다. 여전히 말은 쉽다. 단어를 하나만 바꿔야 하는지, 아니면 둘을 바꿔야 하는지를 쓰는 순간에는 도저히 알 수 없다. 적절함이란 언제나 사후적으로 판명된다. 더구나 적절함을 판단하는 절대적인 기준이란 존재하지 않는다.

그럼에도 아리스토텔레스의 '조사론'은 문학적 문장이 '아름다운 문장(belles-lettres)'을 만드는 것에 그치지 않는다는 사실을 보여준다. 아리스토텔레스의 주장을 조금 더 과감히 해석한다면, 문학적 문장은 평범함과 비범함, 일상성과 비일상성의 섞임 속에서 만들어진다고 말할 수 있을 것이다. 그리고 그 섞임의 효과는 익숙한 것을 낯설게 만들기, 낯선 것을 익숙하게 만들기라고 말할 수 있을 것이다. 그렇게 문학은 누구나 다 아는 현상 안에서 수수께끼를 발굴하고 또한 도저히 이해할 수 없는 기이한 현상 안에 삶의 거처를 마련한다. 문학은 처음이자 마지막으로 존재하는 '딴 세상'을 만들고 거기 독자들을 초대하여 그것을 생생하게 체험하라고 권유한다.

물론 아리스토텔레스에게 시는 기본적으로 '모방'이며 이때 모방의 대상은 '행동하는 인간'이다. 아리스토텔레스에 따르면 독자들은 시가 모방하는 인간들의 삶에 감정을 이입하고 감동과 카타르시스를 느낀다. 그렇다면 아리스토텔레스의 모방론은 현대문학에도 여전히 적용되는가? 나는 이에 대해 다소 부정적이다. 현대문학은 한 걸음 더 나가는 것 같다. 이제 인간만이 관심의 대상이 아니다. 발터 벤야민은 마르세유를 방문하여 거기 굴러다니는 돌들을 보고 말했다. "이 돌들은 내 상상의 양식이었다." 이 말은 내가 글을 쓸 때, 첫번째로 곱씹던 아리스토텔레스의 말을 뱉어내고 곱씹는 두번째 말이다. 생각해보라. 길 위의 돌을 바라보며 우두커니 서 있는 자, 얼마나 이상한가? 그러나 그 이상한 자가 바로 현대의 작가이다. 인간이 아닌 것들, 생명이 없는 것들, 사소한 것들에서 벤야민은 영감을 받고 쓴다. 돌이 부추기는 글쓰기, 나아가 돌 위에 새기는 글쓰기로서의 문학적 문장은 아리스토텔레스가 말하는 '모방'을 훌쩍 넘어서버린다.

일반적으로 글을 쓰는 사람들에게 최대의 고민은 '무엇'을 '어떻게' 쓸 것인가 하는 문제이다. 아리스토텔레스의 『시학』

은 이에 대해 '중용'이라는 하나의 답을 제시한다. 너무 꾸미지도 말고 너무 평범하게도 쓰지 마라. 명료함과 고상함의 균형을 통해 인간의 행동을 묘사하라. 그러나 발터 벤야민에게 아리스토텔레스의 글쓰기 지침은 별 효력이 없다. 아리스토텔레스가 들으면 어처구니없겠지만 벤야민에게는 행동도 말도 하지 않는 '돌'이 영감의 원천이다. 이제 문학적 문장은 '아무거나' '아무렇게나' 쓰는, 규칙 없는 쓰기가 되어버린 것 같다. 이제 문학은 '딴 세상'에 대한 독자의 기대감을 저버린 것 같다. 그러나 조금만 생각을 달리하면 그렇지 않다는 것을 알 수 있다. 딴 세상은 어디에나 있다. 딴 세상은 어제는 돌 안에도 있었고 오늘은 돌 위에도 있고 내일은 돌 옆에 있을 것이다. 그리하여 문학은 중용이 아니라 자유가 되었다. 이때 자유는 인간과 비인간의 경계와 위계를 가로지르는 질주를 지칭하는 말이다. 나는 이즈음에서 문득 존 업다이크의 소설 제목 '달려라, 토끼'가 떠오른다. 그가 왜 인간을 토끼라고 불렀는지, 왜 달리라고 했는지 알 것 같기도 하다. 그러니 달려라. 인간이든, 토끼든, 돌이든, 뭐든 간에, 달리고 달려라. (2010)

시 쓰는
사람

문학 관련 강연을 하면 청중을 상대로 자주 묻는 질문 하나가 있다. "이중에 시 쓰는 분 있으면 손들어보시겠어요?" 문학 전공자가 아니라면 손을 드는 수는 극히 적다. 가끔은 이렇게 묻기도 한다. "이중에 시를 쓰는데 쑥스러워서 손 안 든 분 있으면 손들어보시겠어요?" 이 질문에 청중들은 실소를 터뜨리지만 강연 후 몇몇이 나에게 다가와 실은 시를 쓴다고 밝히는 경우도 없지 않다.

나도 그랬다. 나는 문학 전공자가 아니고 시 창작 관련 수업을 들은 적도 없다. 주변에 시를 쓰는 친구도 전무했다. 간혹 용기를 내어 친한 친구들에게 내가 쓴 시를 보여줬지만 반응은 "무슨 소리인지 모르겠어"이기 일쑤였다. 등단 전까지 나에게 시쓰기는 혼자 쓰고 읽고 좋아하는 비밀이었다.

등단을 하고 시집을 내면서 사회적으로 '시인'이라는 명칭을 얻게 됐다. 미디어와 지면, 문학 관련 행사 자리에서 나는 시인으로 소개된다. 그럼에도 대부분의 일상생활이나 사회생활에서 '시인'이라는 정체성을 드러내는 경우는 많지 않다. 왜? 시에 관해서는 무슨 이야기를 어떻게 해야 할지 난감하기 때문이다.

한때 시를 읽지 않는 사람들조차 머릿속에 시인에 대해 우호적인 환상이나 인상을 가졌던 적이 있었다. 시를 쓴다고 하면, "시는 잘 모르지만 대단하시네요"라고 하던 적이 있었다. 하지만 이제 그런 환상이나 인상은 시대착오적인 것이 되어버렸다. 내 친구들 중에는 시인을 여전히 명예로운 직업으로 생각하고 나를 "이분 시인이세요"라고 타인에게 소개할 때가 있는데 그럴 때 상대방의 반응은 "아, 예(어쩌라고요)"일 때가 종종 있다. 나는 친구들에게 부탁한다. 나를 타인에게 시인으로 소개하지 말라고. 그건 내가 겸손해서 그런 게 아니라고. 단지 타인을 불편하게 만들고 싶지 않을 뿐이라고.

대부분의 사람들은 시인의 시인 됨에 대해 쉽사리 말을 하지 못한다. 자신의 관심이 타인에 대한 무례한 호기심이나 편견, 혹은 특정 직업에 대한 무지로 흐르지 않을까 우려하기 때문이다. 사람들은 그런 리스크를 취하려 하지 않고 나 또한 그런 리스크에 사람들을 휘말려들게 하고 싶지 않다.

다시 처음으로 돌아가보자. 시인인 나 자신도 일상과 사회 생활에서 시에 대해 자연스럽게 이야기하지 못한다면 등단을 아직 하지 않았거나 혹은 등단 여부와 상관없이 시를 쓰는 사람들은 말할 나위도 없을 것이다. "나는 주말에 등산해요"와 "나는 밤에 시를 써요"의 어감은 절대로 같을 수 없을 것이다. 물론 시에 대한 대화는 매우 흥미롭게 흐를 수 있다. 하지만 '본격적으로' 그 주제를 다룰 때에 주로 그러하다. 예컨대 문학과 관련된 강의와 강연에서, 시를 쓰는 창작자들 속에서, 같은 취미를 공유하는 동아리 회원들 앞에서. 그런 경우들을 제외하면 시를 가지고 대화할 자리는 거의 없다.

혹자는 물을 수 있다. 왜 시에 대해 굳이 시간을 할애해서 이야기를 해야 하냐고. 나는 지금 시를 특별대우 해야 한다고 주장하는 것이 아니다. 오히려 반대다. 나는 시가 평범해졌으면 좋겠다. 누구나 시를 쓸 수 있으면 좋겠다. 누구나 시에 대해 이야기했으면 좋겠다. 드물지만 그런 자리가 마련될 때가 있다. 본격적이지 않아도 시에 대해 진지하게 이야기할 때가, 당당하진 않아도 자신이 쓰고 외운 시를 사람들 앞에서 읽고 공유할 때가, 전부는 아니라도 비밀의 일부를 서로에게 드러낼 때가 있다. 그럴 때 나는 시가 직업이기에 앞서 하나의 독특한 언어활동, 언어적 쓸모와 경험을 확장하는 소통 양식이라는 것을 확인한다. 그럴 때 우리는 서로에게 조금은 다른 모습, 조금은 경이롭고 매혹적이고 근사한 모습을 드러낸다.

그러니 시인은 없어져도 시 쓰는 사람은 없어지지 않을 것이다. 니체의 말처럼 우리 안에 우리를 넘어선 존재가 숨어 있는 한 말이다. (2018)

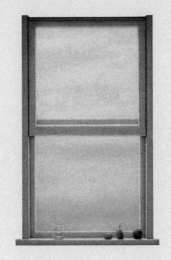

제
3
부

달려라
중학생

강원도 철원군 동송읍에서 '동송세월'이라는 미술 전시 행사가 있었다. 철원의 비무장지대(DMZ) 인근 지역을 기반으로 2012년부터 이어온 '리얼 디엠지 프로젝트'의 일환이었다. 지난해까지는 민간인 출입 통제선 안쪽에서 행사가 진행됐는데 올해는 동송읍의 거리와 건물들에서 작업을 선보였다. 나도 미술작가 한 사람과 공동 작업을 통해 참여할 기회를 가졌다. 나와 미술작가는 읍내에 위치한 성당의 정원에 입체 캔버스를 설치해 지나가는 동네 사람들도 그 위에 글이나 그림을 자유롭게 끄적일 수 있게 했다. 그 결과 시, 그림, 낙서, 사랑과 신앙 고백이 뒤죽박죽 섞인 조형물이 탄생했다. 그것은 밤의 등대처럼 빛났다.

두 번의 워크숍도 있었다. 첫번째 워크숍은 읍에서 제일 오래된 이발소에서 진행했다. 손님들과 대화를 나누고 그들에게 초상화와 글귀를 선물하는 작업이었다. 어느 손님은 건물에 색을 칠하는 페인트공으로 일생을 살아온 분이었다. 그분의 초상화 위에 나는 "색깔의 마술사, 그의 손이 집에 닿으면 봄, 여름, 가을, 겨울이 한곳에 모이네"라고 썼다. 두번째 워크숍은 어느 가정집에서 진행될 예정이었다. 워크숍은 주민들과 함께하는 시쓰기와 그림 그리기였다. 집주인인 할머니는 마당에 온갖 화초를 정성스레 가꿔온 분이었다. 시와 그림에 어울릴 것 같아 방을 사용해도 되겠느냐고 부탁하자 선뜻 허락을 해주셨다.

그런데 문제가 발생했다. 남북 간 군사적 긴장이 마을을 엄습한 것이다. 동송읍의 일부 지역에는 대피령이 내려지기도 했다. 군사분계선과 가까운 동송읍은 군사적 충돌이 일어나면 주민들의 생업과 안전이 직접적 타격을 받을 수 있는 곳이었다. 불행중 다행으로 두번째 워크숍 전날, 남북한 당국은 고위급 회담을 열기로 합의했다.

군사적 충돌에 대한 불안감 때문인지 시와 그림에 대한 무관심 때문인지 워크숍에 참여한 사람들은 중학생 세 명이 전부였다. 그 가운데 한 학생이 시를 쓰고 싶다 했다. 분위기는 고즈넉했다. 학생들을 데리고 온 성당 신부님은 시에 대한 질문을 간간이 던졌다. 주인 할머니는 우리에게 간식을 건네주고는 옥수수알을 하나하나 뜯어내며 볕에 말릴 채비를 했다. 누구도 전쟁 이야기는 하지 않았다. 주로 시와 그림에 대해, 보는 것과 느끼는 것에 대해, 자유롭게 생각하는 것에 대해 이야기했다. 학생이 쓴 '배우다'라는 제목의 시에는 이런 구절이 있었다. "보는 것은 스승이다". 학생이 시를 낭독하자 작은 방에서 감탄과 박수 소리가 터져나왔다.

나는 돌아오면서 생각했다. 전쟁이 난다면 방안에서 울려 퍼졌던 그 소리보다 훨씬 더 큰 소리가 마을을 감쌀 것이다. 그 큰 소리가 만남과 대화, 꽃과 옥수수로 이루어진 그 집의 소우주를 휩쓸어버릴 것이다. 도발과 응징의 수사를 구사하고 체제와 경제의 관점에서 전쟁을 바라보는 이들은 그 일상의 세계를 알까? 그 작은 방에서 시의 폭죽을 쏘아올린 중학생의 마술을 알까? 그 방에서 탄생한 말과 몸짓들이 실은 다른 미래를 품고 있는 가능성의 씨앗이라는 것을 알까? 최악의 가정을 해보자. 전쟁이 터진다. 중학생은 잿빛 폐허가 돼버린 건물과 거리와 논밭을 본다. 그는 '보는 것은 스승이다'라는 자신의 말을 '보는 것은 괴물이다'라는 말로 바꾼다. 그리고 자신의 미래가 그 괴물과의 투쟁으로 점철되리라는 것을 어렴풋이 느낀다.

물론 이 가정은 나의 상상일 뿐이다. 중학생은 또 이렇게 썼다. "여름을 달리며 아무거나 표현하고 말하고 쓴다." 나는 다시 상상한다. 달려라, 중학생. 겨울에도 달려라. 고등학생이 되어도 달려라. 전쟁이 나도 달려라. 미래를 향해, 미래 너머를 향해 달려라. (2015)

절규하는
이성

2013년 경제협력개발기구(OECD) 조사에 따르면, 한국 국민들이 정부에 갖는 신뢰도는 OECD 국가 중 최하위권이다. 하지만 정작 큰 문제가 생겼을 때 사람들은 여전히 정부가 해결사로 나서길 원한다. 이유는 단순하다. 정부가 아무리 형편없어도 긴급하고 중대한 사회적 문제 해결을 위해 마지막으로 기댈 언덕은 정부밖에 없지 않겠느냐는 것이다.

세월호 참사는 이 마지막 기대마저 무너지게 했다. 참사 이후 많은 이가 '국가의 실종'이라는 말로 국가에 대한 상식이 산산이 파괴됐다고 이야기한다. 더구나 정부가 특별법 시행령과 배·보상 문제에서 보인 최근의 행태는 이미 파괴된 국가에 대한 상식을 아예 방앗돌로 짓찧어서 가루로 만드는 격이다.

인문사회과학 영역에서는 이른바 '국가론'이 회자되고 있다. 이들은 신자유주의가 국가의 기능을 파탄냈다고 주장한다. 하지만 이 같은 논의들은 은연중에 국가중심주의를 뒷문으로 끌어들인다. 신자유주의가 일종의 '비정상 국가'를 초래했으며, 따라서 신자유주의 극복을 통해 '국가의 이성'을 회복해야 한다는 것이다. 그러나 '국가의 이성'이 온전하게 존재한 적이 있었던가? 국가조직이 폭력에 연루되지 않은 적이 있었던가? 혹자는 물을 것이다. 그래도 평화시에 국가는 국민 안전을 지키기 위한 시스템을 갖춰야 하지 않는가? 맞는 말이다. 그러나 불이 났을 때 불속에 뛰어드는 주체는 시스템이 아니라 사람이다.

자신이 국가라는 폭력 기계의 부품이 아니라고 생각하는 군인과 경찰은 타인에게 무차별로 총질과 몽둥이질을 가하지 않을 것이다. 배가 눈앞에서 가라앉을 때, 자신이 명령을 기다리는 시스템의 말단이 아니라고 느끼는 구조대원은 촌각이 급하다며 사람을 구하기 위해 물속으로 뛰어들 것이다.

문제는 눈앞의 사태와 그 사태에 결박된 타인의 고통을 온몸으로 생각하고 느끼는 이성적 존재가 국가 시스템에 자리할 여지가 거의 없다는 점이다. 오히려 국가라는 시스템은 그것이 필연적으로(!) 지니는 기계적 결함 속에서 이기적이고 무능력한 인간을 양산하고 그로 인한 오작동을 무한반복 한다. 이 오작동의 연쇄는 끝내 세월호 사건 같은 참사로 귀결하기도 한다. 박근혜 대통령이 참사 이후 '국가 개조'란 표현을 썼을 때, 그 말은 '기계로 서의 국가'라는 실상을 간접적으로 고백한 것이나 다름없다. 그러나 당장 이런 질문이 나온다. 기계의 가장 치명적인 결함이 어떻게 기계 전체를 개조할 수 있겠는가?

역사적으로 보면 총체적 혼돈과 위기의 상황에서 이성은 국가 기계 외부에서 등장하곤 했다. 국가 기계 바깥의 집합적인 이성의 목소리가 국가로 하여금 이성을 갖도록 강제했다. 국가가 기계적 면모를 노골화하며 그 목소리에 불응하면, 때로 그 목소리의 주인들은 임시적으로 국가의 역할을 선포하고 수행해야 했다. 혁명을 말하는 것이 아니다. 2014년 4월 16일 이후 전남 진도체육관에서 일어난 상황을 말하는 것이다.

세월호 참사 이후 가장 이성적인 목소리의 원천은 바로 희생자들의 가족이었다. 그들은 전문가들과 함께 특별법의 가안을 작성했고, 시민들과 함께 진상 규명을 위해 노력해왔다. 그들은 가족을 잃고 짐승처럼 절규했다. 많은 사람이 그들을 절규하는 존재로 보았다. 그들의 절규에 공감하거나 고개를 돌리거나 둘 중 하나라고 생각했다.

그러나 그들은 절규하는 존재에 그치지 않았다. 그들은 자식들의 죽음 앞에서 진상 규명이라는 공적 책임을 약속했고, 그 약속을 이행하기 위해 이성적 존재로 거듭났다. 그러므로 그들이 청와대를 끊임없이 찾아가는 이유는 대통령에게 하소연하기 위해서가 아니다. 그들은 자신들의 절규 속에 국가가 갖고 있지 못한 이성을 품고 청와대로 향하는 것이다. (2015)

선과 악의
평범성

　세월호 참사 특별조사위원회가 지난 12월 15일과 16일에 걸쳐 1차 청문회를 진행했다. 청문회에서 해경 책임자들은 구조가 지연된 이유를 묻는 질문에 "기억이 나지 않는다" "잘 모르겠다"라는 답변으로 일관했다. 사후에 자신에게 돌아올 비판과 처벌을 미연에 방지하려는 듯 그들은 '책임'이라는 말에서 최대한 멀리 달아나려고 애쓰는 것 같았다.

　나는 그들을 보면서 한나 아렌트가 쓴 『예루살렘의 아이히만』이라는 책을 떠올렸다. 아렌트는 유대인 학살 집행자인 아돌프 아이히만의 재판을 참관하고 쓴 책에서 '악의 평범성'이라는 개념을 제시한다. 오해하지 말기를 바란다. 나는 해경 책임자들이 나치 전범과 같은 학살자라고 말하는 것이 아니다. 아렌트는 아이히만을 정신이상의 살인마로 보지 않는다. 아이히만은 상부의 명령을 수행하는 평범한 관료였다. 아렌트에 따르면 그에게는 치명적 무능력이 있었다. "말하기의 무능력, 사유의 무능력, 그리고 타인의 입장에서 생각하기의 무능력"이 그것이다. 이 무능력이 아이히만을 "자기가 무슨 일을 하고 있었는지 전혀 깨닫지 못한 자"로 만들었다.

세월호 청문회에 등장한 관료들은 정말이지 "자기가 무슨 일을 하고 있었는지 모르는 자들"처럼 보였다. 사람들을 태운 배가 물속에 가라앉고 있었다. 자신들의 말과 행동 하나하나가 촌각을 다투며 사람들의 생명과 직결돼 있었다. 그들은 생명을 구하는 데 실패했다. 그들의 실패는 산 사람들의 무수한 삶을 지옥으로 바꿔버렸다. 청문회에서 그들의 말은 책임을 모면하려는 것이 대부분이었다. 그들은 생명과 직결된 자신의 일과 그 일의 실패에 대해 사유하는 모습을 보이지 않았다. 그 실패가 가져온 재앙을 온몸으로 감수하며 진실을 밝히려는 유가족들 앞에서 그들은 변명하는 데 급급했다. 유가족들은 그들의 말에 비난과 절규로 반응했다.

그런데 청문회에는 또다른 사람들이 있었다. 해경과 마찬가지로 생명을 구할 수 있는 능력을 가진 사람들, 하지만 역시 구조에 실패한 사람들이 있었다. 그들 또한 평범한 사람들이었다. 바로 구조 작업에 참여한 잠수사들이었다. 그중 한 명이 이런 이야기를 했다.

"저는 국민이기 때문에, 제 직업이 가진 기술이 현장 일을 할 수 있기 때문에 간 것입니다. 저는 애국자나 영웅이 아닙니다. (중략) 고위 공무원들에게 묻습니다. 저희는 잊을 수 없고 뼈에 사무칩니다. 그런데 사회 지도층인 그분들은 왜 기억이 안 난다고 하는지, 노가다인 저희들보다 훌륭한 분들인데……"

잠수사들은 사건 이후 명령을 따라서가 아니라, 자신의 결정으로 전남 진도 팽목항에 남아 있었다. 위험을 감수하면서 물속에 뛰어들고 또 뛰어들었다. 자신들이 희생자 가족에게 남은 마지막 희망이라는 사실을 온몸으로 절감했기 때문이다. 청문회에서 잠수사들의 말은 어눌했다. 하지만 "자기가 무슨 일을 하고 있었는지" 생각에 생각을 거듭하며 나온 말이었다. 무엇보다 그들의 말은 유가족들의 입장을 고려하고 배려했다. 말을 하는 그들도 울었고 말을 듣는 유가족들도 울었다. 그들이 말을 마치자 유가족들은 큰 박수를 쳤다.

나는 잠수사들의 말을 들으며 또다른 책을 떠올렸다. 에바 포겔만이라는 학자가 나치 치하에서 어려움에 처한 타인들을 도와준 사람들을 연구하고 쓴 『양심과 용기Conscience & courage』라는 책이었다. 포겔만에 따르면 그들은 영웅적 희생정신과 신념의 소유자가 아니었다. 그들은 말했다. "그렇게 할 수밖에 없었고 같은 상황이 와도 또 그렇게 할 것이다."

팽목항의 잠수사들이 그러했던 것처럼 그들에게 선행이란 너무나 평범하면서도 지극히 필연적인 행동이었다. 포겔만이 자신의 책에서 제시한 개념은 바로 '선의 평범성'이었다. (2015)

* 인용한 말을 한 잠수사는 김관홍씨였다. 그는 2016년 6월 17일 생을 마감했다. 정부의 무책임과 사회적 편견으로 그의 몸과 마음에 심긴 온갖 고통이 그의 죽음과 무관하지 않을 것이다. 세월호 참사는 아직도 종결되지 않았다. 아직도 선과 악의 자리는 뒤바뀌어 있다. 우리에겐 회복해야 할 상처와 되찾아야 할 존엄과 규명해야 할 진실이 남아 있다.

기억을 위한
장소

2015년부터 봄이 되면 나를 포함한 일군의 예술가들은 '안산순례길'이라는 이름의 공연을 안산에서 이어왔다. 세월호 참사를 기억하고 진실을 규명하자는 취지에서 기획된 공연이었다. 우리는 매년 하루나 이틀 날을 잡아 시민들과 함께 다섯 시간가량 안산 곳곳을 도보 순례하며 세월호를 기억하고 성찰해왔다. 매년 새로운 순례길을 개척했다. 어떤 해는 주택가를, 어떤 해는 공단을, 어떤 해는 바닷가를 걸었다. 해마다 방문하던 곳이 있었으니 바로 분향소가 있던 화랑유원지였다.

화랑유원지가 생명안전공원 부지로 결정되면서 분향소 방문은 민감한 문제가 되었다. 지난해 안산국제거리극축제의 지원을 받은 '안산순례길'은 공연 엿새 전 축제사무국을 통해 분향소 방문 계획을 철회해달라는 안산시장의 요청을 전해들었다. 공연이 생명안전공원 반대 여론을 부추길 수 있다는 우려 때문이었다. 우리는 공연이 일주일도 남지 않은 시점에서 순례 루트를 변경하는 것은 무리이며 분향소 방문을 취소하는 것은 공연의 취지에 어긋나기에 원래 계획대로 공연을 진행하겠다는 의사를 전했다. 이에 안산문화재단은 공연 취소를 통보했지만 우리는 그럼에도 공연 강행을 결정했다. 다행히도(?) 취소 결정은 극적으로 번복되었고 공연은 예정대로 진행될 수 있었다.

우리는 한편으로는 공연이 임박한 시점에 개입하여 공연 전체를 뒤흔든 시와 재단에 반발했지만 다른 한편으로는 희생자 가족이라면 화랑유원지 방문을 어떻게 생각했을까 고민하지 않을 수 없었다. 우리는 어떤 이유에서건 생명안전공원 건립 계획에 차질을 빚고 싶지 않았다. 지난해 공연 준비를 위해 안산 곳곳을 탐방하면서 '납골당 반대'라는 문구가 박힌 수많은 현수막을 보았다. 생명안전공원을 혐오 시설로 바라보고 심지어 부동산 시세에 영향을 미칠 수 있다는 일부의 시선은 우리의 마음을 참담하게 만들었다. 가족들 마음은 오죽할까 싶었다.

세월호 희생자 가족들이 견뎌온 시간을 기록한 책, 『그날이 우리의 창을 두드렸다』(416세월호참사 작가기록단, 창비, 2019)에는 다음과 같은 증언이 담겨 있다. "안산에 생명안전공원 만들기로만 결정됐지 첫 삽도 못 뜨고 지금도 계속 반대하는 시민들이 많으니까 이것도 불투명한 거예요. 불안한 거야. (중략) 정말로 이게 될까? 우리 아이들 모아놓을 수 있을까? 이것까지 무산되면 어떻게 하지? 안산 시민들이 (중략) 절대 안 된다고 반대하면 어떡하지? (중략) 한 군데씩 다 지워지는구나, 우리도 이제 지워지겠구나.”(박정화, 조은정의 엄마) 가족들에게 생명안전공원은 아이들을 품을 수 있는 마지막 장소이다. “나라에서 버렸지, 학교에서 버렸지, 안산에서조차 버리면 우리 애들은 대체 어디로 가야 되냐고.”(박유신, 정예진의 엄마) 그 장소조차 확보하지 못한다면 희생자들에 대한 기억은 물론 진상 규명과 안전사회에 대한 약속 또한 공염불이 될 것이다. 그러니 생명안전공원은 어떻게든 만들어져야 하는 것이다.

올해 416재단의 지원을 받은 ‘안산순례길’의 참여 예술가들은 일찍부터 세월호 가족들과 이야기를 시작했다. 가족들은 근심이 많았다. 생명안전공원에서 일어나는 일에 사소한 것과 사소하지 않은 것, 예술적인 것과 예술적이지 않은 것의 구별은 없었다. 모든 일이 생명안전공원을 향해 나아가는 과정에 돌발 변수가 될 수 있었다. 우리의 공연 또한 예외가 아니었다. 우리는 416가족협의회와 논의를 거쳐 공연의 취지를 살리면서도 가족들이 안심할 수 있는 방안을 도출했다.

정부가 생명안전공원 건립을 공식적으로 결정했음에도 희생자 가족들의 불안감은 가시지 않는다. 세월호 참사에 대한 인식, 진상규명에 대한 지지는 시간이 지날수록 희박해지고 있다. 국가는 언제나 미래를 강조한다. 사람들의 일상도 그러하다. 그렇기에 과거를 현재화하려는 모든 싸움은 늘 불리하기 마련이다.

4월 16일, 길에서 노란 리본을 나눠주는 청년을 보았다. 그에게 다가가는 사람은 거의 없었다. 그가 외로울까봐 한 움큼 노란 리본을 받아 챙겼다. 잊지 말자고 말하는 사람이 외롭다면 잊히는 사람은 그보다 백배 더 외로울 것이다. 외로움이란 존재가 희미해질 때 느끼는 감정이다. 그렇기에 우리는 기억의 장소를 필요로 한다. 자신의 일부가 사라진 존재의 나머지 부분까지 사라지게 내버려둘 순 없는 것이다. (2019)

분향소에
가자

얼마 전 동창의 빙모상에 가서 그간 소원했던 친구와 수다를 떨고 서로의 삶도 격려했다. 또 며칠 전 동료 선생님의 모친상에 가서는 비록 짧았지만 학교에서 나누지 못한 대화를 가졌다. 장례식장에 온 친척 할머니를 느린 걸음으로 부축하며 오래 배웅하는 선생님의 뒷모습도 애틋했다. 밀란 쿤데라는 『참을 수 없는 존재의 가벼움』(이재룡 옮김, 민음사, 2009)에서 "슬픔은 형식이었고 행복이 내용이었다. 행복은 슬픔의 공간을 채웠다"고 했는데 바람직한 장례가 그런 것이지 싶다. 망자가 떠난 슬픔의 자리에 산 자들이 모여 행복한 유대를 나누는 장례 말이다.

너무 일찍 삶을 등진 사람의 장례, 죽지 않는 것이 마땅한데 죽은 이의 장례는 슬픔으로 가득하다. 그러나 이때에도 산 자들은 최선을 다해 떠난 이의 텅 빈 공간을 행복으로 채우려 한다. 추억과 위로, 한탄과 토로가 오간다. 어쩌랴. 산 자는 살아야 하지 않는가. 이때 산다는 것은 그냥 사는 것이 아니다. 망자가 남긴 빈 터에서 다시 새롭게 살아간다는 것이다. 나는 그런 노력 때문에 죽음에 대한 존중과 삶에 대한 존중이 하나가 될 수 있음을, 죽음이 소멸의 무덤이 아니라 생성의 터전이 될 수 있음을 믿는다.

그러나 죽음 이후 새 삶을 모색하려는 노력이 도저히 통하지 않고, 심지어 허락되지 않을 때도 있다. 쌍용자동차 해고 노동자들의 끊이지 않는 죽음, 끝없는 장례가 그러하다. 얼마 전 또 한 명의 쌍용차 해고 노동자가 자살했다. 올해에만 벌써 세번째 죽음이다. 2009년 쌍용차가 대량 정리해고를 단행한 이후 스물두 명의 노동자가 자살과 스트레스성 질환으로 삶을 마감했다. 어찌 이들의 죽음을 우연이라 할 수 있는가? 그 누가 의지박약 운운하며 해고 노동자들을 탓할 수 있는가? 도대체 어찌된 일인가? 어찌해야 하는가?

쌍용차 해고 노동자들은 본래 뿌리내린 땅에서 강제로 뽑혀 사막에 내던져진 나무와 같다. 정부와 기업은 정리해고에 반발하는 노동자들을 헬기와 컨테이너로 무자비하게 진압한 후 지키지도 않을 허울뿐인 해고자 지원 대책을 내놓았다. 그러나 이들이야말로 성장과 개발 논리로 '삶의 광범위한 사막화'를 촉진하는 주범이다. 또한 시민들은 쓰러져 말라가는 나무들 곁을 무관심하게 지나치거나 "이 나무는 왜 이리 시들해? 왜 뿌리를 못 내려?"
한두 마디 던질 뿐이다. 지난 선거 때 쌍용차 해고 노동자들이 처한 문제를 알리고 해결을 촉구한 정당은 진보신당뿐이었다. 진보신당은 득표율이 1퍼센트였다.

쌍용차 정리해고 노동자들의 죽음은 사회적 배제와 무관심이 야기한 사회적 타살임이 명백하다. 이 강요된 죽음의 연쇄를 중단하기 위해 해고 노동자 당사자와 시민들이 나섰다. 이들은 대한문 앞에 고인을 위한 분향소를 차렸다. 그러나 경찰은 이를 도로교통법 위반이라며 분향 물품을 철거하고 조문 행사를 진압했다. 저항하는 사람들은 연행됐고 이 과정에서 실신자도 발생했다. 한번은 상주를 맡은 고인의 동료 노동자가 경찰과의 몸싸움 과정에서 실신하여 병원에 실려갔다. 그러자 또다른 동료가 너무나 자연스럽게 그가 벗어놓은 상복을 걸치고 새로운 상주가 되어 조문객을 받았다. 조문 후 인사를 나눌 때, 슬픔과 분노가 뒤섞여 한껏 충혈된 그의 눈동자와 눈이 마주쳤다. 그날 이후 그 눈동자가 자꾸만 떠오른다.

경찰이 불법으로 규정한 대한문 앞 분향소를 송경동 시인은 '사회적 분향소'라고 칭했다. 나는 그의 말에 동의한다. 사회적 타살의 피해자에 대한 추모는 사회적 분향의 형식을 갖춰야 한다. 빈소는 거리이고 조문객은 시민이고 상주는 해고 노동자다. 아니 이 비정한 사회에서 해고 노동자와 자신을 친구로 생각하는 이는 누구나 상주일 수 있다. 사회적 냉대와 고립 때문에 죽음에 이른 망자들의 장례가 너무 잦을 때, 그 같은 죽음의 연쇄를 삶의 연쇄로 바꾸기 위해서는, 슬픔이란 형식을 기어이 행복이란 내용으로 채우기 위해서는, 더 많은 사회적 관심과 행동이 필요하다. 그러나 아직은 부족하다. 그러니 대한문 앞 분향소, 그곳에 가야 한다. 더 늦기 전에 가야 한다. (2012)

어색하고
부끄러운
기쁨

올겨울은 유난히 춥다. 첫눈부터가 폭설이었고 기온은 유
례없는 한파를 기록하고 있다. 이런 날씨에 선거가 끝난 이후에도
전국 곳곳에서 노동자들이 철탑과 다리에 매달린 채 고공 농성을
이어가고 있다. 평택에서는 쌍용차 해고 노동자들이, 아산에서는
유성기업 노동자가, 울산에서는 현대차 비정규직 노동자들이 칼
바람과 눈보라와 싸우며 목숨을 담보로 공중에 매달려 있다.

이들이 주장하는 바는 IMF 사태 이후 한국의 노동자들이
처한 현실을 고스란히 반영하고 있다. 해고자 복직, 비정규직의
정규직화, 기업의 부당노동행위 근절, 노조 탄압 중단…… 한국에
서 다수의 노동자는 말 그대로 생존의 벼랑 끝에 내몰려 있다. 그
들은 벼랑 아래로 하나둘 밀려 떨어지는 동료와 동지들을 속수무

책 바라보며, 혹시 다음 차례는 내가 아닌가 하는 불안에 떨고 있다. 그러나 그들은 그 불안의 노예로만 살지 않기로 맘먹고 행동에 돌입했다. 그 불안을 야기한 구조와 책임자들의 불의에 저항하고 그들에게 온당한 책임을 묻고 다시금 예전의 삶을 되찾고자, 아니 그들이 잃어버린 삶보다 더 존엄한 삶을 요구하고자 철탑과 다리에 올랐다.

지난달 문화연대는 평택을 방문하여 고공 농성 노동자들에게 연대와 지지를 표명하는 문화예술인의 하루 농성을 제안했다. 나는 그 제안을 듣고 하루뿐만 아니라 고공 농성 노동자들과 계속해서 연결될 수 있는 방법은 없을까 고민했다. 생각 끝에 나는 '소리연대'라는 기획을 트위터상에서 내놓았다. 소리연대는 트위터리안들에게 고공 농성 노동자들에게 트위터를 통해 소설, 시, 에세이, 혹은 개인적인 지지 메세지를 녹음하여 육성으로 들려주자는 제안이었다. '사운드클라우드'라는 앱을 사용하면 그리 어렵지 않게 음성 트윗을 할 수 있다는 점에 착안하였다.

왜 육성이어야 하는가? 작품 낭독, 혹은 음성 지지 메시지는 트위터를 사용하는 동시에 트위터의 조건—140자—을 넘어서는 시도이기에 트위터리안들에게 어느 정도 불편을 감수할 것을 요구한다. 이런 불편에도 불구하고 육성을 고집한 것은 단순한 이유에서였다. 나는 소셜미디어의 한계인 '좋아요!'풍의 커뮤니케이션을 바로 그 소셜미디어를 통해 극복해보고 싶었다. 고공 농성 노동자들과의 연대가 소셜미디어에서 일반적으로 통용되는 레퍼토리를 취하지 않고 보다 인격적이고 내밀한 형태를 취할 수 있는 방편은 무엇일까 궁리했다. 그리고 동시에 텍스트를 개인적 취향이나 입장에 국한시키는 것이 아니라 나와 당신, 우리라는 공통성으로 확장시킬 수 있는 방편은 무엇일까 궁리했다. 이 단순한 궁리의 결과가 '소리연대'였다.

그런데 나는 소리연대에서 흥미로운 점을 발견했다. 그것은 소리연대 참여자들의 육성에서 고공 농성 노동자들이 다양한 모습으로 등장한다는 점이었다. 나의 경우는 하워드 진의 『달리는 기차 위에 중립은 없다』에서 한 구절을 선택했다. 나는 고공 농성 노동자들을 "위험을 무릅쓰고 첫번째로 움직여 신호를 보내는 대담한 사람"이라고 불렀다. 하지만 다른 이들은 나의 평범한 상상력을 뛰어넘었다. 어떤 참여자에게 그들은 어니스트 헤밍웨이의 『노인과 바다』에 등장하는 "타고 있는 배보다 훨씬 큰 물고기, 상어떼와 싸우는 노인"이었다. 어떤 참여자에게 그들은 칠레의 민중가수 빅토르 하라의 노랫말에 등장하는 "일하러 갈 때 생각하는 내 일상과 미래, 쓰라린 시간과 행복한 시간들의 동지"였다. 어떤 이에게 그들은 프리드리히 니체의 『차라투스트라는 이렇게 말했다』에 등장하는 "심연에서 느끼는 현기증을 없애고 죽음마저 죽일 수 있는 용기를 가지고 높은 곳에 오르는 차라투스트라"였다. 어떤 이의 지지 메시지에서 그들은 "내 인생에 등장한 새로운 주인공"이었다. 초등학교 아이들은 〈아빠 힘내세요〉라는 노래를 "아저씨 힘내세요"라고 개사해서 불렀다. 어떤 이는 『파브르 식물기』에 나오는 산호초의 폴립이 서로 공생하는 이야기를 하며 우리 모두가 연결되어 있다고 했다. 어떤 이는 헤어진 애인에게 썼던 이별의 통고를 연대의 선언으로 바꿔 읽었다. 그 외에도 『어린 왕자』 『걸리버 여행기』 『별』 등 우리가 익히 알고 있는 텍스트들이 소리연대를 통해, 고공 농성자들의 투쟁과 이 시대의 삶에 비추어 재해석되었다.

이러한 재해석 속에서 고공 농성 노동자들은 단순히 희생자나 피해자가 아니었다. 혹은 사회학적이고 경제학적인 의미에서의 계급적 행위자가 아니었다. 소리연대의 참여자들은 자신들이 평소에 쓰거나 읽은 글 속의 등장인물들, 혹은 일상적 상상 속의 등장인물들, 위대한 영웅은 아니지만 어떤 고유한 싸움을 수행하고 있는 주인공들의 모습에 고공 농성 노동자들을 연결시켰다. 텍스트의 선택과 낭독을 통해 고공 농성 노동자들은 다양한 주인공들로 재탄생해서 등장했다. 이때의 텍스트는 그저 텍스트가 아니었다. 그것은 육성으로 고공 농성 노동자들에게 낭독되는 순간, 다시금 피드백되어 낭독자들의 현실을 바꾸는 텍스트였다. 나는 육성으로 누군가에게 읽어준 텍스트, 즉 목소리로 육화된 상상력의 효과가 바로 그것이라고 생각한다. 그것은 타인을 향하는 동시에 '나의 삶'을 향한다. 그것은 나의 삶에 현실적인 영향을 미친다.

　　실제로 어떤 참여자는 이렇게 이야기했다. "요즘 계속 마음 한구석이 불편하다. 고공 농성자 분들을 위한 소리연대에 메시지 녹음을 보낸 후로 내가 매일 보고 느끼고 행동하던 것들이 너무 벅차고 괜히 계속 죄송스러운 마음이 든다. 눈 펑펑 내리는 거 보고 신이 나다가도, 춥다고 발 구르다가도 그분들 생각이 나서……" 이 참여자는 이를 두고 "부끄러운 깨달음"이라고 말했다. 만약에 낭독이 '객체로서의 타인'에 대한 '동정(sympathy)'에 그쳤다면 결과적으로 그것은 죄책감의 해소, 혹은 보다 일반적인 해결책—이를테면 위로와 보상—에의 호소로 귀결했을 것이다. 그러나 참여자는 '낭독의 후유증'을 앓고 있었다. 그 후유증이란 바로 자신이 스스로의 목소리로 상상하고 육화한 고공 농성 노동자들의 감각이 역으로 자신의 일상감각에 끼어드는 증상으로서의 '공감(empathy)'이라고 할 수 있다. 이제 참여자에게 눈은 예전의 눈이 아니었다. 그가 맞는 눈에는 고공 농성 노동자들이 맞는 눈이 포함되어 있었다. 여기서 그가 느끼는 부끄러운 깨달음이란 두 눈 사이의 거리를 아프게 확인하는 동시에 그것을 소멸시키고 싶은 간절한 마음을 표현한다.

　　나는 '연대'에 대해 다시 생각해본다. 연대란 누군가의 편에 서는 것으로 이해되곤 한다. 누군가의 이해관계에, 누군가의 정체성에 나의 이해관계를, 정체성을 연결시키는 것으로 말이다.

그리하여 연대는 어떤 동일한 이해관계와 정체성으로 이루어진, 혹은 다른 이해관계와 정체성이 전략적으로 연결되어 이루어진 집단을 뜻한다. 그러나 소리연대에서 이루어진 연결은 그런 것이 아니었다. 그것은 공감을 통한 타인과 타인의 연결이었다. 이 연결은 우리가 흔히 말하는 정치적 연결은 아니었지만 그렇다고 해서 피해자와 희생자에 대한 동정으로 이루어진 연결 또한 아니었다. 이 연결 속에서 고공 농성 노동자들은 재해석된 텍스트의 주인공으로 등장하고, 이 텍스트는 다시금 낭독자의 감각을 현실적으로 바꾸어놓았다. 소리연대의 '연대'는 그런 의미에서 어떤 공통감각을 향한 중단 없는 또다른 종류의 정치적 드라마라고 할 수 있다.

이 정치적 드라마는 자의식의 드라마와 달리, 무지에서 계몽으로, 미성숙에서 성숙으로 나아가는 자아의 자기 진화와는 아무 관련이 없다. 이 드라마에서 자아는 타인의 감각과 연결되며 그 과정에서 필연적으로 어색해지고 부끄러워진다. 이때 연대란 자아의 안전을 위험에 빠뜨리면서까지 기어이 수행되고 모색되는 공통감각이며 여기에는 어떤 종국의 완결도 존재하지 않는다. 이와 같은 연대에는 완성된 합일이 가져오는 열광이 없다. 다만 어떤 텍스트, 어떤 음성 덩어리를 주고받는 평등한 놀이, 말하고자 하는 의지와 듣고자 하는 의지가 만나는 것 외에는 어떤 룰도 존재하지 않는 그런 놀이에서 유래하는 기쁨이 있다. 나는 고공 농성 노동자들이 내가 들려주는 텍스트와 음성을 듣고 있다는 사실이 선거 이후의 참혹함과 슬픔 속에서 내가 가질 수 있는 거의 유일한 기쁨이라 여겼다. 그들이 높은 곳에서 시린 손으로 전화기를 붙잡고 나의 목소리를 듣고 있다는 사실이 어색하고 부끄러워도 내심 기뻤다. 나는 그들이 내려오면 묻고 싶다. 혹시 모르는 타인의 목소리를 듣는 것이 어색하고 부끄러워도, 고단하고 암울한 삶의 무게가 마음을 짓누르는 와중에도, 실은 반갑지 않았냐고, 밤마다 그 추운 허공에서 타인의 목소리가 전송되어 오기를 은근히 기다리지는 않았냐고 말이다. (2012)

오늘은 내가
지상에 갇혔네

해고자 복직과 국정조사 실시를 요구하며 쌍용차 해고 노동자들이 송전탑에 올라 고공 농성을 시작한 지 100일이 지났다. 해가 바뀌었고 대통령이 바뀌었다. 금속노조 쌍용차지부 문기주 정비지회장, 복기성 비정규직 수석부지회장, 한상균 전 지부장은 100일을 25미터 상공 두 평도 안 되는 천막 안에서 버텨왔다. 아래 상황은 좋지 않다. 새 대통령은 송전탑 쪽으로 눈길 한번 주지 않고 있다. 취임 연설에서 사회통합과 국민 행복 운운하는 새 대통령은 사회통합과 국민 행복의 리트머스 시험지인 쌍용차 문제를 외면하고 있다.

지난 1월 새누리당 이한구 원내대표가 송전탑을 찾았을 때, 나는 그 자리에 있었다. 그는 노동자들을 만나 국정조사에 회의적임을 분명히 했다. 그는 농성을 중단하는 게 현명한 처사라고 말하고 총총히 자리를 떴다. 그는 단 한 번도 송전탑 쪽으로 눈길을 주지 않았다. 한겨울 15만 볼트의 전류가 흐르는 철탑 위에서 사람들이 목숨을 걸고 살기 위해 싸우고 있는데, 자연스럽게 눈이 가는 것이 인정이자 도리 아닌가?

그때 나는 확인했다. 해고 노동자는 집권 여당이 말하는 국민에서 제외된 존재다. 대한문에서, 여의도에서, 송전탑에서 일자리와 정의를 되찾아달라고 외치는 목소리는 문제를 복잡하게 만드는 소음에 불과하다. 가족과, 동료와, 행복하게 살고 싶다고 울부짖는 이들을 향해 귀찮고 불쾌하다며 인상을 쓰는 얼굴을 상상해보라. 그것이 바로 집권 세력의 얼굴이다. 엄연한 국민을 국민이 아닌 존재로, 엄연한 인간을 비인간으로 취급하는 이들의 표정이다. 그러나 그 얼굴은 소위 '건전한' 국민을 상대로 통합과 성장을 이야기할 때, 재빠르게 온화한 표정으로 바뀐다.

모멸스럽고 절망스러운 이런 상황에서 송전탑의 노동자들은 어떻게 견디는가? 영웅적 의지로 견딜까? 맞다. 그들은 모든 배제된 자들의 영웅이다. 그러나 의지만으로는 부족하다. 의지는 외로움 속에선 언젠가 꺾인다. 그들은 지상의 사람들과 연결돼 있다. 똑같은 기쁨과 슬픔을 나누는 동등한 인간으로 그들을 간절히 올려다보는 사람들과 연결돼 있다. 그 연결이 그들의 의지를 유지하고 키우는 양분이다.

그 연결은 무엇으로 가능한가? 사람들은 노동자들과 함께 국민과 사회통합과 행복에 대한 다른 서사를 만들어간다. 그 서사들은 끝없이 이어붙인 거대한 퀼트 이불처럼 모진 시절을 견뎌내는 고공의 노동자들과 지상의 사람들을 함께 덮어주고 덥혀준다. 그 서사는 연약하고 잘 보이지 않는다. 그러나 그 다른 서사는 성장과 이윤만이 모든 것을 해결해주리라는 정부와 자본과 보수 언론의 빤한 서사와 비교할 때 훨씬 풍요롭고 아름답다.

나는 구정 때 사람들이 송전탑을 방문하여 농성자들과 새해 덕담과 먹을거리를 나누었다는 이야기를 들었다. 또한 트위터에서 사람들은 '소리연대'를 통해 전국에서 고공 농성을 벌이고 있는 노동자들에게 지지 메시지를 보내고 있다. 그들이 육성으로 읽는 시, 소설, 에세이 속에서 노동자들은 온갖 종류의 주인공으로 등장한다. 사람들은 사랑하면서 싸우고, 울면서 웃고, 바보 같으면서 지혜로운 사람들의 이야기를 고공의 노동자들과 함께 나누며, 인간이란 얼마나 무한한 삶의 가능성을 가진 존재인가를 드러낸다. 소리연대를 비롯한 다양한 연대를 통해 사람들은 노동자들과 이 비참한 세계를 함께 버티는 이야기와 노래의 공동체를 희미하게 그러나 끈기 있게 엮어가고 있다.

나는 오늘밤 농성 100일째를 맞은 고공의 노동자들에게 시 한 편을 들려주려 한다.

얼마나 멋진 일인가 너를 떠올린다는 것은

너에 대해 쓴다는 것은

감옥에 누워서 너를 생각하는 것은

(중략) 너를 위해 또 나무로 조각을 해야지

서랍

반지

삼 미터 정도 얇은 비단을 짜야지

그리고 당장

자리에서 일어나

창살을 부여잡고

자유의 새하얀 푸르름을 보고

너를 위해 쓴 것들을 큰 소리로 읽어야지

  —나즘 히크메트, 「피라예를 위해 쓴 저녁 9~10시의 시」

   (『곁에 있는—스물여덟 언어의 사랑시』, 이난아 옮김

    한국외대식지식출판원 편집부, 2017) 부분

문득 이런 질문이 떠오른다. 누가 감옥 안에 있고 누가 감옥 밖에 있는가? 오늘은 시를 읽는 내가 갇힌 자 같다. 농성 100일이 되는 오늘은 땅 위의 내가 죄인이자 수인이고 고공의 노동자들을 떠올리며 자유의 새하얀 푸르름을 발견하는 자 같다. (2013)

비밀문서의
세계

마르크스는 『루이 보나파르트의 브뤼메르 18일』에서 인간들은 혁명적 위기의 시기에 과거의 망령들로부터 의상과 전투 구호, 언어를 빌려와 새로운 장면을 연출한다고 했다. 이 주장은 2016년 탄핵 때 한국군 엘리트들이 채택한 대응 방식을 해석하는 데 도움을 준다. 국군기무사령부가 작성한 계엄 대비 계획에 따르면 일부 군 엘리트들은 과거 쿠데타를 참조하여 시민사회를 무력화하는 레퍼토리들을 구체화하고 현대화했다. 이를테면 통금에 인터넷 검열이 추가됐다. 마르크스는 세계사적 사건은 한 번은 비극으로 다음번은 희극으로 나타난다고 했지만 내게 이번 기무사 사태는 전혀 희극적이지 않다. 비밀문서는 과거의 망령들이 언제든 되살아나 "민주주의는 이제 그만"이라고 명령할 수 있음을 보여준다.

　최근에 또다른 비밀문서가 공개됐다. 쌍용자동차 사측이 2009년 정리해고 당시 작성한 비밀문서에는 경찰·검찰·노동부 등 정부 부처와 공조를 통해 파업을 강경 진압하고 노조를 와해시키려는 전략이 담겨 있다. 이 계획이 실행된 이후 수많은 노동자들이 희생됐다. 삼십번째 희생자의 이름은 김주중이다. 특공대의 방패에 찍히고 군홧발로 짓밟힌 기억을 가진 그는 지난 6월 27일 스스로 목숨을 끊었다. 어떻게 사람에게 그토록 잔인한 폭력을, 그것도 지극히 의도적으로 행사할 수 있을까? 비밀문서를 들여다보니 정부와 사측은 구조조정에 반대하는 파업 참여 노동자들을 존중해야 할 사람으로 보지 않았던 것 같다. 문서에는 "수술대에 오른 이상 암과 지방 덩어리 확실히 제거하여 굳건한 체력으로 시장 경쟁에 대비해야 함"이라고 적혀 있다.

　기무사와 쌍용차의 비밀문서에는 공통점이 있다. 문서 작성자들은 권력자들이다. 그들은 자신들이 바람직하다고 여기는 질서가 위기에 처했다고 판단한다. 그들은 그 질서의 위협 요소들을 판별하여 자신들이 수립한 비밀 계획에 따라 제거해야 한다고 주장한다. 하지만 군대는 시민을 수호한다 했고 자본가는 근로자와 공생한다 하지 않았던가? 왜 그들은 자신들이 공개적으로 표명했던 말들에 반하는 말들을 비밀문서에서 하는가?

　그들은 무대 앞에서는 문제 해결 전문가이고 공동체의 책임자이다. 하지만 무대 뒤의 그들은 자신들이 봉사하고 협력하는 사람들 속에서 늘 사람이 아닌 존재들을, 제거해야 마땅할 적들을 물색한다. 그들에게 헌법이 보장하고 역사를 통해 쟁취해온 시민과 노동자의 권리란 평화 시기에만 통하는 수사일 뿐이다. 위기가 닥치면 권리 따위는 고려 대상이 아니다. 그런데 그들은 늘 위기를 준비하고 작전을 짠다. 그것이 그들의 사명이라도 되는 양. 이때 그들은 우리가 극복했다고 생각한 과거의 망령들로부터 많은 것들을 빌려온다.

두 문서뿐이랴. 세상에는 수많은 권력자들이 있으니 얼마나 많은 비밀 작전들이 수립되고 또한 실행됐겠는가. 보이지 않는 곳에서 얼마나 많은 사람들이 그 작전들에 따라 희생됐겠는가. 그러니 우리가 경계해야 할 나쁜 미래는 또 얼마나 많이 남아 있겠는가. (2018)

삶이 있는
저녁

　　손학규 민주당 대선 경선 후보의 선거 슬로건인 '저녁이 있는 삶'이 그의 지지도와는 별개로 좋은 반응을 얻고 있다. 지금까지 선거 슬로건들은 주로 선진, 성장, 풍요 등 지겹도록 들어온 단어들을 포함해왔다. 그것들은 국가나 민족이라는 전체 집단이 나아갈 바를 구호처럼 제시했다. 하지만 '저녁이 있는 삶'에는 지극히 평범한 단어 둘이 들어 있다. 바로 '저녁'과 '삶'이다. 집단이 아니라 개인이 일상에서 경험하는 익숙한 풍경과 환경이 저녁과 삶이다. 그 두 단어를 조합하니 시적인 말이 탄생한다. 저녁이 있는 삶은 우리로부터 얼마나 멀어졌는가, 그것을 우리가 얼마나 그리워하고 있는가를 손후보의 슬로건은 애틋하게 표현한다.

　　'저녁이 있는 삶'의 주요 내용은 '노동시간 단축'이다. 이를

테면 '정시 퇴근제 도입' '장시간 노동의 개선' '휴가 확대' 등이 손 후보의 첫번째 정책 목표다. 확실히 그의 슬로건은 직업을 가진 중산층을 대상으로 한다. 과로에 시달리는 중산층, 개인만의 고즈넉한 시간, 가족과 친구들과 보내는 화목한 시간을 과로에 빼앗긴 중산층에게 그의 슬로건은 어필한다. 그는 노동시간의 단축이 삶의 질을 높이는 것은 물론 경제적 생산성을 향상시키고 정규직 일자리를 창출하고 나누는 데 도움을 줄 거라고 본다. 그렇게 그는 한국 사회에서 중산층을 두텁게 하고, 그들에게 안정과 행복을 되돌려주겠다고 약속한다.

중산층, 혹은 중산층에 소속되기를 바라는 사람들에게 어필하는 다소 문학적인 표현법의 '저녁이 있는 삶'이란 슬로건을 곱씹어보다가 그것을 살짝 바꿔보면 어떨까 하는 생각이 들었다. 바로 '삶이 있는 저녁'이다. '삶이 있는 저녁'과 '저녁이 있는 삶'의 차이는 무엇인가? 그 차이는 이런 질문들로 나타난다. 만약에 노동시간 단축이 이루어져 저녁이라는 시간이 우리에게 충분히 주어지면 어떻게 될까? 그때 우리는 무엇을 할까?

나는 최근에 만나는 사람들에게 "일하고 남는 시간에는 주로 무엇을 하세요?"라고 묻는다. 대부분은 아무것도 안 한다고 답한다. 어떤 분은 낮에 너무 생각을 많이 해서 저녁 이후에는 아무 생각도 안 하는 게 최고라고 했다. 그나마 여가활동이 있다면 TV 시청과 외식, 음주가 가장 많았다. 그 외에 학원, 운동, 영화 관람등이 있었다. 간혹 몇몇 사람은 흥미로운 대답을 했다. 친구와 '독립 잡지'를 만든다거나, '축구 심판'이 될 준비를 한다거나. 하지만 그런 식으로 뭔가에 미친듯이 몰입하고, 혼자가 아니라 누군가와 함께 삶을 가꾸는 사람은 많지 않았다. 나는 생각했다. 어쩌면 우리에게는 저녁이라는 시간이 주어져도 정작 그 시간에 채워넣을 삶이 없거나 부족한 것이 아닐까?

'저녁이 있는 삶'은 '과로'라는 노동의 양의 문제에 초점을 맞춘다. 과도한 노동량도 문제지만 더 큰 문제는 노동의 질이다. 우리가 사는 자본주의 체제에서는 주체적 역량을 발휘할 수 없는 노동 조건, 실업의 불안에 덧붙여 주체성 자체를 잃는 존재의 불안이 확산되고 있다. 특히 비정규직 노동자들의 경우는 더하다. 이들은 임금뿐만 아니라 조직 내의 의사 결정, 구성원 간의 소통, 인간적인 대우에서 불평등과 배제를 겪고 있다. 그렇기에 우리에게는 '삶이 있는 저녁'이 절실하다. '삶이 없는 낮' 동안에 빼앗긴 인간성과 자존감을 저녁에 어떻게든 회복해야 한다. 우리는 그렇게 가까스로 인간으로 살아남는다.

'삶이 있는 저녁'은 '저녁이 있는 삶'처럼 정책 슬로건이 될 수 없다. 그 시간은 기업이나 정부가 우리에게 '배려'해주는 것이 아니기 때문이다. '삶이 있는 저녁'은 차라리 '인간 선언'에 가깝다. 그 선언의 내용은 이렇다. 우리는 노동하는 동물이 아니다. 우리는 저녁에 다음날의 노동을 준비하며 내용 없는 휴식의 시간을 보내지 않겠다. 우리는 저녁에 우리가 인간임을 입증하는 활동적 삶을 주체적으로 발명하겠다. 그 삶은 저녁에서 새벽으로, 아침에서 낮으로 조금씩 확장될 것이다. 가까스로 인간적인 삶이 너무나 인간적인 삶이 될 때까지. (2012)

그곳에
삶이 있다

골든브릿지투자증권의 노조가 지난 4월부터 시작한 파업이 200일을 넘어섰다. 사측은 2011년 10월 일방적으로 단체 협약 해지를 노조에 통보했다. 작년 9월 사측은 노조에 '사규 위반시 해고' '정리해고 합의에서 협의로 변경' 등의 요구 조건을 내걸며 단협을 요구했고 노조는 이를 받아들이지 않았다. 그러자 사측은 노조에 단협 해지를 통보했다.

노조가 받아들일 수 없는 요구 사항을 걸어 단협을 해지하는 이러한 방식은 사측이 노조를 인정하지 않을 뿐만 아니라 노조를 와해하겠다는 의도를 갖고 있다는 의혹을 품게 했다. 현재 골든브릿지 노조는 노동조합을 무력화하는 개악안을 철회하고 부당 경영과 부당 노동 행위를 중단할 것을 요구하며 파업을 벌이고 있다.

골든브릿지 노조는 사무직 노조이다. 이 노조가 설립된 해는 1987년이다. 1987년은 한국에서 민주노조운동의 기점이 된 해이다. 그때 제조업, 비제조업 할 것 없이 모든 노동자들은 거대한 민주노조의 물결에 참여했다. 그러나 IMF 경제 위기 이후 민주노조 운동의 성과들이 하나하나 허물어지고 있다. 경제의 회생, 기업의 회생을 기원하는 희생 제의에서 가장 먼저 제단에 바쳐지는 제물은 바로 노동자였다. 그리고 노조는 이를 방해하는 거추장스러운 집단으로 인식되었다.

조직력과 교섭력에 있어서 노조는 제조업이건 비제조업이건 과거와 비교도 되지 않을 정도로 무력해진 상황에 처해 있다. 그리고 실제로 '심각한 위기에 빠지지 않은' 기업들조차 위기 상황을 연출하고 조장하여 노조를 무력화하고 노동자를 해고하는 전략을 일삼게 됐다. 마치 대한민국에서 이념 탄압이 한국전쟁의 악몽을 상기시키며 정당화되어왔듯이 현재의 노조 탄압은 IMF 사태의 악몽을 상기시키며 정당화되고 있다.

과거에 "당신은 노동자인가?"라는 질문은 "당신은 블루칼라인가?" "공장에서 일하는가?"라는 질문과 같은 말이었다. 민주노조운동은 이러한 상식을 문제삼았다. 민주노조운동은 조직의 이익이라는 명분으로 불편과 희생을 감수해온 모든 피고용자들을 노동자로 명명했다. 나아가 민주노조운동은 노동자를 자신의 행동과 목소리를 통해 조직과 사회 모두의 발전과 정의에 참여하는 당당한 주체로 명명했다.

그런데 IMF 이후 민주노조운동의 성과가 흔들리기 시작하면서 '노동자'라는 말의 어감이 달라지기 시작했다. 다시금 '근로자'라는 말이 널리 사용되기 시작했다. 노동자라는 말은 심지어 블루칼라조차 아니게 됐다. 노동자는 '위기에 처한 집단'의 대명사가 되고 말았다. 노동자와 가장 밀접하게 결부된 단어는 이제 평등과 정의가 아니라 '희생'이다. 요새 사람들이 "나는 노동자가 아니에요"라고 말할 때, 그것은 "나는 희생자가 아니에요"라는 뜻을 내포하고 있다.

하지만 나는 사무직 노동자, 비정규직 노동자, 해고 노동자 들의 농성과 파업 투쟁 장에서 단순히 희생자의 요구 사항만 듣진 않는다. 나는 거기서 희생자로 전락하지 않겠다는 목소리, 평등과 정의를 부르짖는 목소리를 듣는다. 그들은 노동자들을 희생자로 전락시키는 자본의 독주를 노사 관계를 넘어선 공적 의제로, 인간적 삶의 문제로 전환시키고 있다. 그들은 인간 선언을 하듯 송전탑에 오르고 한 달이 넘게 단식을 하고 있다. 그 싸움들은 그래서 언제나 비참하면서 동시에 영웅적인 풍모를 지니고 있다.

얼마 전 골든브릿지 노조 농성장을 방문하고 집에 돌아오는 길에 우연히 대기업에서 근무하는 지인을 만났다. 그는 내게 충격적인 소식을 들려줬다. 최근 자신의 회사에서 대규모 희망퇴

직이 있었고 같은 회사에서 근무하다 최근 회사를 옮긴 한 친구는 과로사했다고 했다.

그가 내게 어디서 오는 길이냐고 묻기에 나는 손가락으로 길 건너 인도의 골든브릿지 농성장을 가리켰다. 나는 그와 헤어지며 "죽지 말아요"라고 말했다. 내가 그에게 손가락으로 가리켜 보여준 그곳, 노동자들이 파업중인 그곳, 그곳을 지나는 시민들이 결코 자신들과 동일시하지 않을 사람들이 점거하고 있는 그 거리가 내게는 오히려 삶이 넘치는 장소처럼 보였다. (2012)

'무식국가론'을
제안한다

'컬래트럴 대미지'라는 군사 용어가 있다. 전투 과정에서 발생한 민간 피해를 뜻한다. 그 규모는 논란거리가 될 수 있지만 컬래트럴 대미지 자체는 불가피한 것으로 여겨진다. 이 용어는 미국의 대테러 전쟁에서 발생한 민간 피해를 지칭하면서 우리 귀에 익숙해졌다. 대테러 전쟁에서 민간인 사상자가 발생해도 그것이 치안을 지키기 위한 작전 수행 과정에서 일어났다고 '자체 판단'을 내리면 미정부는 스스로에게 언제나 면죄부를 부여했다.

2009년 1월 20일 일어난 용산 참사를 보수 언론과 정부는 컬래트럴 대미지라는 시각에서 바라봤다. 그들은 자신의 거주지를 지키기 위한 철거민의 싸움을 치안을 위협하는 테러 행위로 규정했고 따라서 경찰의 진압 작전은 적법한 것이라 강변했다. 실제로 경찰은 농성을 진압하기 위해 대테러 경찰특공대를 투입했다. 이 과정에서 농성자 다섯 명과 경찰 한 명이 희생됐지만 대법원에서 생존 농성자들은 유죄 판결을 받고 감옥에 갇혔다. 정운찬 전 총리가 사망자들에 대해 유감을 표하고 책임을 통감한다 했지만 그의 말은 생존 농성자들에 대한 법원의 유죄 판결에 하등 영향을 미치지 못했다. 대법원은 판결문에서 "경찰의 공무 집행 시기나 방법에 관하여 아쉬움이 있다"고 했지만 어쨌거나 농성자들은 유죄였다. 결국 아쉬움, 유감, 책임 통감 운운은 하나마나 한 말들이었다. 그런데 희생자들은 바로 농성자들의 가족이고 동료이다. 사법 권력의 논리에 따르자면 농성자들은 자신의 가족과 동료를 죽음으로 내몬 당사자들이다. 아들이 아버지를 죽인 것이다.

국가기구는 경찰 진압을 이성적이고 정상적인 것으로 정당화하면서 농성자들을 '테러리스트' '패륜아'로 정의했다. 이 둘 사이에는 어떤 회색지대도 없다. 용산 참사에서 국가가 이성이라면 농성자는 비이성이다. 치안을 위해 이성이 비이성과 싸우면서 발생한 모든 피해는 컬래트럴 대미지이다. 그러므로 희생자들에게 연민을 느껴도 만약 사법부의 유죄 선고에 동의한다면 당신은 이렇게 말하고 있는 것이다. "정말 안타깝지만 그들의 죽음은 범죄 진압 과정에서 발생한 불가피한 것이었다. 그들의 죽음을 야기한 것은 경찰이 아니라 농성자였다."

그런데 경찰의 진압은 정말 이성적이었을까? 검찰의 주

장과 법원의 판결은 이성적이었을까? 다큐멘터리 영화 〈두 개의 문〉(2012)은 국가기구가 이성적이라는 전제를 뒤집는다. 법정에 제출된 용산 참사 관련 증거들, 특공대원의 진술들은 경찰이 남일당의 구조나 당시 상황, 망루에 있었던 발화성 물질에 대한 어떤 정보도, 안전에 대한 어떤 고려도 없이, 일사천리로 진압 작전을 펼쳤다는 사실을 보여준다. 작전은 신속한 진압이라는 제1원칙에 따라 진행됐는데 이 원칙에 따르면 농성자는 어떤 수단을 써서라도 진압되어야 하는 테러리스트였고 경찰특공대원들은 무조건 명령에 따라야 하는 로봇이었다. 경찰 수뇌부의 현장 지휘는 방만했고 안전 대책은 전무했다. 법원에서 검찰은 안전보다는 신속한 진압을 우선시하는 게 너무나 당연하다는 듯 경찰의 작전을 옹호했다. 사법부 또한 일방적으로 경찰과 검찰의 편을 들었다. 결국 이들의 이성은 사회의 안전, 즉 치안의 이름으로 특공대원들과 농성자들의 안전을 덮어버렸다. 이들의 이성은 과정의 합리성을 배제한 채, 목표한 바를 향해 질주하는 무자비한 기계장치였다. 이성은 비이성과 폭력으로 탈바꿈했다.

사회과학은 오랫동안 국가를 '능력 있는 행위자', 합리적 이성을 소유하고 작동시키는 조직으로 취급했다. 그래서 어떤 정치학자는 『지식국가론』(최정운, 삼성출판사, 1992)이란 책을 쓰기도 했다. 나는 〈두 개의 문〉을 보고 생각했다. 이제는 오히려 '무식국가론'이라는 책을 써야 할 것이다. 그 책은 국가가 이성이 아니라 비이성과 폭력의 주인이라는 사실을, 사회를 보호한다는 치안의 명분하에 인간성과 생명을 파괴하고 있다는 사실을, 그 무식한 파괴 행위들이 자신의 무식함을 은폐하고 호도하려는 노력들 속에서 더 배가되고 있다는 사실을 밝혀야 할 것이다. (2012)

나는 그들을 잇는
통역자였다

지금 그곳엔 아무것도 없네

원래 아무것도 없었다는 듯이

아무것도 없네

그곳은 텅 비었고

인적 없는 평지가 되었고

저녁 일곱시 예배를 올릴 때에

건물 옥상에 야곱의 사다리를 희미하게 내려주던 달빛은

이제 구차하게 땅바닥에 엎드려

값비싼 자동차들의 광택을 돋보이게 할 뿐

오늘 그곳에 아무것도 없음이 우리를 경악하게 하네

거기 나지막한 돌 하나라도 있다면

우리는 그 위에 앉아 되돌아볼 텐데

무너진 빌딩 한 층 한 층

깨진 유리창 한 장 한 장

부서진 타일 한 조각 한 조각

불길에 검게 그을리고 피와 살점이 묻은

학살의 증거들

학살 이후의 나날들

탄원들, 기도들, 투쟁들을

거기 나지막한 돌 하나라도 있다면

우리는 그 위에 앉아 이야기할 텐데

야구와 낚시에 얽힌 소싯적 추억

늙은 가슴팍을 때리던 성경 구절

수많은 인내와 소박한 꿈들

그러다 우리가 어찌어찌 용산에 흘러오게 됐는지

그러나 더이상 어찌어찌 끌려다니지 않겠다

이번만은 싸워보겠다 이겨보겠다

그날 불현듯 하나의 영혼을 넘쳐

다른 영혼으로 흘러간 무모한 책임감에 대하여

거기 나지막한 돌 하나라도 있다면

우리는 그 위에 앉아 서로에게 물어볼 텐데

학살자들은 또 무슨 궁리를 할까?

우리가 울부짖기도 전에 우리의 목을 죈 그들

우리가 죽기도 전에 우리의 관을 짠 그들

그런데 우리가 무죄를 입증하기도 전에

차가운 곁눈질을 던지며 그곳을 총총히 지나치던

시민이라는 이름의 방관자들은

도대체 어디로 갔을까?

하지만 거기 나지막한 돌 하나라도 있다면

우리는 그 위에 앉아 있기만 하지는 않겠네

우리는 그 위에 일어서서 말하겠네

이제 인간이란 너 나 할 것 없이

하나하나 불붙은 망루가 되었다

생존의 가파른 꼭대기에 매달려

쓰레기와 잿더미 사이에 흔들리며

여기 사람이 있다!

여기 사람이 있단 말이다!

절규하지 않으면 안 되는 존재가 되었다고

거기 나지막한 돌 하나라도 있다면

우리는 그 위에 서서 머리를 맞대고 따져볼 텐데

불운을 향해 녹슨 철사처럼 구부러지는 운명

불행을 향해 작은 자갈처럼 굴러가는 인생

모든 것의 원인과 뿌리에 골몰할 텐데

그러다 도저히 답을 찾을 수 없을 때에

무식한 우리는 외치겠지

어쨌든 이대로 이렇게 살 수만은 없지 않은가!

선량한 우리는 호소하겠지

원치 않는 증오심을 갖는다는 건 얼마나 고통스러운가!

거기 나지막한 돌 하나라도 있다면

우리는 최선을 다해 최대한 많은 영혼을

그 위로 데리고 올 텐데

언제나 배고팠던 입

먹기에 급급했던 입

그 남루했던 입술들이 층층이 쌓여

높디높은 메아리의 첨탑을 일으켜세우면

말 못하고 외면했던 진실을

목구멍에서 소용돌이치며 솟구치는 진실을

우리는 말하기 시작하리

그리하여 거기 나지막한 돌 위에 선다면

오로지 희망, 희망에 대해서만 말하기로

산 자와 죽은 자

기쁜 자와 슬픈 자

선한 자와 악한 자

모두 다 똑같은 결심을 하게 되리

　　　　　　—「거기 나지막한 돌 하나라도 있다면」전문

「거기 나지막한 돌 하나라도 있다면」(『눈앞에 없는 사람』, 문학과지성사, 2011)은 2011년 1월 20일 서울역광장에서 있었던 '용산 참사 2주기' 행사에서 낭독했던 시다. 2010년이 저물어가던 어느 날 송경동 시인이 나에게 시 한 편을 써서 읽어달라고 청해왔을 때 나는 고민을 많이 했다. 염려가 앞섰고 자신이 없었다. 내가 그의 요청을 받아들인다면, 나는 사람들 앞에서, 무엇보다 용산 참사 희생자들의 유가족 앞에서 시를 읽어야 했다. 그렇다면 그 시는 그저 텍스트가 아니었다. 한 사람이 다른 사람들에게 건네는 말, 그들이 연루된 참혹한 사건에 관한 말이어야 했다. 내가 과연 무슨 말을 할 수 있을까? 용산 참사에 관한 한 나는 듣는 사람이었다. 유가족들의 절규와 호소를 들으며 그들 곁에 서고 그들 뒤를 쫓는 사람이었다. 그런 내가 도대체 무슨 말을 할 수 있을까?

용산 참사 현장에서 나는 유가족들과 긴 대화를 한 적이 있었다. 독일에서 온 다큐멘터리 팀이 유가족들과 인터뷰를 할 때, 우연히 통역을 맡게 됐다. 유가족의 말이 나의 목소리를 통해 이방인에게 전달될 때, 나는 마치 유가족의 일이 나의 일로, 유가족의 감정이 나의 감정으로 옮아오는 것 같은 느낌을 받았다. 나는 생각했다. 나는 누구인가? 유가족들과 이방인들 사이에서. 나는 둘 다이기도 했고 둘 다 아니기도 했다. 나는 내가 아니었다. 나는 나일 수 없었다. 내가 나냐 아니냐는 전혀 중요한 문제가 아니었다. 나는 최선을 다해 듣고 말하는 사람일 뿐이었다.

시를 쓰겠다고 송경동 시인에게 약속을 하고 용산 참사 현장을 오랜만에 다시 찾았다. 남일당 건물은 온데간데없었다. 놀랍게도 그곳은 주차장이 되어 있었다. 여섯 명이 화마에 희생당했는데, 그곳에서 일어난 일을 기억하는 어떤 기념비도, 글귀도 남아 있지 않았다. 2009년 내내 그곳엔 사람들이 있었다. 사람들의 말과 행동, 글과 그림, 강론과 찬송이 있었다. 그런데 2년이 지나자 모든 것이 사라졌다. 거기 사람이 있었고 사람이 사람답게 살려고 싸우다 죽었다는 사실이 잊히고 있었다. 죽음이 또다시 죽어가고 있었다. 용산만 그런 것이 아니었다. 국가 폭력의 희생자들은 두 번의 죽음을 겪는다. 국가 폭력에 의해, 그리고 집단적 망각에 의해.

그렇다면 죽은 이들의 명예와 존엄에도 두 번의 기회가 온다. 먼저 진상을 규명하고 책임자를 처벌하고 국가의 사과를 받음으로써. 그리고 살아남은 사람들이 잊지 않음으로써. 살아남은 사람들은 이 두 번의 기회를 위해 아직도 싸우고 있다. 이 또한 용산에만 해당되는 것이 아니다.

나는 남일당이 있던 자리에, 주차장이 되어버린 콘크리트 바닥에 망연히 서서 생각했다. 이곳을, 이곳에서 일어난 사건을 어떻게 기억할 수 있을까? 나는 문득 '나지막한 돌 하나'라는 이미지를 떠올렸다. 만약 나지막한 돌 하나라도 이곳에 남아 있다면, 우리는 그 위에 앉아보기도 하고 그 위에 서보기도 할 텐데, 그 위에 앉아 지난날을 되돌아보고 그 위에 서서 앞날을 궁리할 텐데, 나지막한 돌 하나가 무수한 영혼을, 산 영혼과 죽은 영혼 모두를 한자리에 부를 수도 있을 텐데…… 그렇게 '나지막한 돌 하나'라는 이미지를 붙잡고 나는 시를 썼다. 물론 시를 쓰는 것은 쉽지 않았다. 평상시보다 훨씬 더 많은 시간을 들였다. 쓰고 또 쓰고, 고치고 또 고쳤다. 이 과정은 시의 완성도를 높이는 것과는 아무 상관이 없었다.

나는 죽은 영혼들의 원한을 달래거나 살아남은 사람들의 지친 영혼을 고양시키는 영매가 아니었다. 나는 차라리 죽은 사람들과 산 사람들 사이에서 말을 정확하게 전달하려 노력하는 통역자였다. 이미지 하나하나, 이야기 하나하나마다 삶과 죽음이, 과거와 미래가 연결되기를 소망했다. 나는 2011년 1월 20일 서울역 광장에서 시를 읽었다. 태어나 처음으로 수많은 군중 앞에서 시를 읽었다. 목소리가 떨리지 않을 수 없었다. 하지만 그 시는 나의 소유가 아니었다. 나는 사람들에게 사람으로서 말을 하고 있었다. 나는 용기를 내어 목소리를 높였다. 내가 읽는 시가 그날 그자리에 있던 모든 사람들의 말, 공통의 말이 되기를 소망하면서.

(2016)

불편한
이야기꾼들

대학 시절 TV를 시청하다 충격받은 적이 있었다. 방송의 내용도 내용이었지만 '이게 어떻게 가능하지?'라는 생각 때문이었다. 국회에서 진행중이던 5공 비리 및 광주민주화운동 진상 조사 청문회에 국민의 눈과 귀가 쏠리던 1989년 연말의 어느 날이었다. KBS에서 심야 영화 한 편이 방송되었다.

1973년 칠레 쿠데타를 다룬 영화 〈산티아고에 비가 내린다〉(이하 〈산티아고〉)(1975)였다. 육군참모총장 피노체트를 중심으로 한 군부 세력은 전차와 전투기를 동원해 대통령궁을 공격했고 대통령 아옌데는 저항 끝에 목숨을 잃었다. 쿠데타가 발발한 지 2년 만에 제작된 영화는 지극히 사실주의적인 접근법을 취했는데, 이 때문에 사건의 비극성은 더욱 적나라하게 드러났다.

그토록 '좌파적인' 영화를 누가 어떤 이유로 방영하기로 한 것일까? 마침 1989년 12월에 칠레는 반군부 세력인 '민주화를 위한 정당 협력체'가 국민투표로 군부를 종식시키고 대선에서 승리를 거뒀다. 한국 역시 군사정권의 적폐 청산에 박차를 가하던 시기였다. 방송 민주화운동도 시작되었다. 1987년에는 MBC가, 1988년에는 KBS가 노조를 결성했다. 일회적 에피소드로 보이는 〈산티아고〉의 방영은 이 모든 상황이 결합하여 나타난 결과물일 수 있다. 하지만 내게는 〈산티아고〉의 방영 자체가 방송 민주화의 신호로, 아직 하지 못한 말, 앞으로 해야 할 말이 태산만큼 남아 있음을 국민에게 알리는 메시지로 읽혔다.

최근 방송의 변화 또한 구정권의 적폐를 청산하고 반민주적 조직문화를 개선시키기 위한 노력과 맞물려 있다. 이는 촛불과 탄핵이 직접적 원인인 것처럼 보이지만 그 뿌리는 1980년대까지 거슬러올라간다. 부패한 대통령을 권좌에서 내몬 헌법재판소라는 제도는 1987년 민주화운동의 산물이었다. 지난 정권의 핍박하에서 진실을 추구해온 언론인들은 방송 민주화라는 역사가 없었다면 자신의 역할과 정체성을 자리매김할 수 없었을 것이다.

우리는 종종 인식하지 못한다. 역사가 얼마나 반복되는지, 적폐 청산과 진상 규명이라는 동일 주제가 얼마나 자주 등장했는지, 인류 역사에서 유사한 비극과 투쟁이 얼마나 빈번히 벌어졌는지. 〈산티아고〉, 영화 〈1987〉(2017), 그리고 〈1987〉 안에 나오는

'광주 비디오'는 우리에게 일깨워준다. 역사는 승리의 추억이 아니라 오히려 무엇이 망각되었는지를 밝힌다는 것을.

나는 〈1987〉을 본 뒤 과거에 대해 많은 생각을 하게 됐다. 1989년의 〈산티아고〉 방영이 문득 떠오른 것도 바로 그러한 생각의 와중에서였다. 그러나 생각은 먼 과거에만 머물지 않았다. 불과 몇 년 전에 일어난 사건조차 우리는 망각해버린다. 유사한 사건이 다시 일어나면 우리는 비로소 분노하고 책임을 묻는다. 이런 이야기를 할 때 우리는 종종 생각한다. '저들이 망각했다. 우리가 아니라.' 과연 그럴까?

용산 참사가 일어난 지 9년이 됐다. 보상 합의가 있었고 특별사면이 있었다. 그 정도면 어느 정도 정리가 됐다고, 그만하면 억울함도 덜어졌다고 생각할 수 있다. 그러나 이런 생각을 뒤집는 영화가 세상에 나왔다고 한다. 〈공동정범〉(2018)이라는 영화다. 영화는 감독의 전작 〈두 개의 문〉에서 못다 한 이야기, 용산 참사 당시 망루에 올랐다가 살아남은 자들의 고통스러운 기억과 상처투성이의 현재를 다룬다고 한다.

아직 알려지지 않은 진실, 혹은 이미 알려진 과거 속 알려지지 않은 진실을 불편하게 캐묻는 이야기꾼들이 있다. 도대체 언제까지 과거에 집착해야 하냐고 묻는다면 그들은 답할 것이다. 계속해서 이야기해야 한다. 정권교체와 무관하게, 판결이나 사면과 무관하게 이야기해야 한다. 왜냐고 묻는다면 그들은 답할 것이다. 모든 것을 말할 수 있는 시대가 왔다고 안도하는 순간, 망각은 거스를 수 없는 물리법칙처럼 작동하여 우리가 그토록 싸웠던 무책임과 무자비함을 어느새 승자의 위치에 되돌려놓기 때문이다. 기억의 힘을 잃은 세상이야말로 우리가 또다시 패배했다는 사실조차 잊게 만드는 끔찍하도록 평화로운 지옥이기 때문이다.

(2018)

억하심정은
누가 푸나

요사이 많은 국민이 행복감을 만끽하고 있다. 평화 시위가 제도 정치권에 압력을 가하고 부패한 대통령을 합법적 절차를 통해 권좌에서 쫓아냈다. 대한민국 국민은 세계를 향해 민주주의가 무엇이며 어떻게 작동하는지를 보여줬다. 어찌 자랑스럽고 감격스럽지 않겠는가. 당선 이후 문재인 대통령의 언행도 돋보였다. 특히 지난 역사와 정권 속에서 상처받은 이들에 대한 존중과 배려는 각별했다. 당선 당일, 그는 세월호 유가족을 만나 손을 맞잡았다. 5·18 민주화운동 기념식에서는 희생자 가족에게 먼저 다가가 포옹을 했다. 소위 지도자가 그처럼 인간적인 모습을 보여준 적이 언제였던가 싶다.

나는 최근의 변화를 보면서 '억하심정'이라는 말이 떠올랐다. 누군가가 분노와 같은 부정적 감정을 표출할 때, 무슨 심정으로 그러는지 정확히 알 수 없으나 뭔가 마음에 맺힌 것이 있다고 여겨질 때 쓰는 말이다. 우리는 대통령의 언행을 보면서 억하심정이 풀리는 느낌을 받았는지도 모른다. 하지만 그 억하심정의 뿌리가 생각보다 깊고 멀리 뻗어 있다면? 어떤 이에게는 일생에 걸쳐 쌓인 것이라면? 어떤 사람들에게는 수 세대에 걸쳐 쌓인 것이라면?

내가 종사하는 사회학은 억하심정의 사회적 원인과 해법을 따지는 학문이다. 2013년 한국불평등연구회가 주최한 학술 행사에서 논문 한 편이 발표됐다. 미국 위스콘신대학 사회학과의 임채윤 교수와 김근태 연구원이 작성한 논문에 따르면 한국은 '일상에서 타인으로부터 존중받는다'라는 느낌에서 세계 최하위권이었다. 특히 한국인은 소득 수준이 낮을수록 타인에게서 존중받지 못한다고 느꼈다. 가난하게 사는 것도 힘든데 사람대접 받기도 힘든 것이다. 한국의 경제적 불평등은 심각하다. 더 심각한 건 경제적 불평등이 사람다움의 자격과 권리를 훼손하고 있다는 점이다. 예컨대 비정규직 노동자는 정규직에 비해 임금만 적은 것이 아니다. 그들은 조직에서 동등한 구성원 대접을 받지 못한다. 그들은 의사 결정에 적극 참여할 수 없다. 극단적인 예도 있다. 그들은 직원 연수에 참석하지 못한다. 운동회에서 정규직이 축구를 하면 그들은 족구를 한다. 비정규직용 의자와 정규직용 의자는 다르다. 물론 후자가 더 좋다.

　한국은 민주주의의 모범을 전 세계에 보여줬다. 정의를 요구하는 목소리를 결집하여 평화적으로 권력을 교체하는 시민적 역량을 보여줬다. 그런데 정작 그 위대한 시민들은 일상에서 서로를 어떻게 대하는가? 자기보다 가난한 사람, 지위와 직급이 낮은 사람, 인종과 성정체성이 다른 사람을 향해 어떤 언행을 보이는가? 한국의 가부장주의는 세계적으로 유명하다. 외신에서 '개저씨(gaejeossi)'는 '권위적 한국 남성'을 가리키는 고유명사가 되었다. 한국이 밖에서 어떻게 보이나 하는 애국적 염려는 잠시 접어두자. 혹여 나 자신이 타인의 억하심정을 부추기는 원인은 아닌지, 그것을 덜어주려는 의지가 과연 있는지 먼저 생각해보자.

　대통령의 언행이 사람들의 억하심정을 일말이라도 풀어줬다면 반가운 일이다. 하지만 그가 다만 현실에서 경험하지 못했던 리더십과 근사한 중장년 '남자 사람'의 이미지를 보여줘서 귀하고 또 고맙게 느껴진다면, 참으로 서글프다. 하루하루 삶 속에서 억하심정을 풀어주는 이는 우리가 함께 일하고 생활을 나누는 사람이지 미디어 속 대통령이 아니기 때문이다. 물론 대통령과 정부가 국민의 억하심정을 풀기 위해 해야 하는 일이 있다. 고용과 교육과 복지에 관해 약속했던 정책의 실행이다. 권력의 남용과 오용으로 무고한 피해자를 양산한 사건들에 대한 진실 규명이다. 시간이 걸리는 일이고 감시와 독려가 필요한 일이다.

우리는 우리대로 일이 있다. 좋은 직업과 나쁜 직업의 비율이 바뀌기 전에도 할 수 있고 해야 하는 일이 있다. 일터에서 사람을 사람답게 대접하기. 조직과 집단에 앞서 '사람이 먼저'라는 원칙을 잊지 않기. 그간 쌓인 서로의 억하심정을 헤아리고 풀기 위해 노력하기. 오해할까봐 덧붙인다. 나는 지금까지 친절함이나 자상함에 대해 이야기한 것이 아니다. 나는 민주주의를, 자유와 평등의 실천을 이야기한 것이다. 우리의 현장은 결국 삶이니까.
(2017)

어쩌다 아줌마,
어쩌다 사장님

　　최근 한 국회의원이 파업에 참여한 학교 비정규 급식 노동자들을 "그냥 밥하는 동네 아줌마"라고 일컬어 논란이 됐다. 노동의 가치와 노동자의 존엄을 무시한 이 언행은 당사자를 포함한 많은 이의 공분을 불러일으켰다.

　　'아줌마'의 사전적 의미(다음한국어사전)는 '나이든 여성을 가볍게 또는 다정하게 부르는 말' '결혼한 여성을 일반적으로 부르는 말'이다. 그러나 이러한 정의는 현실에서 아줌마라는 단어가 사용되는 용법과는 한참 거리가 있다. 아줌마라는 말이 생생한 의미를 갖는 것은 이런 대화에서다. "저 여자 누구야?" "누구긴. 그냥 아줌마지." / "요새 어떻게 지내?" "어떻게 지내긴. 그냥 아줌마지." 아줌마는 '그냥' 아줌마이다. 어떤 형용사도 불필요한 텅 빈 존재이다. 가볍고 다정한 호칭이 아줌마라니. 지나는 개가 국어사전을 읽고 웃을 일이다.

한국 사회는 '나이든 여성'과 '결혼한 여성'이라는 존재 자체를 부정적으로 보는 것 같다. 다른 이들이 정당하게 요구하는 바를 그들도 요구하는 순간, "이 아줌마 왜 이래?"라는 반응이 나온다. 행여 과한 언행을 보이면 에누리가 없다. "역시 아줌마네"라는 힐난을 듣기 일쑤다. 아줌마라는 말에 밴 부정적 뉘앙스 때문에 일터의 동료나 지인을 제외한 모르는 중장년 여성을 어떻게 불러야 할지 난감할 때가 많다.

그에 비해 남성은 사치를 누린다. '아저씨'도 어느 정도 부정적 뉘앙스를 띠고 있지만 아줌마만큼은 아니다. 길에서 누군가가 나를 아저씨라 부르며 길을 묻는다면 별 불쾌감 없이 길을 가르쳐줄 것이다. 한국 남성들에게는 '개저씨'라는 비하적 호칭이 있지만 사전에 등재되지 않은 최신 용어이고 일상생활에서 쓰이는 말은 더더욱 아니다.

남성들은 또한 사회적 존칭 하나를 독점하는데 바로 '선생님'이다. 이를테면 모르는 중장년 남성과 시비가 붙었을 때, 화해 분위기를 만드는 주요 방법은 상대를 선생님이라고 부르는 것이다. 하지만 모르는 중장년 여성을 선생님이라 부르는 경우는 거의 없다. 만약 중장년 여성과 길에서 시비가 붙는다면 사람들은 어떤 호칭으로 갈등을 해소할까? 사모님? 누님? 어머님? 이런 호칭들은 또다른 편견을 담고 있으며 문제를 해결하기보다 더 꼬이게 할 것 같다. 혹은 이런 갈등 상황에서 애초부터 화해하려는 의지 자체가 작동하지 않을 수도 있다.

요새 들어 자주 듣는 호칭이 있다. 바로 '사장님'이다. 남성이 남성에게 서비스를 제공하는 경우, 예컨대 주유소나 카센터에서 사장님이라는 호칭은 뚜렷이 자리를 잡아가는 것 같다. 얼마 전에는 식당에서 종업원을 부를 때에도 '사장님'이라 부르는 것이 적절한 존칭이라고 들었다. 종업원을 향한 모든 종류의 호칭에 담겨 있는 하대의 뉘앙스를 대체하는 '정치적으로 올바른' 호칭이 사장님이라는 이야기였다. 꽤 설득력이 있었다.

사장님이란 호칭이 별 저항 없이, 혹은 정당성을 가지며 확산해가는 이 기이한 현상을 어떻게 이해할 수 있을까? 일단 한국의 자영업 비율은 매우 높다. 2014년 통계에 따르면 전체 취업자 중 26퍼센트가 자영업자이며 이는 OECD 국가 중 4위에 해당한다. 모르는 사람을 사장님이라고 불렀을 때 정말 사장님일 확률이 꽤 높다는 것이다. 그러나 자영업 비중이 높은 다른 나라에서도 모르는 타인을 사장님이라 부르는 게 일반적 매너일 것 같지는 않다.

한국에서 모르는 타인을 사장님이라는 부르는 것은 '당신은 이윤을 추구하는 영리 조직의 대표처럼 보입니다'라는 사전적 메시지를 포함하지 않는다. 한국에서 사장님은 존중받을 만한 사람을 상징하는 대표 이미지이다. 요컨대 사실과 상관없이 돈이 많고 밑에 사람을 거느리는 인물로 대우해주는 것이 한국의 예절이다. 천민자본주의가 아니라 예절자본주의라는 신조어를 만들어야 할 지경이다.

한국에서 누구는 어쩌다 아줌마라 불리고 누구는 어쩌다 사장님이라 불린다. 이런저런 호칭들을 통해 여성은 너무나 쉽게 비하되고 남성은 너무나 쉽게 격상된다. 어쩌다 불리는 호칭 같지만, 별것 아니고 당연해 보이지만, 그 안에는 사실 한국의 뿌리깊은 가부장주의 문화와 기괴한 자본주의 발전사가 아로새겨져 있다. (2017)

기소당한 절규
"장애인을 해방하라"

　　해외여행을 하다보면 어떤 나라의 거리에서는 장애인들과 자주 마주친다. 이때 일종의 착각이 일어난다. '이곳은 한국보다 장애인이 많은가?' 한국에서 장애인을 자주 마주치지 못하다보니 장애인을 자주 마주치는 나라가 오히려 유별나게 느껴지는 것이다. 한국에서 장애인을 위한 편의 시설과 복지 프로그램이 보장된다면 야외 활동을 하는 장애인이 크게 늘어날 것이다. 당연한 말이지만 장애인이 야외 활동을 못하는 데서 오는 고충은 물리적 불편에만 그치지 않는다.

　　폐쇄적 세계에 고립된 장애인은 사회적 교류, 생각과 감정의 공유, 삶의 질 향상 모두에서 불이익을 받는다. 비장애인은 어떤가? 그들은 장애인이 없는 세계에서 산다. 그들은 미디어에서 간혹 묘사되고 재현되는 장애인들을 '관람'할 따름이다. 비장애인에게 장애인은 캐릭터이고 이미지이다. 장애인이 사회적으로 비가시적인 존재가 될 때, 장애인과 비장애인의 접촉 기회는 줄어들 수밖에 없다. 그나마 드물게 일어나는 접촉 상황에서 한쪽은 지나치게 위축되고, 다른 쪽은 지나치게 무심하고 무례하거나 혹은 지나치게 친절할 것이다. 이처럼 '실패한' 만남의 경험은 그 빈도가 높을 리 없는 미래의 접촉을 더욱 제약할 것이다. 이것이 악순환이 아니라면 무엇이겠는가.

『사람, 장소, 환대』의 저자 김현경은 비정상이라 낙인찍힌 이들은 소위 정상적 사람들과의 만남에서 과도한 감정노동에 시달린다고 주장한다. 낙인을 지닌 존재는 자신을 타인에게 드러낼 때, '정상인'들이 불편하지 않게, 말하자면 적절하게 처신하기 위해 온갖 노력을 기울인다는 것이다. 예를 들어, 장애인은 비장애인의 긴장을 덜어주기 위해 의도적으로 우스갯소리를 하거나 비장애인이 자신들에게 친절을 베풀 기회를 만들어주기도 한다. 이는 그나마 장애인과 비장애인의 접촉이 어느 정도 있을 때이다. 그러한 접촉조차 없을 때, 장애인은 도대체 어떻게 상대를 대해야 할 줄 몰라 경직될 수밖에 없다. 사람들은 장애인을 상대하는 것이 너무나 힘들다고 말한다. 그러나 원인은 장애가 아니다. 원인은 장애인들이 처한 사회적 고립이며 그러한 고립을 조장하는 사회적 환경이다.

한국에는 악명 높은 장애등급제와 부양의무제도가 있어왔다. 이 제도들은 장애인의 고립과 그에 따른 낙인 효과를 강화해왔다. 극단적인 경우, 장애인들은 죽음에 내몰렸다. 활동 보조인이 없는 상황에서 일어난 화재로 장애인들이 목숨을 잃었고, 장애인 자식을 수급 대상자로 만들기 위해 부모가 목숨을 끊기도 했다. 이낙연 국무총리는 최근 장애등급제 폐지를 공식화했다. 그는 "장애인 개개인의 욕구와 수요를 존중하면서 그에 필요한 서비스를 제공하는 방식"으로 장애인 정책이 바뀔 것이라고 천명했다. 또한 부양의무제는 순차적으로 폐지해나갈 것이라고 했다.

그런데 두 제도의 폐지를 줄기차게 주장해온 한 사람이 감옥에 갈 처지에 놓여 있다. 박경석 전국장애인차별철폐연대 상임 공동대표다. 검찰은 재판에서 그에게 징역 2년 6개월을 구형했다. 장애인 인권과 장애등급제·부양의무제 폐지를 주장하며 시위를 벌이는 과정에서 일반교통방해, 공동주거침입 및 공동재물손괴, 업무방해 범죄를 저질렀다는 혐의다. 장애인의 삶을 파괴해온 제도를 철폐하기 위해 박경석 대표는 도로에 진출했고, 미신고 집회를 열었고, 명동성당에 진입하다 차단봉을 훼손했다. 장애인의 고통과 죽음을 철저하게 외면한 사회의 장벽을 온몸으로 건너뛰어 장애인의 존재를 드러내는 과정에서 일어난 일들이었다.

장애인인 한 사람이, 아니 한 사람인 장애인이 있다. 그는 보이지 않는 감옥에 갇힌 장애인들을 해방시키기 위해 절규해왔다. 정부는 그의 절규에 제도 개선으로 응답했다. 그러나 검찰은 그의 절규를 범죄로 규정했다. 하나의 감옥이 사라지고 있는데 또 다른 감옥으로 그를 보내려 한다. 갑갑하고 화가 난다. 사람을 사람답게 대접하는 것이 왜 이리도 어려운가. (2018)

지옥의
청년들

'헬조선'이란 단어가 청년세대에, 아니 인구 전반에 회자되고 있다. 말 그대로 '지옥 같은 대한민국'을 뜻하는 단어이다. 물론 헬조선이라는 단어 이전에도 청년세대의 비참을 표현하는 조어는 많았다. '88만원 세대' '3포 세대' '5포 세대' 등등. 이 신조어들은 청년세대가 자신의 사회적 지위에 대해 갖는 비관적 전망을 효율적으로 표현하고 있다. 언젠가 나에게 열심히 일하고 노력하는 데 대한 보상이 주어질까? 나는 과연 중산층에 진입할 수 있을까? 안정적으로 가정을 꾸리고 행복한 삶을 영위할 수 있을까? 이 질문들에 대해 청년세대가 '아니요'라고 답하는 다양한 변주들이 바로 그 단어들이었다.

그러나 헬조선이라는 단어의 함의는 좀더 총체적이다. 우리는 지옥에 있다. 살아가는 매 순간이 아프다. 고통은 끝나지 않을 것이다. 헬조선이란 단어는 마치 과거의 모든 끔찍한 표현들을 종합하여 마침내 '비참의 최종 심급'을 상징적으로 구현한 것 같다. 그렇다면 지옥 다음은 무엇일까? 지옥에서 벗어나는 방법은 없다. 유황불 속에서 절규하며 소멸할 때까지 버티는 방법 외에는. 그러니까 지옥이란 말을 쓰는 순간, 모든 것이 다 최악의 방향으로 결정됐다고 인정하는 셈이다. 그러므로 헬조선이란 말에는 파국에 대한 상상이 담겨 있다. 헬조선이란 단어는 언어유희이기도 하다. 그 기원 자체가 온라인 커뮤니티이고 집단적 말놀이가 확장된 결과물이다. 헬조선은 현실에 대한 집단적 자조이자 풍자이다. 이죽거리는 표정과 쓰디쓴 웃음으로 무거운 현실을 가볍게 만드는 말의 의례이다. 그렇기에 헬조선이라는 단어는 소셜미디어에서 쓰일지언정 유서에는 쓰이지 않는다.

한국 사회의 청년세대는 말로 현실과 싸우고 있다. 이렇게 볼 수 있다. 자존심을 세워 현실에 대적할 수 있는 게 말밖에 없구나. 하지만 말은 말일 뿐, 현실을 변화시키진 않지. 달리 생각해볼 수도 있다. 말은 말에 그치지 않는다. 말은 세계에 대한 표상이다. 표상은 세계를 재현하며 동시에 세계와의 거리를 만든다. 편의점에서 알바를 하고 도서관에서 취업 준비를 하는 한 청년은 헬조선이라는 집단적 풍경 속에서 문득 자신의 초상을 발견한다.

이른바 '어른' 세대는 헬조선이라는 단어에 담긴 청년세대의 비극적 에너지를 체감하지 못한다. 그들에게 헬조선이란 단어는 현대 사회를 진단하는 또다른 계몽적 개념이거나 자신들의 정책과 정치를 정당화하는 레토릭이다. 헬조선이라는 말을 둘러싼 언어 시장에서의 '상징 투쟁'은 아마도 헬조선이라는 단어의 '시가'가 바닥을 칠 때까지 이어질 것이다.

헬조선이라는 주제로 칼럼을 쓰고 있는 나 또한 세련된 문체로 시대에 대한 논평을 시도하는 언어 시장의 플레이어다. 그러나 나는 지금 이 순간 한 청년을, 자취방에 홀로 머물고 있는 한 청년을, 불안에 젖은 자신의 마음을 다잡아 도서관으로, 일터로 나갈 채비를 하는 한 청년을, 어떤 연민도 신비화도 없이 떠올려본다. 그 청년의 마음의 풍경은 이러하리라. 전망 없음, 그러나 취업 준비와 인턴십과 비정규직 생계 활동과 자기계발을 멈출 수 없음, 물론 잘 알고 있음, 나에게 미래는 없다는 것을, 내가 할 수 있는 것은 몸부림, 희망찬 몸부림과 절규의 몸부림 사이를 왔다갔다 하는 것일 뿐.

이것은 드라마나 다큐의 한 장면이 아니다. 하루에도 수없이 일어나고 반복되는 대한민국 현실의 한 장면이다. 동시에 이 평범한 장면은 유례없는 투쟁의 장면이기도 하다. 장담컨대 이 장면은 먼 훗날 현재의 청년세대의 의식에 각인된 집단적 기억으로 남게 될 것이다. 그것이 극복 불가능한 트라우마이건, 혹은 끝내 승리로 이끈 과거의 분투이건. (2015)

귓속말
공공성

2000년대 초반 미국에서 겪은 일이다. 나는 텍사스에서 출발, 뉴욕을 경유해 워싱턴D.C.로 가는 고속버스에 올라탔다. 옆자리의 중년 백인 남자는 친절한 미소를 지으며 내게 어느 나라 출신이냐고 물었다. 내가 한국이라고 답하자 그가 말했다. "나는 텍사스에서 두 건물을 관리해. 한 건물에는 한국인 유학생이 많아. 건물이 아주 깨끗해. 한국인들은 참 착해." 그는 이 말을 하고는 조심스럽게 주위를 둘러보더니 나에게 귓속말로 속삭였다. "다른 건물에는 깜둥이들이 살아. 건물이 너무 더러워. 깜둥이들은 안 돼."

이 충격적인 일화는 나에게 하나의 교훈을 던져줬다. 인종 혐오는 결코 사라지지 않는다. 그나마 차악은 인종 혐오를 없앨

순 없어도 최소한 귓속말 안에 가둬두는 것이다. 귓속말로 타인에 대한 의견을 피력하는 자신의 모습을 부끄러워하고 그 의견이 실은 혐오에 불과하다는 것을 깨닫기를 바랄 뿐이다. 하지만 최근 미국 공화당의 대선 후보 경선에서 도널드 트럼프가 인종·여성 혐오적 언행을 맘껏 구사하고 지지를 받는 것을 보면서 나는 미국이 언제건 1960년대 이전으로 회귀할 수 있겠다고 생각했다. 내게 트럼프는 드디어 커밍아웃한 그날의 남자처럼 보였다.

최근 한국문화예술위원회의 창작 지원 사업에서 한 연출가가 과거 작품의 정치적 색깔이 문제시되어 심사 과정에서 배제된 사실이 드러났다. 이는 명백히 표현의 자유를 억압하고 창작활동을 위축시키는 반민주적이고 반예술적인 행태이다. 그런데 더 주목할 것은 이 사건에서 드러난 문화정책 관료들의 민낯이다. 공개된 심사 기준에 따라 후보 작품의 예술성, 대중성, 발전 가능성을 논의해야 할 자리에 작가에 대한 편협한 정치적 판단이 개입했다. 심사위원들이 그 판단을 거부했음에도 기관의 의지는 결과적으로 관철됐다.

이 과정에서 문화예술위원회는 공정하지도 당당하지도 않았다. 녹취록에 드러난 문화예술위원회 직원의 말은 귓속말에 가까웠다. 그는 "대통령의 아버지"를 언급하며 문화예술위원회가 "정부로부터 독립적인 기관이 아니"라는 이유를 들어 ('팔길이 원칙'을 모를 리 없으나) 해당 연출가의 작품을 지원하는 것이 "현실적으로"(원칙적으로가 아니라) 어렵다고 말했다. 녹취록이 공개되기까지 들은 사람들만 알고 있던 이 귓속말은 문제가 드러나자 공적 언어로 둔갑했다. 문화예술위원회는 보도자료에서 기관의 결정에 대해 "지원에 대한 사회적 합의를 고려하는 것은 공공기관의 의무"라고 주장했다. 이왕 말이 나왔으니 따져보자. 민주주의 체제에서 공공성은 귓속말의 반대에 있다. "당신들에게만 이야기하는데 그들은 안 돼"라고 뱉어버린 말을 나중에 공공성이라는 그릇에 주워 담을 순 없다. 실은 아무것도 결정되지 않은 상황에서 이렇게 이야기해야 한다. "우리 한번 토론해봅시다. 그들이 공공성이라는 기준에서 왜 자격이 안 되는지."

하지만 우리는 알고 있다. 표현의 자유나 검열과 관련해 한국에서 일어났던 사건들을 거치면서 국가는 공공성에 대한 철학을 토론을 통해 가다듬지 않았다. 오히려 국가는 사후 논란을 핑계삼아 사전의 토론을 봉쇄해왔다. 이 사건들 속에서 국가에 있어 공공성은 타인에게는 칼로, 자신에게는 아편으로 작용했다.

우리는 또 알고 있다. 사실 정부와 관료들은 어떤 예술가들을 견디지 못한 것이고, 싫어한 것이고, 배척했던 것이다. 그들은 서로의 귀에 대고 "정말이지 그들은 안 돼"라고 이야기한다. 그렇다면 이런 생각이 든다. 이 나라에서 공공정책은 특정 집단이 원하기만 한다면 자신의 혐오를 실행하고 은폐할 수 있는 수단이 되는 것은 아닐까? 생각만으로도 끔찍하다. (2015)

박래군의
펜

박래군이 감옥에 있다. 그가 또다시 감옥에 갇혔다. 검찰은 세월호 참사의 진실을 요구하는 시민들의 직접행동을 불법시위로 규정하고 그 책임을 박래군에게 묻고 있다. 검찰은 집회에 참여한 시민들을 박래군이라는 수괴의 지령을 받아 행동한 폭력배인 양 취급하고 있다. 권력의 범죄행위에 대해서는 조직의 명령이 아니라 개인의 일탈이라며 관용을 베풀면서 말이다. 이 기이한 논리에 따르면 이 나라는 거꾸로다. 시민들은 지휘 체계가 분명하고 정부는 무정부 상태다.

하지만 박래군은 폭력을 지휘하는 사람이 아니라 폭력에 저항하는 사람이다. 그의 인생을 이해하는 일과 현대 한국의 국가폭력을 상기하는 일은 맞물려 있다. 박래군의 동생 박래전은 군부

독재에 항거하며 자신의 몸을 불살랐다. 동생의 뜻을 이어가는 데 삶을 바치기로 한 박래군은 이후 숱한 국가 폭력의 현장에서 인권을 외쳤다.

내가 박래군과 연을 맺은 건 2011년 1월 용산 참사 2주기 집회에서였다. 그는 사회를 봤고 나는 시를 낭독했다. 나는 나중에야 박래군이 소설을 쓰기 위해 대학에 갔고 열심히 문학 동아리 활동을 한 소설가 지망생이었다는 사실을 알게 됐다. 가끔 사석에서 만나 이런저런 이야기를 나눌 때, 그는 나에게 종종 "사회학자로서 어떻게 생각해?"라고 물었다. 정작 그의 근원적 욕망인 문학과 글쓰기에 대해 우리는 깊은 이야기를 나눈 적이 없다.

세상에는 싸우기 위해 글쓰기를 그만두는 사람도 있지만 싸우기 위해 글쓰기를 시작하는 사람도 있다. 앞의 예가 오에 겐자부로라면 뒤의 예는 프리모 레비다. 둘은 다른 사람일까? 나는 그 두 사람이 펜을 들었다 놓았다를 반복하는 한 사람일 수도 있다고 생각한다.

나는 박래군을 보며 질문한다. 인권이란 무엇인가? 그것은 다만 산 자의 권리인가? 억울하게 죽은 자들이 살지 못했던, 살았어야 했을 삶을 산 자들이 대신 요구하고 얻는 것은 아닐까? 박래군은 일생 동안 죽은 자들의 편에 서서 인권을 말해왔다. "산 사람은 살아야지." 이 말을 그는 거부해왔다. 대신 그는 말한다. 산 사람은 죽음을 기억함으로써, 죽음을 통해서 온전히 살 수 있다.

이 논리는 지극히 문학적인 논리이기도 하다. 나를 비롯한 동서고금의 많은 작가가 공유하는 믿음이 있다. '문학은 결국 죽음에 관한 것이다.' 문학은 죽음을 기억함으로써, 죽음을 통해서 인생에 대해 이야기한다. 발터 벤야민은 『역사의 개념에 대하여』(최성만 옮김, 길, 2008)에서 죽은 자의 구원과 산 자의 행복은 일치하며, 그 일치를 용납하지 않는 역사의 강력한 적들과 싸워야 한다고 역설한다. "과거 속에서 희망의 불꽃을 점화하는 재능을 가지고 역사를 쓰는 사람들은 확신한다. 적이 승리한다면 죽은 자들조차 적들로부터 안전할 수 없다. 그리고 이 적은 계속해서 승리해왔다."

산 자의 행복은 오로지 현재의 성공에만 있다며 죽은 자의 명예와 존엄을 압살해온 적의 폭력에 박래군은 저항해왔다. 그 저항 속에서 그는 희망에 대해 중단 없이 이야기해왔다. 적은 계속해서 승리했고 박래군은 계속해서 패배했다. 그는 이미 자신의 방식으로 희망의 역사를 써왔다. 그는 펜을 손에서 놓은 것처럼 보였지만 실은 누구의 것보다도 강한, 부러지지 않는 강철 펜을 들고 있었다. 그러니 그가 나중에 소설을 쓴다면 그때 나는 말할 것이다. "그가 제2의 문학을 시작했다." (2015)

늙는다면
세운상가처럼

서울에서 태어난 내 또래의 남자들에게 세운상가는 그저 전자상가가 아니다. 중·고등학교 시절 친구들과 세운상가의 데크를 걸어가노라면 어딘가에서 낯선 아저씨들이 불쑥 나타나 우리 중 가장 돈 많아 보이는 친구를 상가의 어두운 미로 속으로 끌고 갔다. 그러면 그 친구는 얼마 있다 불법 음반과 비디오를 손에 들고 의기양양한 표정으로 돌아왔다. 우리에게 세운상가는 사춘기의 설렘이 스며든 가상공간이었다. 음침한 토끼굴의 끝에 욕망의 보고를 숨긴 원더랜드였다. 오죽하면 유하 시인은 『세운상가 키드의 사랑』이라는 시집을 냈겠는가.

그러나 세월이 흘러 다시 찾은 세운상가는 몰락의 분위기가 완연했다. 페인트가 벗겨진 상가 벽면은 흉터처럼 벌어져 남루한 속살을 드러내고 있었다. 많은 점포가 폐점했고 데크의 크고 작은 가건물들에는 철거 고지서가 붙어 있었다. 최첨단 21세기 서울의 한복판에서 속절없이 늙고, 대책 없이 패배해버린 신화 속 거인의 초라한 여생을 보는 것 같아 마음이 착잡했다.

어느 날 친구가 영상 작업을 하겠다며 나에게 촬영 장소로 어디가 좋을까 물었다. 작업의 콘셉트는 '서울 거리에서 요가하기'였다. 현대 도시를 무대로 삼아 요가를 하면서 낯선 시공간을 만들고 체험하겠다는 것이었다. 나는 몰락의 이미지를 배경으로 한 친구의 요가 자세를 떠올리며 세운상가가 어떻겠냐고 답했다.

친구의 촬영에 동참하면서 나는 세운상가를 다시 발견하게 됐다. 몰락의 이미지 속에서 몰락을 살아내는 장본인들을 만나게 된 것이다. 친구는 맘에 드는 점포가 있으면 무작정 안에 들어가 물었다. "여기서 촬영 좀 해도 될까요?" 나는 그때마다 그 안의 사람들이 영업에 방해가 된다며 불쾌한 얼굴로 우리를 쫓아내면 어쩌나 싶어 내심 노심초사했다. 하지만 놀랍게도 그런 일은 단 한 번도 일어나지 않았다. 그들은 모두 기꺼이 촬영을 허락했다. 친구가 점포 안팎에서 난해한 요가 자세를 취하거나, 망연히 쭈그리고 앉아 있거나, 심지어 기계를 기웃거리고 만지작거릴 때조차 개의치 않았다.

어떤 아저씨는 친구의 고난도 요가 자세를 위한 지지대 역할을 해주기도 했다. 꽤 오랜 시간 촬영을 한 공업소의 주인아주머니는 애썼다며 우리에게 요구르트를 나눠주기도 했다. 그들은 웃으며 농을 건네기도 했다. "우리는 모델료 안 줘?" 차가운 기계와 하루종일 씨름하는 노동자들이었지만 그들의 마음은 넉넉했고 따뜻했다.

나는 최근에 만난 어느 오래된 카페의 주인이 떠올랐다. 그는 프랜차이즈 카페와 젊은 바리스타들이 운영하는 카페들의 부상으로 손님을 잃어버린 자신의 처지를 한탄했다. 그는 분노와 절망에 젖어 있었다. 그가 내게 말했다. "이제 나는 너무 지쳤어요." 세운상가 사람들의 에너지는 조금 달랐다. 그들 또한 온라인 시장의 부상으로 매출이 줄기는 마찬가지였다. 하지만 그들에게는 오랜 세월 거래해온 단골들, 그들의 꼼꼼한 손기술과 농익은 노하우를 원하는 고객들이 있었다. 그들에게 어마어마한 성공은 불가능했다. 그러나 능력과 수완이 좋으면 얼마간의 성취와 자존감을 보장해주는 시장, 이른바 소량 생산, 소량 소비의 시장이 있었다. 극심한 경쟁이 없기에 그들은 옆 점포의 사람들과 기계와 인생에 대해 대화할 시간이 있었다. 심지어 난생처음 보는 이방인 예술가를 환대할 여유도 있었다.

세운상가는 욕망에 들뜬 사춘기를 지나 초라하지만 풍모 있는 말년으로 접어들고 있었다. 나는 생각했다. 내가 늙는다면 세운상가의 사람들처럼 나이들고 싶다. 서서히 몰락해가는 작은 산업의 늙은 장인들처럼 노년을 살고 싶다. 문제는 과연 그런 말

년을 허락해줄 환경이 나에게 주어질 것이냐이리라. (2015)

✽ 최근 세운상가는 서울시 도시재생사업에서 가장 중요한 자리를 차지하고 있다. 월세가 오르고 인근 을지로와 청계천의 제조업은 재개발로 인해 사멸의 위기에 처해 있다. 이제 세운상가는 외부에서 주입된 장밋빛 회춘의 환상으로 불안과 혼란을 피할 수 없게 됐다.

실패한
아이러니

한국작가회의와 문화연대가 주최한 '최근의 표절 사태와 한국 문학권력의 현재'라는 제목의 토론회에 참여했다. 사건의 파장이 커지면서 그날 나를 비롯한 참여자들은 수많은 방송 카메라 앞에서 말을 해야 하는 난감한 상황에 처하게 됐다. 발표에 나선 평론가들은 신경숙 작가의 소설들에 내재한 표절의 흔적을 추적했다. 다른 한편으로 신경숙 작가의 문제적 텍스트들에 대한 비판적 의견이 어떻게 억압돼왔는지, 현시점에 어떻게 회귀하게 됐는지를 대형 출판사의 상업주의와 패거리주의라는 맥락에서 분석했다.

나도 비슷한 입장을 취했다. 하지만 나는 한 발 더 나아가 한국문학의 장을 관통하는 비평중심주의에 대한 비판을 시도했다. "'자신의 전문적 역량으로 한국문학을 발전시킬 수 있다는 확고한 믿음'이 거의 모든 한국의 문학잡지와 출판사가 운영하는 평론가 중심 시스템의 근간입니다. 한국의 문학장은 수많은 작은 시스템과 소수의 거대 시스템으로 이루어진 총체입니다. 이 시스템들은 동일한 믿음에 의해 작동하고 있습니다. 이 시스템에서 표절 혹은 표절 은폐의 가능성은 언제나 잠재하고 있습니다."

한국문학의 발전을 위해 좋은 작가를 발굴하고 작품을 평가하고 담론을 개발해야 한다는 비평적 믿음은 대형 출판사의 평론가나 그들을 비판하는 평론가나 모두 공유하는 것이다. 이 같은 비평적 믿음에 따르면 한국문학은 1:99건 50:50이건 언제나 에이스와 비(非)에이스로 나뉠 것이다. 한국문학과 작가에 대한 애정으로 포장된 이 체계화된 구별과 위계의 시스템에서 문제는 표절이나 표절 은폐의 가능성에만 있지 않다. 이 비평적 신앙은 작품성의 우열과 무관한 문학장 내부의, 혹은 문학장과 시민사회를 넘나드는 다양한 문학적 실천, 창작과 독서의 상호작용을 간과해왔다.

나는 이런 주장을 펼치다가 개그맨의 유행어를 패러디하며 말했다. "여전히 비평 중심적인 관점에서 문학권력을 비판하는 새로운 비평 세력은 이렇게 말합니다. '신경숙은 우리의 에이스가 아니었습니다. 앞으로 다른 에이스 혹은 다수의 에이스를 발굴하고 육성합시다.'"

내가 이 말을 했을 때, 당혹스러운 반전이 일어났다. 객석 일부에서 박수가 터져나온 것이다. 나는 순간 생각했다. '뭐지, 이 열광적인 반응은?' 내가 말을 마치자 사회자가 말했다. "'신경숙은 우리의 에이스가 아니다.' 오늘 헤드라인이겠네요." 나는 우려 섞인 목소리로 기자들을 향해 강조했다. "저는 에이스를 발굴하려는 노력 자체를 반대합니다. 그 에이스가 한 명이건 쉰 명이건." 우려는 현실화됐다. 그토록 강조했는데도 그날 밤 인터넷에 오른 몇몇 기사에는 "심보선 시인, '신경숙은 우리의 에이스가 아니다. 다른 다수의 에이스를 발굴해야 한다'고 주장"했다는 구절이 담겨 있었다.

내가 의도한 풍자적인 아이러니는 실패했다. 그것은 오히려 확신 가득한 구호로 둔갑했다. 나는 생각했다. '기자들은 섹시한 쿼트를 뽑아야 하니까. 정신없이 타자 치느라 맥락 따위 따질 겨를이 없었을 테니까. 하여간 기자들이란! 그런데, 그런데, 관객은 왜 박수를 쳤을까?'

그들은 분노와 실망에 젖어 있었다. 통렬한 말을 기다리고 있었다. 나는 한 사람의 잘못뿐만 아니라 우리가 속한 세계, 우리가 의심 없이 간직하는 믿음 자체를 반성해보자는 제안을 했다. 하지만 우리의 시선은 시종일관 죄인에 결박돼 있었다. 죄인의 단죄와 영웅의 등장, 우리는 언제 이 기대의 프레임에서 벗어날 수 있을까? 나는 괜스레 서글퍼졌다.

그건 그렇고 남의 말이라 주장했는데 나의 말로 둔갑해버린 이 사태는 뭐라고 해야 하나? 역표절? 아이러니의 아이러니?

(2015)

빛과
수금

예수는 산상수훈에서 제자와 추종자들을 향하여 "너희는
세상의 빛과 소금이 되어라"라고 말했다. 빛이란 타인에게 본보
기가 되는 존재를 뜻할 테고 소금이란 타인에게 쓸모 있는 존재를
뜻할 터이다. 빛과 소금이 되라는 말을 반드시 기독교의 도덕률로
만 볼 필요는 없다. 사람과 사람의 만남에서 모범을 보이고 도움
을 주는 이를 칭송하는 것은 동서고금을 막론하고 지극히 보편적
인 일이었다.

그러나 현대 사회의 인간관계를 지배하는 규범이 과연 '빛
과 소금'일까? 나는 '빛과 소금'이 아니라 '빚과 수금'이라는 규칙
이 사람과 사람이 만나는 방식을 지배하고 있지 않나 생각해본다.
말하자면 이제 이 세상의 사람들은 빚진 자와 수금하는 자로, 고

통을 받는 자와 고통을 주는 자로 나뉘게 된 것이다.

'빚과 수금'이라는 키워드로 인간관계를 헤아리는 것은 삭막해진 사람들의 인성을 탓하기 위해서가 아니다. 삶 자체가 부채에 의존하지 않고서는 이뤄지지 않는 현실을 주목해야 할 것이다. 한국의 가계부채 규모의 심각성은 누구나 잘 알고 있다. 한국은행에 따르면 2014년 4분기 기준으로 가계신용 잔액은 1089조 원이었다. 특히 4분기 들어 가계부채는 29조 8천억 원이 늘었는데, 이는 분기 기준으로 사상 최대치의 증가액이었다고 한다.

이 같은 통계는 국민의 절대다수가 빚진 자로 살아가는 사태를 잘 보여준다. 그런데 이 사태 이면에 간과하기 쉬운 현실이 있다. 빚진 자의 다수는 동시에 수금하는 자이기도 하다. 사람들은 자신의 빚을 갚기 위해 타인으로부터 수금을 해야 한다. 자신의 고통에서 벗어나기 위해서는 타인에게 고통을 줘야 한다. 이렇게 대꾸할 수 있다. 뭔 소리야, 나는 수금을 하지 않는데? 내 빚 갚느라 혀가 빠지게 살고 있는데? 하지만 이 불평등한 세상에서 누군가가 더 돈을 받는다는 사실은 누군가가 덜 돈을 받는다는 사실과 불가분하게 연결돼 있다. 한 직장에서, 아니 한 사회에서 남성의 임금은 여성의 저임금으로, 정규직의 임금은 비정규직의 저임금으로 보장된다.

실제 이런 일도 있었다. 직장에서 누군가가 정리해고됐다. 남은 동료들이 괴로워하자 직장 상사가 말했다. "해고된 이의 임금으로 당신들의 임금을 올려주겠노라!" 여기서 나는 '간접적 수금'이라는 말을 떠올리게 된다. 자신을 빚진 자라 여기며 괴로워하는 와중에 우리의 통장에는 자신도 모르게 누군가로부터 수금한 돈이 입금되고 있다.

빚이라는 고통에서 벗어나려는 노력에 일생을 바치는 삶, 하나의 빚에서 벗어나 또다른 빚으로 이동하는 삶, 빚진 자가 수금하는 자가 되는 것이 성공이라 일컫는 삶, 이런 삶에서 타인에게 '빛과 소금'이 되는 것은 불가능한 일처럼 보인다. 특히 더 큰 빚을 진 존재, 빚을 갚을 기회조차 박탈당한 존재들을 향해서 느끼는 감정은 '안타깝지만 내가 저들이 아니라서 다행이야'라는 안도감일 때가 많다.

그러나 나는 사람이 사람에게 '빛과 소금'이 되는 일을 목격해왔다. 빚진 자들이 '도대체 우리가 뭘 잘못했는가?'라는 공통의 질문을 던지는 곳에서. 비참의 벼랑 끝에 내몰리지 않겠다는 의지로 빚진 자들이 연대하고 우정을 나누는 곳에서. 빚진 자들이 돈의 노예가 아니라 삶의 주인이 되기를 선택한 곳에서. 용산에서, 대한문에서, 강정에서, 밀에서, 공장 굴뚝에서, 광화문광장에서, 테이크아웃드로잉에서.

생각해보니 예전에 '빛과 소금'이라는 밴드가 있었다. 주로 사랑의 메시지를 담은 감미로운 노래들을 발표하던 밴드였다. 나는 문득 '빛과 수금'이라는 이름의 밴드를 상상해본다. 이 상상의 밴드는 빚진 자의 편에 서서 수금하는 자에 맞서는 노래를 부른다. 이 상상이 너무 즐거워서 당장이라도 밴드 멤버를 모집하고 싶은 심정이다. (2015)

아베(Ave)
근혜

1999년 가을 뉴욕의 브루클린박물관은 특별전시를 개최했다. 전시에 소개된 한 작품이 세간의 주목을 끌게 되었다. 작품 제목은 '성 동정녀 마리아(The Holy Virgin Mary)'였다. YBAs(Young British Artists)를 대표하는 작가 중 한 명인 크리스 오필리의 회화 작품으로, 동정녀 마리아를 흑인으로 묘사하고 그림 위에 실제 코끼리의 똥 덩어리들을 붙인 것이었다.

당시 뉴욕의 줄리아니 시장은 이 작품을 신성모독으로 규정하고 작품을 철거하지 않을 경우 시 정부가 브루클린박물관에 지원하는 70억 원 상당의 연간 예산을 삭감하겠다고 박물관측에 엄포를 놓았다. 이에 박물관장과 이사진은 '표현의 자유'에 대한 억압이라며 반발하였다(예산을 삭감당할 순 없으니 시장 말에 따르자는 내부 의견도 없지 않았다). 이 사건은 법원에까지 이르렀다. 그러나 법원은 본격적인 재판이 시작되기도 전에 박물관의 편을 들었다. 뉴욕시는 작품을 그대로 설치하게 하고 예산안을 삭감하지 말라는 법원의 권고를 수용해야 했다.

이 이야기는 '꼴통 보수'에 대해 '예술적 표현의 자유'가 거둔 승리담으로 읽힐 수 있다. 하지만 속을 들여다보면 그렇지만도 않다. 당시 '센세이션(Sensation)'이라는 제목이 붙었던 특별전은 세계 각지를 순회하는 제법 큰 규모의 전시였다. 전시 자체가 센세이션을 의도한 것이었으니 줄리아니 시장의 성난 반응은 오히려 그 노림수가 맞아떨어지는 데 기여한 셈이었다. 덕분에 줄리아니를 옹호하고 전시를 반대하는 사람들뿐만 아니라 '도대체 어떤 작품이기에?'라는 궁금증을 가진 수많은 관객이 박물관으로 몰려들었다. 그리고 이후 브루클린박물관과 크리스 오필리의 주가는 올라갔다. 반면 줄리아니 시장도 잃은 것이 없었다. 민주당 지지자가 다수인 뉴욕에서 줄리아니 시장의 무식하고도 호기로운 싸움은 공화당 지지자들에게 '살아 있네, 보수!'라는 강력한 메시지를 던져주었다.

최근 광주비엔날레 20주년 특별전에서 홍성담 작가의 작품 〈세월오월〉이 박근혜 대통령을 신랄하게 풍자했다는 이유로 전시가 무산된 사태를 보면서 나는 뉴욕에서 일어났던 사건을 자연스레 떠올렸다. 언론에 따르면 광주시는 정부에 신청한 일반 예산에 〈세월오월〉이 악영향을 미칠까봐 전시를 불허했다고 한다. 그렇다면 두 사건의 유사한 점은 이런 것이다. 이제 표현의 자유를 억압하는 방식이 직접적인 정치적 탄압이 아니라 예산 삭감을 통해서 이루어진다는 사실. 비록 시차가 있으나 이 두 사건은 미술계가 거대 예산으로 운영되는 규모의 경제에 종속돼버린 현실을 반영하고 있다.

하지만 몇 가지 중요한 차이도 있다. 첫째, 중앙정부의 예산 삭감 위협이 실제로 광주비엔날레측에 가해지지 않았다는 사실. 오히려 중앙정부가 작품을 문제삼아 예산 삭감을 감행했을 때, 중앙정부에 맞서서 싸워야 할 당사자들(광주시와 광주비엔날레재단)이 되려 '두려움에 떨며 알아서 기는' 식으로 작품의 전시를 막았다는 사실. 둘째, 어떤 조직과 사람들에게 대한민국의 '성모 마리아'는 박근혜 대통령이라는 사실. 박근혜 대통령에 대한 풍자는 성모 마리아 그림에 똥칠을 하는 신성모독과 같은 행위로 여겨진다는 사실. 심지어 박근혜 대통령을 지지하지 않는 '이교도'들도 그 사실을 어쩔 수 없이 받아들인다는 사실.

이 유사점과 차이점이 합쳐져서 이번 광주비엔날레 사건이 벌어진 것이라 할 수 있다. 요약하자면 이 사건은 "'아베(Ave) 근혜'를 외치는 교단에 경제적으로 철저하게 예속된 이교도들이 거대 예산의 예술 행사를 실행하고자 할 때, 예술의 유구한 전통 중 하나인 풍자조차 허용할 수 없는 자기기만이 일어난다는 사실"을 보여준다. 광주비엔날레 20주년 특별전에 초청된 국내외의 많은 예술가는 이러한 자기기만에 동참할 수 없다며 참여 거부 의사를 표명했다. 이미 "광주비엔날레 파행"이라는 제하의 기사가 넘쳐나고 있다.

흥미롭게도 20주년을 맞은 2014년 광주비엔날레의 슬로건은 "터전을 불태우라(Burning down the House)"이다. 영어 제목에 포함된 단어, 'the house'의 여러 정의 중 하나는 "종교집단이 거주하는 장소"라고 한다. 이 얼마나 신성모독적인가! 그러나 이제 이런 해석도 가능하겠다. 이번 사건에서 광주가 불태운 것은 정작 자기네 집이 아닌가! 자기기만을 넘어서 자기파괴로까지 나아갔다 해도 과언이 아닌 것이다.

마지막으로 이런 이야기를 해보고 싶다. 1999년 뉴욕에선 시장논리에 종속된 예술 집단과 정치논리에 종속된 관료 집단이 모두 승리했다. 반면 2014년 광주에서 예술가들은 전시 기회를 상실했고 광주시와 광주비엔날레재단은 정당성을 상실했다. 누구도 승자가 되지 못했다.

사태는 달리 진행될 수 있었다. 홍성담 작가의 작품은 전시될 수 있었다. 우리는 광주에서 민중미술의 당대적 가치를 토론할 수 있었고, 신성모독과 풍자의 유효성을 토론할 수 있었고, 우리가 불태우려 하는 집이 과연 누구네 집인가 토론할 수 있었다. 이러한 과정에서 시와 재단은 그들이 그토록 두려워하는 싸움에서 같은 편으로 연대할 지원군들(예술가들과 시민들)을 얻을 수 있었다.

　그러니까 우리는 뉴욕의 윈윈게임과는 다른 종류의 광주 투쟁사를 만들 수 있었다. 그러나 그런 일은 일어나지 않았다. 귀 기울여보라. 지금 빛고을 한구석에서 '아베(Ave) 근혜'를 위한 찬송 소리가 울려퍼지고 있다. 잘 들여다보라. 그 찬송을 부르는 사람들의 표정은 참으로 그로테스크하게 일그러져 있다. (2014)

미리 공부하는
환대

2018년 3월 문재인 대통령이 발표한 개헌안은 현행 헌법에 명기된 기본권의 주체를 '국민'에서 '사람'으로 변경하자고 제안했다. 즉 선거권·피선거권 등을 제외한 인권과 행복추구권에 관해서는 외국인, 이주민, 난민 등에도 동등한 권리를 부여하자는 것이다.

사실 '이방인 환대'의 흐름은 새로운 것이 아니다. '다문화주의' 정책이 그 예이다. 2000년대 이후 다문화주의 정책 기조에 따라 출입국 관리에 머물렀던 외국인 정책은 이주민의 정착과 적응을 지원하는 쪽으로 변화했다. 2012년 2월 아시아 최초로 제정된 난민법도 마찬가지다. 난민법에 따라 난민 심사의 투명성, 난민의 사회권과 처우가 개선될 수 있는 제도적 장치가 적어도 형식적으로는 마련되었다.

그러나 이러한 법제도 개선의 추세에도 불구하고 이방인을 향한 반감은 쉽게 가시지 않는다. 이러한 반감은 종종 비합리적이다. 이는 특히 비서구인을 향해 더 노골적으로 드러난다. 비서구 이방인의 문화는 그저 한국인이 접해보지 못한 낯선 문화가 아니다. 그것은 평화로운 삶을 파괴하고 더럽히는 오염물질처럼 여겨진다. 사람들은 '도대체 왜 내가 이런 불편과 불쾌를 겪어야해?'라며 눈살을 찌푸리기 일쑤다.

나는 이러한 비합리적 반감은 그리 큰 비중을 차지하지 않으며 앞으로 더욱 감소할 것이라고 본다. 특히 젊은 세대들은 낯선 문화를 기꺼이 수용하고 배울 만한 도전으로 생각한다. 따라서 이방인과 이문화를 쿨하게 받아들이는 태도가 그것들을 향한 비합리적 반감을 대체해갈 것이다. 문제는 '합리적 의심에 기반한 것처럼 보이는' 반감이다. 최근 제주도에 입도한 예멘 난민들을 향한 반감에서 잘 드러나는 이 태도는 무슬림의 호전주의와 여성관을 문제삼으며 그들을 난민으로 수용했을 때 발생할 수 있는 최악의 사태를 예견한다. 단 한 명의 무슬림일지라도 그가 무슬림인이상 잠재적으로 범죄자가 될 수 있다는 것이다.

이러한 반감은 "실제로, 확률적으로 그렇지 않은가?"라는 '합리적으로 보이는 의심'으로 강력하게 무장한 채, 다른 종류의 합리적 반론을 받아들이려 하지 않는다. 이를테면 "아니야, 다 그렇진 않아"라는 반론에 대해서도 고개를 저으며 이렇게 말한다. "다 그렇진 않겠지. 하지만 그럴 수도 있잖아. 왜 그런 도박을 굳이 해야 해?"

하지만 이러한 계산법은 특정 이방인을 모종의 위험과 비용으로 규정하는 계산법을 괄호 안에 이미 포함하고 있다. 따라서 필요한 질문은 이런 것이다. 왜 우리는 타인의 다양한 처지와 성격을 획일화하여 부정적 범주에 귀속시키고 '접근 금지'라는 낙인을 새기는 걸까? 위협에 대처해 생존율을 높이도록 진화한 두뇌의 기본 작동 원리 때문일까?

사회적 원인도 무시할 수 없다. 위기의 시대일수록, 생계와 생존의 안정성이 흔들릴수록, 적을 물색해 제거하라는 강력한 이데올로기적 방어기제가 확산된다. 실제로 현대 사회는 장기적 평화를 누린 경우가 거의 없다. 사회는 늘 전쟁중이다. 외부의 적과 싸우건 내부의 적과 싸우건, 물리적 싸움이건 비물리적 싸움이건. 우리는 사실 너무나 불안하다. 일상의 행복은 언제 녹을지 모르는 살얼음판 위에 새겨진 이모티콘 같은 것인지 모른다.

반감과 의심이 있지만 그것을 억누르면서 이방인을 동등한 사람으로 포용하기. 발생할 수 있는 문제를 예견하되, 그 예견이 불안과 공포로 증폭되지 않도록 예방하고 관리하기. 우리는 이러한 이방인 환대의 기술을 사적이고 공적인 차원 모두에서 아직 터득하지 못했다. 하긴 그 누가 예견했겠는가? 불과 몇 달 만에 오백여 명의 난민이 제주도로 몰려들지.

사회심리학은 이방인을 향한 반감의 해소 방법으로 접촉가설을 제시한다. 접촉가설에 따르면 타인과의 접촉은 편견과 차별을 줄이고 상호 이해를 증진시킬 수 있다. 또한 피상적 접촉이나 위계적 관계에 따른 접촉은 오히려 편견과 반감을 증폭시킬 수 있다고 경고한다.

무슬림 인구는 지구 전체 인구의 23퍼센트에 가깝다. 또한 난민은 점차 늘어날 것이다. 세계는 이방인과 함께 사는 새로운 법과 윤리와 정치를 고심하고 있다. 그렇다면 이참에 오백여 명의 난민과 적극 접촉함으로써 소통과 환대의 기술을 미리 공부하는 것이 차라리 낫지 않겠는가? (2018)

새 동료가 필요한
전문가들

　직장에서의 스트레스를 호소하던 한 지인이 어느 날 드디어 해결책을 구했다며 내게 말했다. "내가 하는 일이 나의 영혼과 무관하다고 생각하니까 마음이 편해지더라고요." 일터에서의 소외감, 자신의 영혼과 노동이 분리되는 괴리 상황은 자본주의 초창기부터 지속되어온 문제이다. 소수의 특권층이 이 문제로부터 비교적 자유로웠으니 그들은 바로 전문가들이다.

　전통적으로 전문가들은 고도의 추상적 지식을 통해 그들을 위한 조직과 시장을 창출하고 통제해왔다. 이는 단기적 효율성 중심으로 운영되는 관료제와 거대 시장으로부터 어느 정도 자유를 보장해주었다. 특히 전문가들은 사심 없는 직업 활동을 통해 좁게는 고객의 이익, 넓게는 공익에 기여한다는 자긍을 가져왔고

이는 그들의 사회적 위신을 보장해주었다.

일반적으로 전문가에 대한 인상은 냉정한 태도로 일에 헌신하는 차가운 이미지라고 할 수 있다. 하지만 이는 사실이 아니다. 전문가에게는 일에서의 성공이 자아 성취에 다름 아니다. 전문가야말로 영혼 없는 일을 못하는 직업인이라 할 수 있다. 이런 이유로 전문가가 된다는 것은 많은 젊은이들이 동경하는 커리어였다.

하지만 전문가의 사회적 위신은 붕괴하고 있다. 최근 미투 운동이 폭로한 가해자들의 많은 수가 지식인과 예술가들이었다. 그들은 자신들이 지배했던 세계에서 비참하게 퇴출되고 있다. 또한 다수의 지식인과 예술가들은 기업과 국가의 프로젝트에 용역 계약을 맺고 참여하고 있다. 자신의 재능과 능력이 담론과 작품의 생산이 아닌 프로젝트 수행력으로 평가받는 것이다.

이제 전문가 집단은 자신들이 고수해왔던 직업윤리와 업무 능력을 총체적으로 재정의해야 한다는 도전에 안팎으로 직면하고 있다. 소위 전문가적 자율성에 위기가 도래한 것이다. 이러한 위기 상황에서 전문가들이 해야 할 일은 명백해 보인다. 그들은 자신들이 누려왔던 자율성의 신화가 얼마나 허구적이었는가를 통렬히 반성하며 새로운 방식으로 자율성을 재구성하는 노력을 기울여야 할 것이다.

"예술 및 학문과 사회의 관계는 어떠해야 하는가?" "예술가는 노동자인가?" "교수는 지식인인가?" 등의 핵심적 질문들이 던져지고 있지만 이에 대한 답변은 요원한 듯하다. 기존의 전문가 집단들은 여러 도전 앞에서 그저 얼떨떨하게 사태를 관망할 뿐이다. 예술인 단체들이 미투 운동에 어떻게 응답했는가, 대학의 교수협회가 강사법 충격에 어떻게 대응했는가를 보면 전문가들의 얼떨떨함이 어느 정도인지를 알 수 있다.

이런 상황에서 전문가들이 "내가 하는 일이 나의 영혼과 무관하다고 생각하니까 마음이 편해지더라고요"라고 말한다 해도 그리 놀라운 일은 아니다. 그렇다면 그들은 이제 어디서 자신의 영혼을 찾을 수 있을까?

하나의 예를 언급하고 싶다. 많은 직장인들이 그러하듯 전문가들도 소모임 활동에 참여한다. 예술가는 자신의 예술이 재미없어서 예술 동아리에 가입하고 교수는 책 읽을 시간이 없어서 독서 모임에 가입한다. 내가 볼 때, 사소한 여가 생활처럼 보이는 이 활동들이 전문가들에게 중요한 성찰의 계기를 제공할 수 있다. 이제껏 전문가 집단의 자율성은 지식과 권위를 관리하고 분배하는 제도적 장치에 의존해왔다. 하지만 국가, 시장, 미디어 등은 기존의 전문가 제도를 위협하고 재편하고 있다. 이제 전문가들은 비빌 언덕을 잃고 다양한 소모임 속으로 도피하고 있다.

소위 일반인들과의 만남에서 전문가들은 그동안 제도가 부여해왔던 후광에서 벗어나 자신들의 지식이 갖는 쓸모를 새롭게 검증받는다. 예술가와 지식인은 자신의 지식을 소모임이라는 놀이와 읽기와 대화의 현장에 적용하는 어법과 기술을 터득한다.

전문가 사이의 호혜적 우정이 폐쇄적 권위와 전략적 동맹으로 변질된 지 오래다. 전문가들은 때로는 자발적으로, 때로는 어쩔 수 없이 새로운 동료를 찾아 나선다. 그 동료는 다른 분야의 전문가건 아니건, 자격증이 있건 없건, 서로에게 아마추어이자 시민이자 노동자인 사람들이다. 전문가의 영혼이 새로운 관계 속에서 새롭게 발견, 발명될 수 있을지 지켜볼 일이다. (2019)

최악의
진보적 사태

나는 기회가 있을 때마다 이렇게 말해왔다. "정권이 바뀌어도 삶의 고통이 바로 줄어드는 것은 아니다. 일터와 일상의 문제는 오랜 시간 누적되어온 것이며 그 해결은 시민의 주체적 노력에 의해서 가능하다." 그러나 이 믿음은 나 자신에게도 지극히 이론적이다. 국가 폭력의 희생자들을 포용하는 대통령의 모습을 보면서 사실 나는 크게 위로받았다. 대통령이 사람이 사람답게 사는 세상에 대해 그토록 진정성 어린 말을 국민들에게 건네는 모습은 사뭇 감동적이었다. 솔직히 말하면 나는 정권이 바뀌고 '이제 세상이 좋아질 것 같아'라고 '내심' 기대했던 것 같다. 하지만 이 바람은 언제부턴가 낙심으로 바뀌고 있다.

사측이 약속한 고용 승계와 단체 협약 이행을 요구하며 노동자들은 수개월을 굴뚝 위에서 농성중이다. 새 정권이 공약으로 제시한 최저임금제는 출발부터 노동자들의 반발을 사고 있다. 삶의 터전에서 철거당하다 손가락을 잘린 임차인은 임대인에게 망치를 휘둘렀다가 구속됐다. 페미니즘을 내걸고 당당한 시선으로 포스터를 찍은 서울시장 후보를 향한 혐오는 도를 넘었다. 나는 우울감에 사로잡힌 나 자신에게 마치 상담사처럼 말한다. '정권이 교체된다고 세상이 나아지지 않을 거라는 건 이미 알고 있었잖아? 상처받고 힘들어할 필요 없어. 원래 생각으로 돌아가면 돼.' 그래, 원래 생각으로 돌아가 상황을 파악해보자.

최저임금제 논란은 저임금 체계와 하도급에 의존하는 한국의 불합리한 경제구조를 적나라하게 보여준다. 자영업자들에게 가장 큰 위협은 최저임금이 아니라 임대료 상승이다. 바로 그 자영업자 중 한 명은 하루아침에 범죄자가 되어 법이 을의 생존권보다 갑의 투기욕을 보호해준다는 사실을 서럽게 깨닫는다. 페미니즘이라는 말 한마디가 맞닥뜨리는 숱한 분노와 조소는 한국의 여성 혐오가 뿌리깊은 인종주의와 다를 바 없다는 점을 드러낸다. 원래 생각으로 돌아가니 더 절망적이다. 모든 것이 얽혀 어디서부터 손을 대야 할지 모를 구조, 언제쯤 입법이 돼 효과를 발휘할지 모를 법, 뼛속 깊이 스며들어 제2의 본능이 되어버린 사고방식. 어떤 진보의 물결이 이 가혹한 힘들을 거스르고 바꿔낼 수 있을 것인가?

내가 원래 가졌던 믿음에 따르면 진보는 오랜 시간, 아니 오랜 세월이 걸리며 성공 확률도 매우 낮다. 시민이 일상과 일터에서 구조의 힘을 바꾼다는 믿음은 늘 현실에 압도되고 배반당한다. 하지만 정권 교체에 따르는 진보의 주기는 비교적 짧고 성공 확률도 높다. 영웅적 지도자로부터 진보의 물결이 시작된다는 드라마는 매혹적이기까지 하다. 이렇게 단기 진보에 대한 믿음이 장기 진보에 대한 믿음의 대체재로 부상한다. 하지만 이 매혹적이고 편리한 믿음은 나쁜 믿음이 될 수 있다. 언제부턴가 사람들은 정권교체가 진보 그 자체라고 믿는다. 그것이 지난하고 머나먼 길을 가는 데 도움을 주는 여러 수단 중 하나라는 사실을 망각하고 말이다.

최악의 사태가 벌어질 수 있다는 불길한 예감이 든다. '진보에 대한 확고한 믿음'과 '권력과 자원의 공정한 분배 요구를 향한 노골적 반감'이 소위 진보 진영 내부에 공존할 것 같다. 아니 이 분열적 사태는 이미 일어나고 있지 않은가? (2018)

사람과 사람 사이의
비핵화

삼팔선은 삼팔선에만 있는 것이 아니다

사람들이 오고가는 모든 길에도 있고

사람들이 주고받는 모든 말에도 있고

수상하면 다시 보고 의심나면 신고하는

이웃집 아저씨의 거동에도 있다

　　　　—김남주, 「삼팔선은 삼팔선에만 있는 것이 아니다」

　　　　　　　　　　(『사랑의 무기』, 창비, 1989) 부분

　인용한 김남주의 시는 분단 체제가 우리네 삶 구석구석에 미치는 영향을 통렬히 드러낸다. 그런데 언젠가부터 다음과 같은 생각에 이르렀다. '분단 체제가 인간관계에 영향을 미치기도 하지만 인간관계 자체가 분단 체제이다.' 이것은 시적 메타포가 아니다. 불신과 불통으로 인한 인간관계의 단절은 우리가 늘 겪는 엄연한 현실이다.

한국에서 신뢰도가 현저히 낮음을 보여주는 통계는 무수히 많다. 사적 관계에서의 신뢰도, 공공기관에 대한 신뢰도에서 한국은 OECD 국가 중에서 하위권을 차지한다. 타인이 나에게 보여주는 겉모습은 속내와 다를 것이며, 나는 타인에게 존중받지 못한다는 판단이 인간관계를 지배한다. 타인이 수상하고 의심스럽다는 느낌에서 벗어나기도 쉽지 않다.

지난 4월 27일 남북정상회담에서 남북의 두 정상이 보여준 모습에 많은 사람들이 감동을 받았다. 장시간의 생방송 미디어 이벤트로 진행된 정상회담을 관람하며 사람들은 평화에 대한 소망뿐만 아니라 기본적인 인간애 같은 것을 확인하지 않았나 싶다. 사람들의 눈과 귀를 사로잡은 것은 비핵화라는 의제뿐만이 아니었다. 두 정상 사이에 오가는 제스처와 스킨십, 표정과 눈빛, 농담과 진담, 이 모든 것들은 과하지도 부족하지도 않으면서 동시에 풍요롭고 다채로웠다. 그날 사람들은 모니터를 응시하며 연출과 즉흥이 어우러진 인간적 상호작용의 드라마에 빠져들었다.

그런 몰입과 감격이 가능했던 이유는 당연히 그 드라마의 주연이 남과 북의 정상이었기 때문이다. 하지만 또 이런 질문도 던져본다. 극단적인 적대로 치닫던 양측이 손을 맞잡고 화해를 다

짐하는 장면을 목격한 적이 언제였던가? 나라와 나라 사이에서 건, 집단과 집단 사이에서건, 사람과 사람 사이에서건. 솔직히 말하면 거의 없다. 우리는 증오가 넘쳐나는 시대에 살고 있다. 지치고 지겹지만 도무지 해법이 보이지 않는다.

많은 경우 적대와 갈등은 불가피하다. 구조적 불평등, 가치와 이익의 충돌이 그 배경이다. 적대와 갈등은 위정자들의 무책임과 아집에 의해 부추겨지기도 한다. 위정자들은 자신들은 최선이며 타인은 최악이라는 이분법을 유포한다. 실제로 길거리에서 모르는 이들끼리 싸움이 나면 정치인의 언행이 구사되곤 한다. "당신 같은 인간 때문에 이 나라가 이 꼴이야." 우리는 어느새 그토록 불신하는 정치인의 언행을 빌려와 타인을 향해 적개심을 표출하는 데 사용하는 것이다.

정상회담을 관람하고 마치 힐링을 받은 것 같은 느낌은 그 여운이 다소 씁쓸했다. 한반도 비핵화와 평화 체제의 정착이라는 시대적 과제가 잘 만들어진 휴먼 다큐처럼 다가와서다. 하지만 그것은 분명 판타지가 아니었다. 그 이면에는 간과해선 안 되는 전제가 있다. 서로가 서로를 파괴할 수 있는 위력이 있음을 인식하고 서로가 서로에게 평화를 가져다줄 의지가 있음을 인정하지 않았다면, 그러한 드라마는 애초에 성립 불가능했을 것이다.

우리가 정상회담에서 배워 일상과 일터에 적용할 수 있는 교훈은 없지 않다. 그것은 서로가 서로를 부정적 역량과 긍정적 역량 모두에서 동등한 상대로 인식하고 포용하는 것이다.

나는 타인을 함부로 대할 수 없다. 타인이 나를 위험에 처하게 할 수 있는 능력을 나 또한 동일하게 가지기 때문이다. 동시에 나는 타인을 존중해야 한다. 내가 문제를 해결하고자 하는 의지를 타인 또한 동일하게 가지기 때문이다.

우리는 서로의 역량을 냉철하게 인정하고 공평하게 존중해야 한다. 사람과 사람 사이에도 핵이 있기 때문이다. 사람과 사람 사이에도 비핵화가 필요하기 때문이다. 나는 이 말이 평화주의자의 레토릭이나 시인의 메타포가 아니라 현실주의자의 분석으로 들리기를 바란다. 사실은 다 알고 있지 않은가. 우리의 삶이 전쟁터로 바뀐 지 오래라는 것을. (2018)

마석으로 다녀온
소풍

2008년에 마석가구공단에 간 일이 있었다. 이주민들이 인 터넷이나 방송과 같은 미디어를 어떻게 사용하고 있는지를 알아 보는 설문조사를 하기 위해서였다. 그때 나는 두 명의 방글라데 시 친구의 도움을 받아 가가호호 방문하며 설문조사를 했다. 나 는 그들을 따라 어느 가구 공장 건물에 들어섰다. 햇빛도 들지 않 는 공장 건물 안, 온갖 녹슨 기자재와 버려진 쓰레기 사이로 친구 들을 쫓으면서 '여기 어떻게 사람이 살지?' 하고 속으로 생각했 다. 어둠 속 희미한 문을 열고 들어서니, 방글라데시 이주노동자 부부와 아이 둘이 사는 비좁은 공간이 무슨 비밀 장소처럼 나타 났다. 그곳의 거주 조건, 특히 위생 상태는 최악이었다. 아이 중의 하나가 태어난 지 얼마 안 되는 갓난아기였다는 사실 때문에 충격은 더했다. 남편과 마주하고 인터뷰를 하는 동안 나는 그의 등 뒤의 벽면에 바퀴벌레들이 경주라도 하듯 계속 분주히 지나가는 것을 보았다.

이 우울한 기억은 가시기는커녕 한층 배가되었다. 그해 11월 마석가구공단의 미등록 이주노동자들을 대상으로 한 집중 단속 소식을 접했기 때문이다. 출입국사무소 단속반원들은 공장 기숙사 문을 부수고 들어가 잠자는 이주노동자들을 강제 연행했고 일부 이주노동자들은 토끼몰이식 연행 과정에서 부상을 입기도 했다. 이 집중 단속으로 백 명이 넘는 미등록 이주노동자들이 연행됐다는 뉴스를 듣고 나는 생각했다. 그날 내가 인터뷰한 이주노동자들 중에도 연행된 사람이 있을까? 내가 인터뷰했던 방글라데시 가족은 어찌됐을까? 그 가족이 아니더라도 부모가 연행되어 홀로 남겨진 아이들은 그 끔찍한 날들을 어떻게 견딜 수 있을까?

나는 오늘 몇 년 만에 마석가구공단을 다시 찾았다. '서남아시아 설날 축제'가 있는 날이었다. 무굴제국 아크발황제가 정립한 벵갈력에 의하면 올해는 4월 14일이 새해 첫날이라고 한다. 방글라데시, 인도, 스리랑카, 네팔, 미얀마 공동체들이 모여 벵갈력의 새해를 맞이하는 축제를 열기로 한 것이다. 이 축제의 기획자인 지인의 초대를 받고 나는 마석가구공단을 다시 방문하게 됐다. 차를 몰고 마석가구공단에 들어서는데 2008년의 기억이 떠올랐다. 나는 차창 밖으로 스쳐지나가는 건물들을 보며 생각했다. 그때 그 방글라데시 가족이 살던 공장이 여기였던가? 아님 저기였던가? 나는 그 가족의 안부가 다시 궁금해졌다. 마석가구공단은 그때보다 더 을씨년스러웠다. 단속이 점점 심해지고 이주노동자들이 연행되어가면서 노동력이 모자라 문을 닫는 공장들이 늘었다. 4월의 봄볕은 꽃나무 하나 없이 온통 잿빛인 공단 거리의 삭막한 음영을 더 뚜렷하게 만들고 있었다. 소풍 가기에 딱 좋은 휴일 봄날, 마석가구공단은 다른 곳과 달리 전혀 따뜻하거나 화사하게 느껴지지 않았다.

축제 장소는 녹촌초등학교. 근처에 주차를 하고 학교 쪽으로 걸어가는데 쿵짝쿵짝 음악 소리가 점점 가까워졌다. 학교 정문을 통과하여 운동장에 다다르니 화려한 만국기 아래에서 이주노동자들은 한창 게임을 즐기고 있었다. 한편에서는 서남아시아 전통 음식과 음료를 즉석에서 만들어 제공하고 있었다. 게임에 이어 공연이 시작됐다. 초청 가수 중에 한 명은 컵라면 용기를 생산하는 공장에서 일하는 몽골 노동자였다. 전국 규모의 이주민 가요제에서 상위권에 입상했고 최근 〈위대한 탄생〉이라는 TV 음악 프로그램에도 출연한 실력자였다. 그는 직접 노래를 지으랴, 행사 뛰랴, 공장 일 하랴, 너무 바쁘지만 그래도 좋아하는 음악 하니 기쁘다고 내게 웃으며 말했다. 다른 나라 무용수와 가수들의 전통 춤과 노래 공연이 이어졌다. 처음에는 주뼛거리더니 관객들은 어깨를 들썩거리며 중앙으로 나와 춤을 추기 시작했다. 모두들 한데 뒤섞여 춤을 췄다. 친구가 친구를 끌고 나오고 부모가 아이를 끌고 나와 춤과 노래의 한판이 이뤄졌다. 마지막 공연은 한국 밴드의 퓨전 국악 연주. 공연이 끝나자 객석에서 "앵콜" "원 모어" "한 번 더"를 외치기 시작했다. 그러다 누군가가 "아리랑!"이라고 말하자 모두들 "아리랑! 아리랑! 아리랑!"을 연호하기 시작했다. 가수가 〈아리랑〉을 부르기 시작하자 이주노동자들은 각자 자기 나라의 춤사위와 함께 〈아리랑〉을 따라 불렀다. 그들에게 〈아리랑〉은 한국을 대표하는 노래라기보다는 그저 그들이 모두 아는 노래, 모두 좋아하는 노래, 그러니까 축제를 마무리하기에 딱 알맞은 곡이었다.

축제가 끝나자 책임자인 방글라데시 이주노동자가 무대 위에 올라가 인사말을 하면서 마석가구공단의 이주민은 '계곡의 개구리' 같다고 말했다. 그런데 그 개구리들은 모두 한 번씩은 바다에 갔다 온 개구리들이라고 말했다. 바다의 기억을 가지고 계곡에서 사는 개구리들은 어떤 개구리들일까? 분명한 것은 우물 안 개구리들보다는 외롭지 않을 것이며 또한 훨씬 지혜롭고 의지적일 것이라는 사실이다. 그들은 언젠가 다시 바다로 다 함께 폴짝폴짝 뛰어갈 날을 꿈꾸고 있을 테니. 그들은 언젠가 바다를 헤엄쳐 더 거대한 땅으로 건너가리라는 원대한 희망을 품고 있을 테니.

나는 그런 생각을 하며 고개를 들어 운동장 너머의 잿빛 공장들을 바라보았다. 내일이면 그 공장들에서 오늘 축제의 기억을 되새기며 이주노동자들이 일을 하고 있겠지. 한바탕 축제의 기억을 품고 있을 내일은 어쨌든 지난주의 지치고 지루한 나날들보다는 기운이 넘치겠지. 문득 교정 바로 앞에 꽃이 만발하고 키가 큰 목련 두 그루가 눈에 들어왔다. 그때 옆에서 한 사람이 말했다. "나는 저렇게 큰 목련나무는 본 적이 없어." 저 목련 두 그루는 세상에서 가장 큰 목련나무들일까? 에이 설마. 아니 그러지 말란 법도 없지. 나란히 선 두 그루 목련 사이에는 아무도 없었다. 만약 거기 누군가가 서 있었다면 나는 그게 누구라도 달려가서 꼭 안아줬을 것이다. 그 정도로 그 순간 나는 묘한 감동에 젖어 있었다. 오늘 나는 돌아오는 차 안에서 생각했다. 오늘의 마석 방문은 2008년과는 사뭇 다르군. 왜 그렇지? 춤 때문인가? 노래 때문인가? 아니면 세상에서 가장 클지도 모르는 목련 때문인가? 어쨌든 이렇게 정겹고 흐뭇한 마음으로 야외에 나갔다 왔으니, 오늘 나는 도란도란 즐거운 소풍을 갔다 왔다고 할 수 있는 것 아닌가? (2011)

미노드 목탄,
미누를 기리며

2009년 10월 15일, 내가 미누를 마지막으로 본 날이다. 사무실 앞에서 연행당한 그는 화성외국인보호소에 갇혔다. 말이 보호소지 감옥이나 다름없었다. 그는 수감복을 입고 면회실의 아크릴 창 너머에서 친구들을 맞았다. 1992년 한국에 들어와 18년 동안 머물면서 그는 한국인과 이주민의 공존을 위해 노력했다. '스탑크랙다운' 밴드의 리더였던 그는 한국말로 이주민의 권리를 노래했다. 그와 나는 함께 정부가 주최하는 다문화주의 세미나에 참여하기도 했다. 한국을 비판한 건 나였고 한국에 고마워한 건 그였다.

보호소 면회실에서 그가 말했다. "나의 18년 한국 삶은 처절했다. 네팔의 가족들과 18년 동안 떨어져 있었다. 어머니의 장례식은 가보지도 못했다. 남북 이산가족을 제외하고 얼마나 되는 사람들이 이런 삶을 살았겠는가. 만약 나의 18년 한국 삶이 가차 없이 부정된다면 나는 불효자로 네팔에 돌아가 아버지를 마주하게 될 것이다." 그의 말에 모두가 울었다. 그러나 그는 네팔에 돌아가 역시 미누답게 살았다. 한국에서 부정당한 삶을 그대로 두지 않았다. 그는 네팔에서 사회운동가로 활동했고 공정무역 사업을 통해 한국과 교류했다. 2015년 4월 네팔에서 지진이 났을 때, 나는 그의 안부가 걱정돼 연락을 시도했고 어렵사리 전화 통화를 할 수 있었다. 상황이 그리 좋지는 않지만 자신은 안전하다고, 전화해줘서 고맙다고 그가 힘있는 목소리로 말했다.

생각해보면 나와 미누는 언제나 위기 속에서 만났다. 감호소에서의 면회, 지진뿐만이 아니었다. 우리가 함께 탁구를 치고, 다문화 세미나와 축제에 참여하고, 밥을 먹고 술잔을 기울일 때에도 그의 처지는 안전하지 못했다. 나보다 더 밝고 활달했지만, 그는 언제나 쫓기는 상태였다. 정부는 그의 존재를 '불법'으로 규정했고 결국 그를 추방했다. 한국 정부는 최근까지도 그를 불법이라 보았다. 미누는 2017년 서울 핸드메이드 국제박람회에 네팔 대표로 한국에 초청되었다. 그러나 그는 인천공항에서 입국을 거부당했다. 이 과정을 담은 영화 〈안녕, 미누〉(2018)가 얼마 전 DMZ 국제다큐영화제에 개막작으로 선정됐고 그는 이번에는 한국 땅을 밟을 수 있었다. 그는 영화제 레드카펫을 밟았고 포토월에서 관객들에게 손을 흔들었다. 드디어 그는 대한민국에 의해 '합법'으로 인정된 것이다.

짧은 한국 방문 동안 미누와 나는 만나지 못했다. 그런데 청천벽력 같은 소식이 전해졌다. 그가 네팔로 돌아가고 얼마 후 심장마비로 명을 달리했다는 것이다. 충격과 슬픔 속에서 나는 떠올렸다. 감옥에 갇힌 미누의 슬픈 얼굴, 흔들리는 땅 위에서 흔들리지 않는 그의 목소리, 위기 속에서 나타나는 두 가지 미누의 모습, 약하고 강한 모습, 그 외의 온갖 다른 모습들.

그의 삶은 너무 짧았다. 활동가, 음악가, 노동자로, 네팔과 한국을 오가면서, 법의 제약을 받았지만 법 너머의 세상을 꿈꾸면서, 그 모든 존재들을 살면서 미누의 몸은 소진됐는지도 모른다. 여러 삶을 동시에, 최대치로 산 미누, 미노드 목탄, 나는 당신을, 당신의 수많은 모습들로 인해, 오래오래 기억할 것이다. 오늘은 당신이 노래하는 모습, 빨간 목장갑을 끼고 불끈 쥔 주먹을 허공으로 내뻗는 그 모습이면 족하다. 그렇다. 어떤 사람도 존재 자체로서 불법이 될 순 없는 것이다. (2018)

후기

또 한 권의 책을 내게 됐다. 글쓰기를 업으로 삼았으면서도 책 한 권을 낼 때마다 이것이 마지막 책이 아닐까라는 생각을 떨칠 수 없다.

글이란 불확실성의 극치이다. 글이란 머릿속 문장들의 빅데이터에서 하나씩 골라 옮겨 쓰는 것이 아니다. 내 머릿속에는 단 하나의 준비된 문장도 없다. 오로지 무(無)만 존재한다. 모든 문장은 오로지 쓰기라는 활동을 통해서만 무로부터 떠올라 형상을 갖게 된다. 나는 그것이 어떻게 가능한지 알지 못한다. 그러니 문장들을 이어 글을 쓰고, 글들을 모아 책을 엮는 일은 내게 늘 기적처럼 느껴진다. 다음에도 나에게 기적이 허락될까? 잘 모르겠다.

책 제목의 후보 중 하나는 '어설프고 서글프고 어색하고 부끄러운'이었다. 부정적 어휘들의 나열이기에 포기하고 말았지만 책에 대한 내 심정과 꽤나 어울리는 표현 같았다.

긴 세월 동안 써왔던 글들, 그것도 다양한 지면에 발표한 짧은 산문들을 묶는 것은 책의 만듦새로 보면 어설플 수밖에 없다. 문체나 내용이나 글의 완성도에서 들쭉날쭉할 터이니 책의 밀도나 주제의식의 일관성이 부족한 게 당연하다.

오래전 쓴 글들을 다시 읽는 것 자체가 내게 서글픈 감정을 불러일으킨다. 그때 나는 무척이나 발랄했었다. 세상살이의 슬픔과 부조리를 이야기하더라도 유머감각을 잃지 않았고 날랜 걸음으로 문장 사이를 누볐다. 지금의 나는 어떠한가? 이에 대해서는 말하지 않으련다. 말하려 하니 더 서글퍼진다.

책을 내기로 하고 썼던 글들을 읽으면서 내내 어색했다. 내가 아닌 다른 사람의 글 같았다. 산문이란 글을 쓰는 시점의 관심사에 초점을 맞추고 그 상황에서 주어진 정보와 사유의 재료들을 버무려 빚은 결과물이다. 매번 다른 정글에서 다른 적들과 싸우는 게릴라식 글쓰기라고 할 수 있을 것이다. 그런 글들을 책 한 권으로 엮으니, 마치 다중 인격 장애에 걸린 나 자신과 맞닥뜨린 기분이다.

무엇보다 부끄러움을 면할 수 없다. 이런저런 매체들에서 산문이나 칼럼 청탁을 받을 때마다 늘 생각했다. 도대체 내가 무슨 자격으로 세상사와 인간사를 논한단 말인가? 비관주의자이자 현실주의자를 자처하는 나로서는 시나 논문을 쓰는 것이 직업적으로나 성향으로나 편하다. 때로는 자긍도 있고 보람도 있다.

그러나 산문을 쓸 때는 뭔가 학자연하고 시인연하는 것 같아 늘 부끄럽다. 모아놓고 보니 내 산문들에는 의문문이 많았다. 독자들뿐만 아니라 나 자신에게도 던지는 질문들이었을 것이다. 어찌 보면 이 책의 모든 글들은 자문자답이다. 하지만 제대로 된 질문 하나 던졌는지, 제대로 된 답 하나 구했는지 자신이 없다. 다만 독자들이 내 질문을 다른 질문으로 확장하고 내 답에 다른 답들을 덧붙이길 바랄 뿐이다.

나에게는 세 가지 수수께끼가 있다. 영혼이라는 수수께끼, 예술이라는 수수께끼, 공동체라는 수수께끼이다. 이 수수께끼는 내 시에도 나오고 논문에도 나오고 산문에도 등장한다. 알려 해도 알 수 없지만 알고 싶은 마음을 그칠 수 없는 인생의 화두들이다. 이 화두들을 붙잡고 죽을 때까지 쓰고 싶다. 나는 여전히 기적을 소망하고 있는 것이다.

2019년 5월

심보선

그쪽의 풍경은 환한가
―그날 그 자리에 있을 사람에게
ⓒ 심보선 2019

초판 인쇄 2019년 5월 17일
초판 발행 2019년 5월 24일

지은이 심보선
펴낸이 염현숙

기획·책임편집 강윤정 | 편집 김봉곤 김영수 김필균 | 모니터링 이희연
디자인 최윤미 최미영 | 마케팅 정민호 박보람 나해진 최원석 우상욱
홍보 김희숙 김상만 이천희
제작 강신은 김동욱 임현식 | 제작처 영신사
펴낸곳 (주)문학동네
출판등록 1993년 10월 22일 제406-2003-000045호
주소 10881 경기도 파주시 회동길 210
전자우편 editor@munhak.com
대표전화 031) 955-8888 | 팩스 031) 955-8855
문의전화 031) 955-3576(마케팅) 031) 955-2678(편집)
문학동네카페 http://cafe.naver.com/mhdn | 트위터 @munhakdongne
북클럽문학동네 http://bookclubmunhak.com

ISBN 978-89-546-5637-5 03810

www.munhak.com